転生した復讐女のざまぁまでの道のり

～天敵は自分で首を絞めていますが、更に絞めて差し上げます～

登場人物
CHARACTERS
紹介
シルバ
瀕死のところをリリーナに助けられ、
バジル家で暮らすようになった。
リリーナ
巻き込まれ事故をきっかけに
異世界に転生した、バジル家の令嬢。
家族に愛されつつ、相棒と共に
幸せな日々を送っていたが
前世からの天敵が現れて……？
リベア
神様が授けた
リリーナの相棒のテディベア。
おしゃべり好きで口が達者。

アイリーン
リリーナの前世からの
天敵である令嬢。
我儘で傲慢な
性格をしている。
ハヤト
リリーナに付いているバジル家の影。
リリーナのことを
天使だと思っている。
シャル
リリーナに付いている執事見習い。
リリーナに助けられたことをきっかけに
バジル家に忠誠を誓った。
カイト
アイリーンに付いている執事見習い。
アイリーンに対して
思うところがあるようで……？

プロローグ

「アイリが欲しいって言ってるの！　だからアイリにちょーだい？」

花々が咲き誇り、柔らかな日差しが入り込むテラスで、その場には相応しくない、傲慢《ごうまん》さが伺える言葉が一人の令嬢から発せられた。

同じテーブルでお茶を嗜《たしな》んでいたご令嬢達が困惑気味にこちらの様子を伺っている。

そんな中当事者である私、リリーナ・バジルはある確信を得ていた。

久々に聞いた台詞《セリフ》に少しの懐かしさと、強い嫌悪を感じ思わず寄ってしまった眉間を戻す。

（――やはり、アイリーンは〝奴〟だ。同じ国に転生しているなんて）

スマホやらテレビやら科学が発達した社会で死に、このほんのりファンタジー感が溢れる世界に転生して早十年、薄々気が付いていた悪い予感は当たったようだ。

遠い目をしながら内心テンションが駄々下がっていると、自分の発言が無視されていることに耐えられない様子で顔を真っ赤にしながら、〝奴〟――アイリーン・タンジが吠えてきた。

「アイリのことを無視してんじゃないわよ！　アイリは公爵令嬢なのよ!?　そんな態度許されないんだからね!!」

バンッ！　とテーブルを叩きながら立ち上がり、淑女《しゅくじょ》の「し」の字もないような態度でこちらを睨みつけている。周りの令嬢達は眉を顰め、しかし彼女の行動を咎められずにいる。そのことが、この到底公爵令嬢には見えない女の言葉が事実であると表している。

令嬢達の態度で気を持ち直したのか、少し余裕ぶってアイリーンは言葉を続けた。

「貴女の従者《じゅうしゃ》、アイリが貰ってあげるって言ってるの。イケメンだけど見たところ異民族じゃない。公爵家で仕えられるなんて、最高の名誉《めいよ》よ！　特別にアイリ専属にしてあげるね！」

先程のイライラした表情から、みるみるうちに嬉しそうな顔になっている。両手を顔に添えてウフフッなんて言って自分の世界に浸っているようだ。

（……相手の答えも聞いてないのに妄想しやがって。何にも変わってないな、コイツ）

公爵令嬢は絶対にしないであろう傲慢《ごうまん》な物言いに、ほとほと呆れる。

はぁ、と手で眉間を抑えていると、おめでた公爵令嬢にターゲットにされた私の従者《じゅうしゃ》――シャルがこちらを心配するように伺っている。

「リリーお嬢様、大丈夫ですか？　お加減が悪いなら、部屋を手配していますのでそちらで少し横になりましょう」

そう言って背中に手を寄せてきた。シャルが自分を本格的に抱き上げようとする気配に焦り、腕を少し抑えながら慌ててこの心配性な従者《じゅうしゃ》に告げる。

「大丈夫よ、ちょっと驚いただけだから。心配してくれてありがとう」

「お嬢様の大丈夫は信用なりません。それに旦那様や奥様にも、お嬢様の体調に目を光らせるよう申し付けられております。少しでもお嬢様の異変を感じれば、その時は強制的に休ませろ、と」

「まぁ、お父様やお母様まで……。分かったわ、ちょっとでも体調が悪くなったら正直にシャルに言うから、すぐ抱き上げようとするのはやめてちょうだい。恥ずかしいわ」

他の令嬢達の目もあり、顔が熱くなっているのを感じて両手で顔を少し抑える。

「……かしこまりました。お嬢様の可愛さに免じて、今回は目をつむります。少しでも異変があれば、真っ先にこのシャルに申し付けてくださいね！　絶対ですよ!!」

クワッっと目を開きながら顔を近づけ忠告してきた従者《じゅうしゃ》を、どうどう……とまるで獣を落ち着かせるように宥めていると、二回も盛大に無視してじゃれ始めた（？）私たちを真っ赤にして睨みつける女と目が合った。

大きく口を開け声を発しようとする女を、先に言葉で制する。

「申し訳ありません、アイリーン様。シャルは私の家、バジル家の大事な従者《じゅうしゃ》ですわ。どれだけ金銀財宝を積まれようとも、家族同然の彼を手放すことなんてできません」

小さい頃からずっと傍で支え続けてきてくれた従者《じゅうしゃ》の手を取りながら伝える。シャル自身がバジル家を出たいというのなら致し方ないが、今も涙目で感動している様子をみるに、ここは主人である私がスパッと断らないといけないだろう。

ましてや〝奴〟のところに家族同然のシャルを送るなんて……絶対に嫌!!

先ほどよりも冷たさを増した目をアイリーンとその右後ろに控えている男性に向けて続ける。

「それに、〝カッコイイ従者《じゅうしゃ》〟なら既にアイリーン様にもいらっしゃるではありませんか。初対面の私でも理解できるほど、貴女の後ろに控えている彼は大変優秀な従者《じゅうしゃ》ではありませんこと。彼の他にも従者《じゅうしゃ》を置くなんて、過ぎたるものですわ」

ニッコリと笑みを浮かべながら、持っていた扇で口元を隠す。

格下の辺境伯令嬢が、公爵令嬢の申し出に対してハッキリと拒絶したことに驚いたのだろう。失礼極まりない女には分不相応な程良く出来た従者《じゅうしゃ》が、目を見開き主人の様子を伺っている。

その視線の先には、何を言われたのか理解ができないといった表情があったが……みるみるうちに顔が歪んでいく。〝奴〟の怒りのボルテージが上がっていることを感じとり、シャルが私を庇おうと前に出るのを手で制す。

（〝馬鹿は死んでも治らない〟っていうのは本当だった。コイツは恐らく今世でも、悪びれもせず当然のように人から全てを奪う人生を送るのだろう。奪われる側の人間のことなど微塵も気にせず、涙にくれる人を増やしていく……前の私の様に）

私はアイリーンが〝奴〟だという確信を得た時。

そう、シャルを寄越せと言われた瞬間に決意したのだ。

《絶対に復讐する》と。

今までの私は病弱な令嬢で、大人しく過ごすことがほとんどだったが、関係ない。前世からの天敵である〝奴〟がいると分かった以上再起不能、いや二度と視界に入らないように戦うのだ。

自分の人生を食いつぶされないよう完膚なきまでに、完全勝利以外選択肢はない。

今度こそ、私の人生の欠片さえ、何一つ奪われてなるものか!!

復讐の第一歩として、これからアイリーンの口から発せられるだろう汚らしい言葉に対抗すべく、リリーナは立ち上がった。

そう、これは転生前からの天敵であるぶりっ子悪女——アイリーン・タンジに復讐する、元幸薄地味子現病弱な美少女令嬢——リリーナ・バジルの物語である。

第一章

リリーナの前世、上原聖子《うえはらせいこ》には幼馴染《おさななじみ》がいた。

名前は光山愛理《みつやまあいり》、近所で一番可愛いと言われていた、隣人でもある同い年の女の子。

早くに父親を亡くし、二人の弟と母の四人で暮らしていた私と、W不倫の末に両親が離婚し同じく母子家庭となった愛理は、隣人として盛んに交流を持っていた。

同い年の隣人、しかも家庭環境も似ているとくれば、本来であれば仲良くなることもできたのだろう。しかし私は愛理が苦手、というよりむしろ嫌いだった。

幼い頃から愛理は我儘《わがまま》で、自分中心でないと満足できない子供だった。

周りの大人たちは「親に甘えられなくて寂しいのだろう」と愛理に対して甘く、どれだけ愛理が悪くても「優しくしてあげなさい、聖子ちゃんは我慢しなさい」としか言わなかった。

そんなことが続き、愛理に対して苦言を呈したり、一緒にいたくない、嫌いだと伝えても……周りの大人からそういう態度をとるなと私が叱られてばかり。何を言っても無駄だと、私は愛理に対する気持ちを公言しなくなった。

そんなこんなで味を占めた愛理はどんどん調子に乗り、その我儘《わがまま》っぷりはエスカレートするばかり。

私のモノをむしり取っていくとき、決まって愛理はこう言った。

「愛理が欲しいって言ってるの！　だから愛理にちょーだい？」

その忌々しい台詞《セリフ》の後は、抵抗する私を嘲笑うように愛理が手を出して、簡単に奪われていくというお決まりの流れだった。

お父さんが買ってくれた形見の人形、お気に入りのお花のゴム、初恋の人、宿題に彼氏……ありとあらゆるモノを取られ、唯一取られなかったのは家族からの愛と女友達くらい。

いつからか奪われていくことに諦めが生まれ、抵抗することもやめてしまった。

その台詞《セリフ》を聞く度に、私の中の何かがすり減っていく気がした。

そんな中でも一番許せなかったのは「未来の父だったかもしれない人」を取られたこと。

あのことは思い出しただけで血を吐くくらい、未だに怒りが静まらない。

あの時、愛理は母親と手を組んでいたから尚更厄介だった。この親ありてという感じで、愛理とその母親は悪知恵と人を嘲笑うところがそっくりだった。私達家族は抵抗することもできず、まんまとしてやられたのだ。

私個人に向けられる愛理からの悪意には慣れていたが、大事な家族にまで及ぶその悪意と搾取《さくしゅ》にもう我慢の限界だった。

その時から、あの親子は完全に私の——私達家族の天敵となり、生理的に拒絶する存在となったのだ。皆心の傷を負ったが、もう二度と関わることもないだろうと安心していたのに……

天敵は、最後に私の命をも奪っていった。

半年後に二歳下の弟の結婚式を控えたとある休日。

気持ちの良い春風に吹かれながら最寄り駅へ続く道を歩いていた。

その時、耳障りな声が十数年ぶりに聞こえた。

「聖子じゃん、ちょうどよかった!!」

久々に邂逅《かいこう》する天敵に、比喩《ひゆ》でもなく鳥肌が立った。

愛理は男受けしそうなザ・清楚系といった雰囲気の女に成長していた。

高校から自分より可愛い女子が多くなり荒れた様子だと風の噂で聞いた時は胸がすく思いだったが、どうやら立ち直っているようだ。

近寄ってきたかと思えば、強引に腕を取られ人通りの少ない道へ連れていかれる。

「ちょっと、離してよ！　どの面《つら》を下げて私の前に現れたの!?　アンタに付き合ってる暇は微塵もないのよ!!」

掴まれていた腕を振りきって睨みつける。あぁ、せっかくの休日が台無しだ。

歓迎されていない様子を微塵も気にしていない様子で、愛理はため息を吐いていた。

「相変わらず聖子は可愛くないね。せっかく愛理が聖子に美少女な来世をプレゼントしにきたのに、性格がブスじゃあ顔が可愛くても男の子にモテないよ！」

コイツやっぱりおかしい。

〝来世〟という不穏なワードに、身の危険を感じてスマホに手を伸ばした。

「来世？　おかしいんじゃないの。アンタこそ、その残念な頭のままだったら一生友達も出来ないで一人のままよ。じゃあサヨナラ、二度と私たちの前にその汚い面《つら》を見せんな」

不愉快な存在に背を向け当初の目的地へ足を進めようとすると、愛理はとんでもない言葉を発した。

「聖子がこのまま逃げたら、あの子供が死んじゃうけどいいの？」

……は？　突然の言葉に思わず足を止め、振り向く。

愛理は大通りの信号待ち場所付近でしゃがみ込み、段ボールの中を覗いている男の子を指さしていた。

「愛理ね、思ったの。思い通りにいかない世界は捨てて、ラノベみたいに異世界へ転生してイケメンに囲まれて過ごそうって！　今の知識があったら異世界で最強じゃない？　それに貴族だったら働かなくてもいいし、気に入らないヤツも簡単に処分できるもの。愛理が生きるべきところはここじゃないのよ！」

全くもって理解できないが、戯言は止まらない。

「だから転生する方法を勉強したの。そしたらやっぱりトラ転が一番かなって。後々ざまぁされる方法は嫌だし！　子どもを助ける代わりに死んだら神様から特典貰えるかなって！　愛理、頭良いでしょ⁉」

転生、ざまぁ……弟が読んでいたラノベやアニメ等で聞いたことのある言葉が聞こえた。まさかこれほどまでにイカれていたとは。嫌な予感に顔が青ざめてくのを感じる。

「だからあそこの段ボールに弱らせた猫を入れてね、あの男の子に言ったの。猫さんのお医者さんを呼んでくるからここで見ててって。愛理が全部計画したのよ？　今愛理のことを好きな人にメッセージを送ったの。トラックで突進してくれたら付き合うって。もう少しで来るんだけど、やっぱ一人じゃ怖くて。そこに聖子がいるなんて運命よ、一緒に転生しましょ！」

悪い予感が当たっていた。

言葉にできない程の怒りが湧き、胸ぐらを掴みながら叫んだ。

「アンタ本当にクズね!!　早く止めさせなさい!!　人の命を何だと思ってるのよ!!」

「だから、あの子は死なないわよ！　聖子と愛理で助けるんだから。そんな人でなしみたいに言わないでよ、まったく。いーい？　愛理がやってって言ってるの！　駄々こねてないで聖子は愛理の為にやって？」

幼い頃の記憶が蘇ってくるほど、あの頃と変わらない定番の台詞《セリフ》だった。

もう人間とも思えない。なぜこんなに人の言うことが理解できないのだろうか。あまりの戯言に唖然としていると、大きな音が近づいてくるのを感じた。

バッと振り向くと、数十メートル先に爆走しているトラックが目に映った。

「逃げて！　そこから離れなさい!!」

男の子に向かって叫んだが、聞こえていないようだ。段ボールの中にいる猫を抱き上げて逃げたいのだろう、必死になっている姿が目に入った。

……まずいっ!!

そう思った時には駆け出していた。後ろから嬉々として追いかけてくるアイツの気配を感じ、無意識のうちに舌打ちしていた。

駆けている途中でトラックを運転する男が目に入った。血走っていたその目がだんだん開いていく。恐らく愛しい彼女が視界に入ったのだろう。

猫を抱き上げた男の子ごと、押し投げる。とその後、大きな衝撃と共に気持ちいいほどに晴れた青空が目に映った。最後に愛理の姿を見たくなくて、無意識に目を閉じる。

……あぁ、男の子は助かっただろうか。

弟の結婚式、出たかったなぁ。お母さん、弟達、悲しませてごめんね。どうか幸せになって。

そして、私は死んだ。

◆

気が付けば私はそこに〝いた〟。

起きているのか、目をつむっているのか、立っているのか、寝ているのか。

意識だけはハッキリしているが何もわからず、不思議な感覚だった。

(もしかしてこれが魂の状態というやつなのかな?)

などと呑気に考えていたら、声が聞こえた……ように感じた。

「我が眷属《けんぞく》を助けてくれてありがとう」

大きな光が見える。どうやらその光が話しているようだ。

（もしかして神様だったりするのかな？　それとも夢？　まだ生きていて植物状態とか……？）

あらゆる可能性を思考していると、また光から言葉が聞こえる。

「残念だがそなたの生は役目を果たした。今は、次に生まれ変わる準備をしておるのだよ」

どうやら考えていることは筒抜けらしい。その言葉が聞こえた時、思わず質問をしていた。

「貴方は神様ですか？」

バカらしい質問かもしれないが、光は丁寧に答えてくれた。

なんと本当に神様らしい。

私が思っていることはどうやら筒抜けらしく、私が死んだ後のことを教えてくれた。

私が助けた男の子と猫は無事だったそうだ。天敵女の発言をこっそりと録音していたスマホも、弟が見つけて役に立ててくれたようだ。

そして、詳しく話を聞いたところ、どうやらあの痛めつけられていた猫が神様の眷属《けんぞく》だったとのこと。その関係で死んだ私がこの場所に呼ばれたようだ。

一番の気がかりが無くなり、自分がここにいる理由もわかってホッとしたのも束の間、今度はモヤモヤとした懸念が渦巻く。

そう、私のこれからのこと。

生前の天敵女が発した戯言と先程の神様の「生まれ変わる準備」という発言。

なんだか悪い予感がする。というかアイツがどうなっているのかも分からないし、天敵の状況はきちんと把握しておくべきだろう。

そう考えていると、神様が早速と言わんばかりに答えてくれた。

「そなたが思っているように、奴、愛理といったかの？　奴は死んでおるよ。なぜ奴がここにいないか疑問じゃろ？　簡単じゃ。儂の逆鱗《げきりん》に触れたからの」

ふぉっふぉっふぉっと笑っていそうな雰囲気の爺さんキャラの神様。

姿は見えないが、私は某フライドチキンの爺さんのイメージで脳内再生している。

「奴は性根が腐っておる。神々からの加護がない上に、神の眷属《けんぞく》を傷つけ殺そうとしたのじゃ。奴は本来ならば転生できず、お主とはもう二度と会うことがなかったはずなのじゃが……。下級の悪魔と契約して、非正規ルートで転生してしまったのじゃ。……おぉ、奴の転生処理が終わったようじゃの。残念じゃが、同時に死んだ者は、同じ転生先になってしまう。転生先は奴が決めてしまったようじゃ。……変更がきかん、すまなんだ。ふぉっふぉっふぉっ、面白い。せめてものお礼じゃ！　奴の転生について、奴が知らない情報も併せてお主に教えよう！」

あ、本当にその笑い方をするんだ。

それとも私の心を読んでやってくれたのかな、などと考えていると興味深い話をしてくれた。

「まず、奴と取引したのは下級の悪魔じゃが、奴は神様と勘違いしておる。転生先について厚かましく注文を付けたようじゃな！　魔法がある異世界で、公爵令嬢で、前世の記憶を持ったままで、ピンク髪&青目の巨乳美少女でと……この四つじゃな。本来。神は希望など聞かなんだが、奴が取引したのは悪魔。取引が重ければ重いほどその対価も大きなものになる。むしろ好都合といって全て叶えてやったじゃろう」

わー、いい歳になっても相変わらずの我儘《わがまま》。

本当成長しないな、アイツは。

そんな我儘《わがまま》、むしろ無視してゴキブリとかに転生させりゃいいのに……

「ふぉっふぉっふぉっ、実にお似合いよの。奴にはあえて教えておらんが、希望は悪魔達への〝負債〟となる。生を終えた後、奴はもう転生は出来まい。ましてや傲慢《ごうまん》に四つも希望を叶えさせたんじゃ、死よりも苦しい地獄が奴には待っておるじゃろう。……永遠に逃げられない、死にたいほどの地獄がの？」

姿や顔が見えていないのに、まるで蛇に睨まれた蛙になった気分。

ピリつくような……殺気だろうか？　さっきまでは好々爺といった雰囲気だったのに、急にこの方はまごうことなき「神」様なのだ、と感じた。

「すまんすまん、怖がらせたの。まぁ、世の中因果応報《いんがおうほう》ということじゃ。与えられることは当然でないということを奴は気づけなかった。無知は罪なり。さて、続きじゃ。奴はそなたについて尋ねたそうじゃ。転生してから自分の邪魔にならないか確認したようじゃが。ふぉっふぉっふぉっ、悪魔は嘘しかつかないからの。違う世界で何もかも忘れて転生したと伝えたそうじゃ」

私はそれを聞いて心底安心した。転生して私が聖子だと知られたら、厄介なことになるに決まっている。アイツとはもう顔を合わせたくない。

思わず「悪魔様だいしゅき」と心の中で雄叫びをあげた。

「むっ面白くないのぅ、悪魔にそんな歓喜するなど！　儂だって頑張っちゃうもんね！　そなたには本に感謝しておる。あの世界ではただでさえ少なくなった眷属《けんぞく》を救ってくれたのじゃ。そなたの願いを三つ、叶えてやる。今まで話した事柄は覆せないが、できる限り望みを叶えるぞぃ！」

えっ……。有り難いが、負債を抱えるのは……

「儂は悪魔じゃないから大丈夫じゃ。ノー利息をお約束する。儂からの他意のないプレゼントじゃ」

あ、ありがとうございます。私はしばらく考えて、神様に伝えた。

一つ、母に素敵なご縁を繋いでほしい。

二つ、助かった男の子が心身ともに健やかに育つように。

三つ、転生後絶対に裏切らない、私のことを全て分かってくれる信用できる相棒がほしい。

「……あい分かった。お主は本に優しい心を持っておる。所詮は自分の為？　いやいや、真に自己の為であれば記憶や生活の保障をまず願うじゃろう、奴のようにな。……やはり、儂はそなたを好ましく思うよ。愛し子にはサービスしとかんとな……アーット、テガスベッター」

なんともわざとらしい言葉が聞こえた気がしたが……

神様の方から流れてきた光に気を取られた私は、聞き返すタイミングを逃してしまった。

ちなみに、相棒については渾身《こんしん》のものを用意すると言われた。準備に時間が欲しいらしく、三歳の誕生日に届くらしい。

「そろそろお別れじゃ」

神様がそういうと光が強く瞬く。

そして、全てのものが溶けていくような感覚になる。

「前世は本によく頑張り、そして災難だった。今世はもっと自分の為に生き、大いに生を満喫《まんきつ》なさい。そなたの幸せに満ちた思い出話を聞くのを楽しみにしておる。幸あれ、〝……〟」

最後の言葉は聞こえなかったが、愛の溢れる言葉に心が熱くなる。身体があれば泣いていただろう。あぁ、神様、労わってくれてありがとう。

また会う時は、もっとお話しがした……い……

第二章

そよ風で靡いているカーテンの近く。

繊細《せんさい》な模様が施されているしっかりとした造りのベビーベッドから、すやすやと穏やかな寝息が聞こえる。眠っている赤子は、色素の薄い茶髪に大変愛らしい顔をしている。

寝息が止まり、その長いまつげが上がると、ペリドットのような透き通った黄緑色の瞳が見えた。

（あぁ、今日もいい天気だなぁ）

くわぁっと欠伸をしながら考える。そう、この天使のごとく可愛らしい赤子が、私――前世は冴えない幸薄女であった上原聖子が転生した姿であった。

（今日も気づいたら終わってるんだろうなぁ。あぁ、休日でも予定いっぱいにしてたから慣れない。ただ飯食らいの罪悪感がハンパないーーー!!）

うがあぁぁっと内心荒ぶっているが、傍から見たら手足をウゴウゴと動かしている大変可愛らしい赤子で、ほっこりする光景だろう。

「あらあら、リリーお嬢様。今日はお元気そうですね」

乳母《うば》のマリアが洗濯物を持ちながらベッドを覗き込んできた。

「このお洗濯が終わりましたら、お乳のお時間ですからね、もう少し遊んでいてくださいな」

ニコニコしながらそう言い、最後に頬を指で触れて部屋を出ていった。

いや、遊んでるわけじゃなかったんだけども……。などと内心言い訳をしていると、ガチャっとドアから音がした。

ドアの方を向いていても、誰も目に入らない。

これは……と思っていると、小さな気配がそろりそろりと近づいてくるのを感じる。

「リリー、まだおねんねしてる？」

ひょこっとベビーベッドの下の柵に掴まりながら、これまた可愛らしい顔が現れた。

（相変わらず美ショタやで、兄さま）

「あぅぁ～!!　あっ！」

自分より四歳程上の兄に手を伸ばしながら挨拶をする（してるつもり）。

「そっかー！　リリーはエディに会いたかったかぁ！」

兄は無邪気さ百％といった顔でニコニコと笑って答えてくれた。

（挨拶しただけど……まぁいっかー!!）

しばらく二人できゃっきゃしながら遊ぶ。

名前すら呼びたくない天敵女の自己中極まりない妄想により、巻き込まれ事故で転生してから早数か月。私はようやく幼児の身体に慣れてきたところだ。

それにしても、なぜ記憶があるままなのだろうか……

何だかお節介をかけていただいた気がする……（正解！）

大人の人格がある子供なんて、絶対トラブルになると初めは危惧《きぐ》したが……思った以上に身体に引きずられているようだ。お腹がすいたり排泄したら自然と泣きわめくし、しっかりと感情が表に出る。

今となってはいたって普通の大変優秀な赤ちゃんである！　ふんすっ。

そんな優秀な赤ちゃんの私は、上原聖子改め〝リリーナ・バジル〟。

恐らく貴族階級の長女として生を受けた。

ただ、家族や使用人からは愛称《あいしょう》の〝リリー〟で呼ばれているので、時々本名を忘れる。

人間でない生き物に転生することも覚悟したが、運が良かったのかどこかのお節介神様の力が働いたのか、いわゆる〝転生ガチャ大成功!!〟状態である。

（何のことかのー？　ふぉっふぉっふぉっというセリフが聞こえた気がする）

いや、〝大成功〟ではない。そこは世の中上手くいかない。

リリーナは通常よりも身体が弱いようだ。すぐに風邪を引いたり熱が出たりする。

当事者としては乳幼児なんだしこれくらい許容範囲では？　成長したら大丈夫でしょう～くらいに思っているが、こちらの世界基準だと立派に病弱のようだ。

熱を出した時、母が「私のせいよ、この子は私の故郷の血が強く受け継がれてしまったんだわ。ごめんね、丈夫に産んであげられなくて」と泣いていた。そんなことないよ！　と伝え母の涙を止めたかったが、赤子の私ではとても難しい。早く話せるようになりたい。

それにしても、母の故郷ってなんだろう……。神様のお節介の匂いがぷんぷんするが、考えすぎだろうと自分に言い聞かせる。

バジル家の初めての女の子で、しかも病弱だからか、周りが過保護気味なのが気になるが……まぁ概ね順調である。

むしろ初めての天敵女に脅かされない生活。ストレスフリーすぎて最高である!!

これまでを思い返し突然遠い目をした妹を不思議に思ったのだろう、兄が両頬をムニムニしてきた。

「リリー、どこか痛くなっちゃった？　大丈夫？」

こちらを心配そうに見つめる、私より濃い茶髪に新緑のような綺麗な瞳をした美ショタの兄――エディール・バジル。

家族や使用人からは〝エディ〟の愛称《あいしょう》で呼ばれており、将来は美大夫になるだろうその容姿は、優しい性格も相まって天使のようだ。

私が生まれるまではやんちゃ盛りだったようだが、初めての妹が嬉しいのか私の面倒をよく見てくれる。ご多分に洩れずに私に対しては過保護だ。

私が突然黙ってしまったので、エディ兄さまは心配したのだろう。

「あ～ぁあっ！　ぶぅ～！（何でもないよ～、大丈夫～！）」

反応したことに安堵《あんど》したのか、エディ兄さまはほっと息を吐いた。

「そっか～、お外の雲見てたのか～。リリーが大きくなったら僕と一緒にお外に行こうね！」

ニコニコしながら、私の両手を持ってフリフリと遊んでいる。

（おぅ、兄さまったら相変わらず独自の変換技術をお持ちで。お外楽しみだなぁ）

私はさもその通りです！　というように、エディ兄さまに向かって笑顔を向けた。

しばらく二人で遊んでいると乳母《うば》のマリアが戻ってきた。

「あら、エディ坊ちゃま。リリーお嬢様と遊んでくれていたんですね、ありがとうございます。さぁ、リリーお嬢様は今からお乳の時間です。エディ坊ちゃまもおやつにしましょう」

簡易的な仕切りの中マリアにお乳を飲ませてもらっていると、親子でバジル家のメイドをしているレイナとカヨが部屋に入ってきた。

「マリアさん、ララちゃんが起きたので連れてきましたよ」

ララちゃん——マリアの娘である赤ん坊を連れてきたのは、私付きのメイドのレイナだ。

大人たちから盗み聞きした話によると、二十代前半とまだまだ女盛りのレイナはクズ男から逃げてバジル家に保護されたんだとか。バジル家に恩を感じ、娘のカヨと共に仕えてくれているそう。

「エディさま！　おやつをお持ちちました！」

拙い言葉ながら一生懸命おやつをのせたお盆を持っているのが娘のカヨだ。そばかすがチャーミングな彼女は、少しおませさんでお姉さんぶりたがるプリチーなメイド見習いである。

「わーい！　カヨ、ありがとう！　今日のおやつは何？」

「今日はザインさん特製のくるみクッキーですよ！　味見させていただきましたが、とってもおいちかったです！」

と二人の可愛い子たちが盛り上がっていると、レイナがカヨに声をかけていた。

「まぁまぁ、カヨ、立ちながらの説明ははしたないわよ。お盆をテーブルに置いて、坊ちゃまに説明して差し上げて」

「ふふふっ、カヨは働き者ね。レイナもありがとう、助かるわ」

仕切りから顔を出して二人にお礼を言うマリア。

マリアは商人をしている夫に嫁ぐまで、長年バジル家に仕えていたそうだ。そろそろ出産という時に夫の長期出張が決まり、一人で出産・育児をしているところに、私の乳母《うば》として働かないかとバジル家から声がかかったようだ。

この世界では、母乳だけでなくヤギなどの生き物の乳で子供を育てるらしい。

しかし私の場合、病弱なせいか哺乳瓶《ほにゅうびん》をうまく吸えず（この世界の物は硬くて吸いづらい！）、母も多忙で毎日母乳を飲ませることができず困っていたそうだ。

そんな時、ちょうどララを生んだマリアが一人で家にいることを知った母が、乳母《うば》として声をかけたってわけ。

出産後間もないのに申し訳ないと思っていたが……皆率先してララを世話してくれて、やっと寝る時間ができて良かったわとホクホク顔でマリアが言っていたので、お互いＷＩＮ・ＷＩＮならば心配いらないだろう。

当初、ララは従者棟《じゅうしゃとう》で世話されていたが、母が「日中母親と一緒にいられないなんて可哀そうだわ。部屋を用意するから、そこで育てなさい」と本邸内の従者室《じゅうしゃしつ》近くに部屋を与えた。

その為、マリアが私の世話をしている時は誰かがララの世話をし、私が寝ている時などはマリア

りするこ とも ある。

はララの世話をしている。それに今日のようにララが私の部屋に来たり、私がララの部屋に行ったりすることもある。

寝る・食う・出す以外暇な私は、ララと一緒に遊ぶのがお気に入りだ。ララはマリアを赤ちゃんにしたようで、大変可愛らしいのだ。見ているだけで癒される。

今世の幼馴染《おさななじみ》はアイツと違い天使である。非常にうれしい。

本当は、主の子と同じ部屋に使用人の子が入ることは不敬にあたるようだが、うちの両親はそのような貴族の常識を全く気にしない人らしい。

〝使えるモノは何でも使う〟が信条の、大変合理的で人情深い人たちだ。

そんな素敵な家族を誇らしく思うし、分け隔てなく接してくれる従者《じゅうしゃ》たちも含め、私はこの短期間で〝バジル家〟が大好きになっていた。

色々と考えながらマリアのお乳を飲んでいたが、さすがに満腹になってきた。

「ぁう〜（ふぃー、いいお乳でした。ありがとマリア）」

「はい、上手に飲めましたね。昨日熱っぽかったので心配でしたが、今日は本当にお元気そうですね。安心しました」

マリアが服を直しつつ安心したように言うと、

「マリアさん、お嬢様は私がみますのでララちゃんにもお乳をあげてください」

とレイナがララを抱いて仕切りに入ってきた。

「ありがとう、そうさせてもらうわ。ほら、ララいらっしゃい」

ララと私が交換される。

「さぁ、お嬢様はゲップをしましょうね～」

レイナに縦抱きにされて、トントンとリズミカルに背中を叩かれる。

（ゲップって難しいんだよなぁ……あ、今日はスムーズに出そう）

「けぷっ」

「お嬢様、上手にゲップできましたね～！」

「リリーしゅごいね！　エライぞ！」

「お嬢ちゃまさすがでしゅ！」

お兄さまとカヨも寄ってきて褒めてくれた。

（ゲップしただけなのに……照れるなぁ、でも嬉しい）

前世では自分が世話をされた記憶より、誰かを世話をしていた記憶が圧倒的に多い。

だからか、この手放しの誉め言葉に未だに慣れない。当たり前のことをこんなに喜んでくれると、私がこの世界に認められた感じがして心がポカポカする。

（あぁ～、今世はもっともっと周りに愛を伝えて生きていこう）

私はどこか余裕がなくて、あまり素直に胸の内を話せなかった前世を思い出した。

今世ではいつ死んでも悔いがないように、素直に、自分の為に生きよう。神様が言ってくれた言葉を思い出しながら決意する。

早速嬉しい気持ちを伝える為、笑ってみる。

「あぅう～あっ！」

にぱっ。

「んんんんんんあああ可愛いですお嬢様!!！」

スリスリスリスリィィ！　っと頬同士をくっつけてレイナが叫ぶ。大分テンションがハイになっているようだ。

「レイナ！　エディも！　リリーとちゅっちゅするの!!」

私に手が届かないエディ兄さまがポカポカとレイナの腰を叩く。

「はわわわぁ！　お嬢しゃまは妖精《ようせい》さんなのですわ！」

両手で真っ赤になった顔を押さえ、ぴょんぴょん跳んでるカヨ。

「……あらあら、皆元気がいいわねえ、ララ」

「ぷあぅっ」

ララを撫でながら、こちらの様子を見ているマリア。

そよ風に揺れるカーテンの一室で、誰もがその顔に笑みを浮かべていた。

◆

しばらくすると母乳だけでなく離乳食《りにゅうしょく》も出てくるようになった。それに伴い、マリア以外の従《じゅう》者《しゃ》も私の食事の世話をしてくれるようになり大変助かっている。

「お嬢、今日は新作のジャガガのミルク煮ですよ～。お味はどうですか～？」

赤髪のガタイの良い、父と同じくらいの年齢の男が匙《さじ》を口に近づけてくる。

このザインという男、なんとこの屋敷の料理長である。

初めは料理長がわざわざ離乳食《りにゅうしょく》を作り、ましてや食べさせに来るなんて！　……と思っていたが、彼も病弱な私を気遣う過保護ズ（と命名した）の一人であった。

離乳食《りにゅうしょく》自体はエディ兄さまの時にも作っていたそうだが、病弱な幼児に合わせたものを作るのは初めてのようで、初めての食材の時は必ず様子を見に来ていたのだ。

ある日、毎回ガタイの良い料理長が陰から様子を窺っている様子に呆れたレイナが、「突っ立って見てるなら、むしろその手で食べさせて差し上げてくださいまし」と目が笑ってない笑顔で迫った。

最初は「いや、俺が行くと怖がるだろ」やら「泣いたらどうすんだ！」だのとグダグダ言っていたザイン。おあずけをくらっていた私が我慢できずにザインの手を掴み離乳食《りにゅうしょく》にむしゃぶりつき……作ってくれてありがとう、と感謝が伝わるようにぱっと笑ったところ。

「か、可愛いぃぃいいいい!!　天使！　子どもに泣かれたことしかないのに!!」

とえらく感動した様子だった。

それから新作の時だけでなく、手が空いている時は頻繁に手伝いに来るようになったのだ。

時々他の人から文句を言われているようで、もしかして仕事サボッてんじゃないよな？　とジト目で見る。するとと勘違いしたザインは頬を緩めながら言った。

「ん～？　お嬢、もっと食べたいって？　新作気に入ったみたいだな～。いっぱい食べて丈夫になれよ～」

そう言いながら匙《さじ》ですくって口に運ぶ。

（なぜ私の周りの人は独自の変換技術をもっているんだろうか……まぁいいけども）

それにしても美味い。

ラノベ展開でよくあるメシマズな世界だったらどうしようと思っていたが、杞憂《きゆう》のようだ。

次を催促するようにザインに向かって口を開けて、ジャガガのミルク煮とやらを食べながら考える。

ジャガガと言われているこの食物は考えていた通りジャガイモだろう。名前が違うなんてやっぱり異世界なんだな、と感じる。

神様の話が真実であれば、ここは魔法のある世界のはずである。

しかし、私は生まれて一度たりとも魔法を見てもいないし感じてもいない。

はじめ意識が覚醒した時は戸惑いながらも少しワクワクしていたのに。杖で魔法を唱えるのかなとか、それぞれに属性とかあるのかなとか……

でも、こうも魔法のかけらを感じられないでいると諦めが出てくる。

部屋の電気もスイッチのようなもので点けているし、掃除や料理も手動でやっている。

幼児故自分で歩けない今の私だと、知ることができる範囲が激狭だが、少なくとも生活の中では魔法を使っていないようだ。

本格的に歩く練習をしよう……と心で誓っていると。

「あら、今日はザインに食べさせてもらってるのね。一足遅かったわ」と言いながらお母様が部屋に入ってきた。

「あぁぁぁんま、んまぁっぁ！（お母様！　お仕事終わったんだ！　嬉しい‼）」

久々の早い帰宅にテンションが上がり、お母様に向かって両手を伸ばす。

「あぁぁ、お嬢、こぼれちゃうから、落ち着けって、ちょっ」

ザインが匙《さじ》を置きながらアワアワしていると、お母様が私を抱き上げた。

「ふふふっ、元気そうで良かったわ、可愛いリリー。そんなにお母様に会いたかったのね、嬉しい。お母様もリリーに会いたかったわ」

チュッとおでこにキスをしながら言ってくれた。

私はとっても嬉しくて、にぱにぱっとお母様に笑いおかえり！　と伝えた。

この美しい私のお母様――エマ・バジルは、バジル領と隣国の間にある〝コアスの森〟付近に住む先住民族の姫だったらしい。コアスの森の調査に来ていたお父様と出会い、すったもんだがあって両想いになり結婚したそう。

眠るとき、まるでおとぎ話のようにロマンチックなお父様との思い出を語ってくれた。

そんなお母様だが、姫というだけあってめっちゃ美人さんである。サラサラな金髪に、エメラルドのような瞳。それに加えて、運動神経もよくスタイル抜群である。

穏やかな性格とは裏腹に、幼い頃から狩りをしていたから故になかなか腕が立つらしく、害獣の駆除隊《くじょ》を率いることもあるほど。

実際に私が生まれてからしばらくしてコアスの森で害獣被害があったらしく、海賊討伐《とうばつ》にあたっているお父様の代わりにお母様が自ら出向いていたのだ。なかなか害獣の発見にてこずっていると聞いていたが、お母様がこんな早い時間に帰ってきたということは……！

「あぁ、何て可愛いのリリー!!　屋敷の皆は信頼しているけれど、私やガンディがいない間にエディとリリーに何かあったらと心配だったわ。悪い獣はママがやっつけたからね！　今日からはいーっぱいリリーと一緒にいるわね！」

チュッチュッチュと顔中にキスの雨が降った。

（やっぱり！　お仕事終わったんだ！　これからはお母様と一緒！）

自分自身でも自覚していたが、やはり身体に精神が引っ張られているようだ。嬉しいという感情が大きく、コントロールできない。

「んんぁんまま、あぁまんま!!」

嬉しすぎてキャッキャッと笑いが止まらない。

「まぁぁあああ、ザイン聞いた!?　リリーが〝ママ〟って！　ママって言ったわ！」

私をギュッと抱きしめ、感激したようにゼインに言うお母様。

「今日はお祝いよ！　ザイン、今日の晩御飯はごちそうにしてちょうだい!!」

お母様が私を抱き上げたままくるくると回りながら喜びを表している。

（お、お母様そんなに回ったら……ぐぇっ）

私は盛大に吐いてしまった。あぁ、せっかくジャガガのミルク煮、美味しかったのに……

「ギャー、お嬢ー!! ちょ、奥様、止まって! お嬢が死んじゃうー!!」

ザインの叫びとマリアやレイナ達の駆け寄る足音、それからお母様の焦った様子を感じながら、私は気絶してしまった。

◆◆◆

すっかり夜も更けた頃、私――エマ・バジルは横になりながらぐっすりと眠っているリリーの頬を撫でていた。昼間の笑顔は消え、月に照らされる顔はひどい顔をしているだろう。

静寂《せいじゃく》が漂う中ドアの開く音が響き、まるで熊のような大きさの男が近づいてくる。

「聞いたぞ、リリーが言葉を話したそうだな」

この男こそ、リリーとエディの父であり私の夫――ガンディール・バジルである。

ガンディールはエディと同じく薄めの茶髪に紅茶のような瞳をした、我が夫ながら見ほれるような色男だ……無精《ぶしょう》ひげが生えていても関係ないほどに。

彼の体重によりベッドが沈むのを感じつつ、不意に頭を撫でられ俯いてしまう。

「……それなら私がリリーの具合を悪くしたのも聞いているでしょう? ごめんなさい。今日は調子が良さそうだったし、ママって言ってくれたのが嬉しくて。自分の感情のままに接してしまった。……浅はかだったわ」

目頭が熱くなり視界がぼやけていることを気にも留めず謝罪する。私の言葉を聞いて、夫は頭を抱き寄せ、そっとキスをした。

「エマ、お前は何も悪くない。ちょっとリリーが食べ過ぎてしまっただけだ。お前はもうお喋りができた娘をしっかり褒めてやっただけだろう？　素晴らしいことじゃないか」

夫はもう一度唇を寄せ、間でぐっすりと眠っている愛娘のオデコにもキスをした。

「……貴方が私を甘やかすから、どんどんダメになってしまうわ。お願いだから、貴方は私を叱ってちょうだい」

私は叱ってほしさと自責の念と嬉しい感情と……様々な感情が混り、なんと表現したらいいか分からずにぷーっと怒ったような顔を見せた。

そんな私の態度に思わず、といったように笑みがこぼれた夫は続けた。

「そんなことはない、お前は本当によくやっているさ。現にあまり顔を合わせられなかったお前のことを、リリーは初めに呼んだんだろう？　お前の深い愛がこの子に伝わっている証拠だ。こんなに娘を慈しんでいるお前を、褒めることはあれ叱るなど、誰だって出来まい」

彼はリリーが目が覚めないように、その大きな身体からは想像できないほどに繊細《せんさい》な動きで頬を撫でていた。

「しかし、ちょっと妬《や》けるな。仕方ないとはいえ、俺も同じくらいリリーと顔を合わせているのに。……母親には敵わないか。これから俺もパパと呼んでもらえるように頑張るからな。……なるべく早く呼んでくれよ」

夫の言葉を聞いて少し起き上がる。

「あら、もう海賊の討伐《とうばつ》は終わったの？　他の領地や他国でも海賊行為をしていた厄介な奴等と聞いていたけれど」

夫はため息をつきながら答えた。

「いや、主力の奴等は今他国に行っているらしい。下っ端やうちの領地に幅を利かせていた輩《やから》は捕まえたが。奴等の大々的な討伐《とうばつ》は数年後になりそうだ。もう一度、領地内とついでに周辺の海域を念入りに調査したら、一旦俺たちは引き揚げる予定だ。もう少し時間がかかるが、ようやくこの子たちと触れ合える」

紅茶のように澄んだ瞳を細めながら夫は笑みを浮かべた。

リリーが生まれる少し前から領地の港付近で海賊被害が多発して、被害が拡大する前に現地に赴くことになった。定期的に屋敷に帰ってはいたものの、夫は子供達と長期間触れ合うことが出来ていなかったのだ。

エディも甘えたい盛りだろうに、一人で過ごすことが多くて無理をさせてしまっている。

まぁ、妹という守るべき存在が出来て、成長しているようだが。

もしかすると愛しい娘に、父の顔を忘れられているかもしれないとその大きな体を小さくしていた夫を思い出す。まぁ、そんな心配は、リリーに会った時に向けられた笑顔で消え去ったようだが。

（こんなイカつい大男、父親と分からなければ泣くに違いないわ。エディの時だって、しばらく会わないだけでギャン泣きされたしね）

今までの出来事を思い出しながら、病弱な自分の娘を見る。

すぅ、すぅ、と規則正しい呼吸音が聞こえてホッとする。

出産後一月経った頃に見たあの苦しそうな顔。それにどこかに何かが詰まっているような呼吸音を聞いた時は顔が青ざめるのを感じた。代わってあげたいとどれだけ思ったことか。

慈しむように愛娘を撫でる夫をチラリと見る。

(ガンディールは違うと言ってくれるけれど、やっぱり私の血筋のせいよね……)

故郷ではリリーと同じように、生まれながら病弱な者が一定数いたことを思い出す。

だが優しい夫は一切私を責めることなく、腕の良い医者に診せては何やら随分と話し込んでいた。その後は決まって難しい顔をして執務室に籠るのだから、何か思い詰めているのではと心配してしまう。

夫が私の一族を探していることは知っている。

結婚する際駆け落ち同然で出てきてしまい、私は一族とほぼ絶縁状態だ。場所を変えながら生活している一族は、そう簡単に見つからないだろう。

でも一族の者と話すことができれば、リリーの体質を改善する為の方法がわかるかもしれない。

自身の血が原因かもしれないのに、何も役に立てないことが悔しい。

勝手に出てこようとする涙を止めるように、ギュッと目を瞑ると大きな腕が背中に回ってきた。

「大丈夫だ。心配するな。お前もリリーも、勿論エディも俺が守る」

その力強く優しい言葉に、遂に頬を伝った涙をシーツに押し付けた。

月明かりが一つに固まった親子を照らしながら、夜は更けていった。

◆◆◆

あのゲロゲロ事件をきっかけに高熱を出して体調を崩してしまった私、リリー。

ようやく体調が戻ったが、過保護ズの人員が増えたため歩く練習が満足に出来ず、未だに歩けないでいる。過保護ズもある程度は見守ってくれているのだが、テンションがノッてきた時にストップがかかる。

私は努力型の人間だと自負しているので、ストイックに歩けるまで練習したいのに!!

だが、テンションが上がったままだと体調を崩しがちなことも事実。

大人たちの目を誤魔化すことはできず、細々と練習を続けている。

(感覚的にはもうそろそろいけると思うんだけどなあ)

幼馴染《おさななじみ》であるララちゃんはすでにある程度歩けるようになっており、マリアの後ろをトテトテとついていって大変可愛らしい。

一ヵ月違いのララちゃんに後れをとっているのがちょっと悔しいが、自分のペースで頑張ろう。

あと少しでお父様が屋敷に完全に帰ってくるそうなので、その時にサプライズしたいのだ。

(初めての言葉は〝ママ〟にあげちゃったし、これくらいはね)

ちなみに二番目に発した言葉は〝エデ〟だ。エディ兄さまは歓喜の舞を踊っていた。

お父様たちの帰還祝いのために、母様は兄様を連れて街に出ている。二人とも嬉しそうに出かけて行った。お留守番な私は、今日はララの部屋で過ごしている。

先程ララが歩いている時、勢い余って転んで頭から血が出てしまったため（多分大丈夫だが、頭を切ってしまって血が止まらない様子だった）マリアとララは救護室に行っていて現在一人である。

ちょくちょく思っていたことだが、仮にも貴族のご令嬢が一人きりになっていいのだろうか。

過保護なのかそうじゃないのか分からない人たちだ。

（はぁ、暇だなぁ。今日は雨が降っているし、マリア達が帰ってきてもお散歩は無理だろうなぁ。ベビーベッドだと立つ練習も出来ないし、早く二人帰ってきてくれ～）

私は一人、指をしゃぶりながら例のごとくうごうごと両手足を動かしていた。そんな風に奇妙な運動をしていると、ドアの方から誰か近づいてくる気配を感じる。

（ん？　マリアだけ帰ってきたのかな）

目を向けようとしたちょうどその時、上から何か黒い物体が降ってきた。

そして、あっという間にドアの方から近づいてきた気配（フードを被った男のようだ）を押し倒し、両手を後ろ手にして掴む。

（……え!?　な、何!?　え、誰!?　ていうかこの部屋に誰かいたの!?）

軽くパニクっていると、その黒い物体が声を発する。

「貴様、屋敷の者ではないな。何の目的でこの部屋に来た。なぜこの子に手を伸ばした。答えろ」

どうやら黒い物体の正体は男の人だったようだ。心地よい高音気味のテノールが聞こえた。

状況から察するに、知らんおっさんが不法侵入して私に触ろうとしたらしい。

怖っ!! 笑えないよ、危機一髪やないか!!

そして、黒い物体――おっさんを倒してくれたお兄さんは私の護衛なのだろう。

もしかして今までずっと見守ってくれていたのだろうか。貴族のご令嬢のセキュリティは万全でした、すいません。

「ぐぅっ、なぜこんなところにまで……。クソッ離せ!! 影のくせに生意気な! 俺に触れるんじゃねえ!」

と侵入者が吠えると、ボコォッ!! っという音が聞こえた。

「しゃべる元気があるならとっとと答えるんだな。あと、この子の前でそんな汚ねぇ言葉吐くんじゃねえ。殺すぞ」

なんだかお兄さんの殺意が知らぬ間にＭＡＸである。

えっ? なんで? そりゃ不法侵入は犯罪（この世界では知らんが）ですけども。

そこまで殺意ＭＡＸになりますかね?

あれかな? 〝影〟って言葉が差別用語だったのかな?

大丈夫だよ、忍者《にんじゃ》みたいなもんだよね? カッコイイよ!

突然の展開に自分でもだいぶパニックになっているみたいだ。全然頭が回らない。

お兄さんは私の方を向いて、無事かどうか確認するように見つめてきた。

まさに忍者《にんじゃ》のようなマスクで顔の大半が隠れており、顔立ちは分からないものの、心配するような眼差《まなざ》しをしたダークグレーの瞳からは、本当にこちらを気遣っている様子が分かる。

無意識のうちに私は緊張していたのだろう、身体の強張りが溶けていくのを感じた。それから、この優しいお兄さんに、少しでも安心してほしくて体いっぱい使って笑顔を向けた。

「あぅぁ〜!! あぃあとー!!（大丈夫だよー！ ありがとー！）」

相変わらずマスクで分かりにくいが、ホッとしたように見えた。

その一瞬のゆるみを逃がさなかった侵入者が、拘束された状態を抜けドアの方へ逃げていく。

「馬鹿が、逃がすと思ってんのか」

お兄さんも即座に動き、部屋から少し出た付近で再び取り押さえる。

するとベビーベッドが置かれている隣の窓から、何故か雨が入ってきた。

（おかしいな、マリアが窓を全部閉めていたはずなんだけど……）

気づいた時には遅かった。

「お嬢!!」

私は窓から入ってきたもう一人の侵入者に抱き上げられていた。

（はぇ、誰!? 侵入者は一人じゃなかったの!? ていうかこの侵入者……もしかして……）

ある違和感を覚える中、お兄さんに捕まっている侵入者が何かをこちらに投げてきた。

ボンっ!! という大きい音と同時に、緑の煙幕が広がる。

それから私は、降りしきる雨の中、侵入者に誘拐されてしまった。

◆◆◆

俺はバジル家に仕えている影、名はハヤト。

歳は十六だがこれでも幼い頃から訓練を受けてきた、その道のプロだと自負している。

ガンディール様に仕えている先輩方には「まだまだだ」と言われるが、あの人たちは俺が慢心しないように鼓舞《こぶ》してくれているのだろう。

そんな必要ないのに。ちょっとは俺のことを褒めてくれてもいいと思う。

そんな優秀だが身の丈を知っている俺は、なぜか当主であるガンディール様でなく、ましてやご長男のエディール様でもない、まだ赤子のリリーナ様の影に任命されてしまった。

それを聞いた時は、大変不躾ではあるがこの屋敷の影長に抗議した。

この国で〝影〟という存在は、表に出て正々堂々と戦うことをしない卑怯者と侮蔑されている。

歴史の中で、我々影は重要な任務や役割を担ってきたというのに。

その任務は秘密裏に行われることが多く、大衆の目に映らなかったが。まったく、目に見える華々しいものを美徳とし、表面しか見ないこの国の人々には呆れる。

だが、ガンディール様は違った。他では忌避され先の大戦以降行き場をなくした我々を引き入れ、他の兵士と同じように、いや、それ以上に重宝してくださる。

「使えるものは何でも使う。能力があるものをなぜ使わない？　俺には理解できんな」

俺は能力を評価し、我々の歴史を認めてくれたガンディール様のお言葉に救われた。幼いながらに俺はこの人の為に働き、死のうと思った。

にもかかわらず！　ガンディール様でなく、ましてやいずれ家を継がれるエディール様でもない、リリーナ様のお付きになってしまった。

その事実が、どうしても受け入れられなかった。

そもそも、貴族の子息に影という見えない護衛を付けるのは一般的だが、家を継ぐ予定のない女児に影を付けるなど前代未聞である。必要性を感じない。

あの合理的で常識にとらわれないガンディール様が、こんな無駄なことをするだろうか？　理解できないのは、俺の修行が足りないせいだろうか……

結局抗議は受け入れられず、俺は生後数か月のリリーナ様のお付きになった。

決まってしまったのであればしょうがない。俺は全身全霊で任を全うするまでだ。真面目に仕事をして、評価されてゆくゆくはガンディール様付きになることを目標に頑張ることにしよう。

リリーお嬢様は病弱とのことだったので、万一にそなえベビーベッドでの状況も把握できるよう、屋根裏から見守る。

……初めて見た時にも思ったが、お嬢様は将来がめちゃくちゃ楽しみな容姿をされている。さすがエマ様とガンディール様の娘様。色素の薄い天使のような姿は、見ていて全然飽きない。

赤子のお付きなんて暇でしょうがないだろうと思っていたが、あの可愛らしい姿を見ていたら気づけば時間が過ぎている。この間なんて、朝日を浴びた天使を見て〝今日も頑張るぞ〟と思ったら交代の者が来てビビッてしまった。

（あ、また奇妙な踊りをしてる）

リリーお嬢様は最近とても活発だ。あのように指しゃぶりをしながら両足をうごうごと動かしたり、前よりもよく喋るようになった。この間なんてエディール様のお名前を呼ばれており、エディール様は小一時間ほど興奮が収まらなかった。

「リリー！　今度は〝エディ兄さま大好き〟って言って!!」

とずっとリリーお嬢様に引っ付いており、乳母《うば》のマリア様を困らせていた。

――自分のこともいつかあの可愛らしいお声で呼んで下さるだろうか。

〝ハヤト〟は中々言いやすい名前だと思っているので、ひそかに期待している。

……いやいやいや、自分は陰ながらの護衛だ。ましてや将来的にはリリーお嬢様のお付きを離れる身だ。そんな贅沢な願いなど……

悶々と考えていると、お昼の時間になったのか、料理長のザインが離乳食《りにゅうしょく》を持って部屋に入ってきた。後ろでメイドが睨んでいるのが見える。

（あのオヤジ料理長は、また勝手に持ってきたのか）

初めはお嬢様に近づこうともしなかったくせに、拒否されないからと調子に乗って……。従者内《じゅうしゃ》で毎食、誰がお嬢様に食べさせられるか血を見るほどの争いをしているというのに、あのオヤジは自分が作ったものをシレッと持っていくようになったのだ。

本来サーブするのも、世話をするのも料理長の仕事じゃないのに。きっかけを作ってしまったメイドのレイナですら後悔しているほど、頻繁にお嬢様へ餌付けしている。

そう、お世話ではなく餌付けだ。ヤツは知らないだろうが、お嬢様が食後お眠りになられた時に呟いた言葉を、俺はしっかりと聞いた。

「この調子でお嬢の舌を育てて〝ザインの料理しか食べたくない〟って言われるように頑張っちゃうぜ～♪」

ふんふ～んっとスキップしながら出ていくのを見送る。煩悩《ぼんのう》の塊のような男だ。

彼の料理は確かに美味い。バジル家に仕えてよかったと思うランキングトップテンにいつも入ってくるほど、影の者にも人気が高い。

彼の料理には感謝しているが、お嬢様の教育上少しでも悪いと感じたら容赦はしない。とりあえずブラックリストに載せておき、ガンディール様へ報告できるようにしている。

「お嬢～、今日も新作作ってきたよ～」

いつもの悪人面はどうしたというほど、しまりのないデレデレとした顔でお嬢様に話しかけている。イライラしながら見守っていると、ドア付近が騒がしくなってくる。

バンッ！　と開いたドアから、エディール様が現れた。

「リリー！　兄さまが来たよ!!」

「ぼ、坊ちゃん、お勉強はどうしたんですか？」

「先生の体調が悪いみたいで今日は終わったよ！　あっ！　リリー、今からご飯なの？　兄さまが食べさせてあげるね！」

そう言いながらエディール様はザインが持っていた匙《さじ》と離乳食《りにゅうしょく》を奪った。

「坊ちゃん！　自分が食べさせますんで、坊ちゃんもおやつにしましょ⁉　ね⁉」

「いいよ、さっきご飯食べたばっかだもん。リリーの世話は兄さまがするの！」

エディール様はお嬢様が〝エディ〟と話せるようになってから、〝今度は兄さまと呼んでもらう！〟と張り切っておられる。お嬢様と接するときは、一人称を「兄さま」と言うようになった。

（エディール様も成長なされた）

お嬢様が生まれる前は、やんちゃ坊主であったのに。

目を離したらすぐにいなくなってたり、毎日どこで何をしているのかと思うほど洋服を泥まみれにしていた。年齢が近いからと、よく捜索やお相手に駆り出されていたなぁ。

しみじみとエディール様の成長を感じながら、ザインに向けてざまぁみろと笑う。

よく見ると、先程まで恨めしそうにザインを見ていた従者《じゅうしゃ》たちも同じように笑っていた。

ふとお嬢様を見ると、きょとんと大きなお目目をパッチリ開け、エディール様とザインのやりとりを見ていた。やっと食べられると分かったのか、エディール様に向かってキャッキャと笑っている。

そんな様子を見て落ち込んでいたザインが復活し、従者《じゅうしゃ》たちが棘のない笑みを浮かべていた。

その様子を見て、俺は案外この任も悪くないな、と感じていた。

——自分もマスクの下で柔らかい笑みを浮かべていると気付かずに。

そんな柔らかな記憶を頭の片隅で思い出しては、まるでその記憶を燃料にするかのように頭も体も熱くする。俺は今まで感じたことのない激情をコントロール出来ずにいた。

濡れた状態のまま、まるで八つ当たりのように……馬乗りになって男を殴り続ける。

「……ハヤト、そこまでにしとけって。それ以上は口が割れなくなるだろ～」

先輩であるダイスが、俺が振り上げた腕を止めて男に声をかける。

「おい、アンタもいい加減吐いてよ。見たところ影でも暗殺者でもないでしょ？　誰の依頼なの？」

それまで一方的に殴られていた男は、口内に溜まった血を吐き泣きながら答えた。

「はぁ、はぁ、ゴホッ。お前ら、卑怯な手でしか戦えねえ影物が！　この俺にこんな仕打ち。許さねぇ……」

ボコォッという音とともに、それまで喚き散らしていた男が壁に吹っ飛ばされる。

「……人に注意しといて、何殴ってんですか。口割らせるんじゃなかったんすか」

「あぁ悪い。久々に反吐《へど》が出る言葉聞いたから、つい。いやぁ、おかしいな～。前はこんくらい屁でもなかったのになぁ」

先輩が首をかしげるのを呆れた表情で見つめた。

男からうめき声とすすり泣きが聞こえてくる。どうやら気を失ってはいないようだ。

「先輩、どいてください。コイツ、どうせ殺されないと思ってますし、もっと危機感がないと答えませんよ」

　チャキッと腰に装備していた短刀ナイフを取り男に向ける。

「それもそうだな、あの子の為に早く居場所突き止めたいし〜。指ならいいかな〜」

　先輩も自分の短刀を出しながら男の上に乗り、手を押さえつけた。俺たちの本気に気づいたのだろう。震えながら男が叫ぶ。

「ま、待て、たかが使用人の子どもだろっ!? あの商人に金でも積まれたのかっ。お、俺がその倍金をやる。だから助けてくれ!! いくらだ、いくら出せばいい？」

　その言葉を聞いて、やはりな……と確信した。状況が正しく理解できていないこの男に、〝お優しい〟先輩が真実を伝えてやるようだ。

「汚ねぇ金なんて少しも価値なんてないよ〜、〝ゴズリン商会の息子のドス・ゴズリン〟さん。アンタ等の狙いが分からなかったから敢えて誤魔化してたけど、説明してあげるよ」

　男の頭を持ち上げながら、瞳に憤怒を籠らせ続ける。

「アンタ等が攫った〝あの子〟は、このバジル辺境伯のご息女なの。アンタ等が攫おうとした〝モレッツ商会副会長の子ども〟じゃないんだよね〜」

　お嬢様が攫われた場所は従者室《じゅうしゃ》の近くのララの世話部屋だった。

　そのため、狙われたのがお嬢様なのか、ララなのかハッキリとしなかったのだ。

　だから俺達はお嬢様の存在を敢えてボカすよう言葉に気を付けていた。とはいえ俺は咄嗟に「お嬢」と呼んでしまったが（お嬢〝様〟と言わなかっただけ自分を褒めたい）。

先輩の話を聞いた男は、みるみる顔が青ざめる。

「う、嘘だ……！　使用人の部屋なんかに貴族の子どもがいる訳がないっ!!　でたらめを言うな。そんな脅し通用しないぞ。それに貴様ら、俺のことを知っていてなぜこのような蛮行をしている!!　俺はあのゴズリン商会の息子だぞ、離せっ離せぇぇぇ!!」

暴れだした男を踏みつけている足に力を入れて黙らせる。

「うん、知ってるよ～。でもね、貴族でもないたかだた商人が、無断で辺境伯爵の屋敷に侵入した挙句、そのご息女を誘拐したんだよ～？　立派な極悪人。極刑も免れない犯罪者が、普通の罪人のように扱われると思ったら大間違いだよ～」

男は「嘘だ嘘だ嘘だっ……!!」と言うばかりでまるで話にならない。

こんな奴に出し抜かれ、挙句お嬢様を攫われてしまった現実に耐えきれず、俺は気づけば血が出るまで唇を噛んでいた。

リリーお嬢様に血を見せることに躊躇してしまった自分が恨めしい。

全ては力を過信していた自分のせいであると後悔していた。

(何が優秀な俺だ、何が女児のお守りで納得できないだ……!!　満足に任を遂行できない……何て弱く、傲慢《ごうまん》で愚かな役立たずなんだ、俺はっ……!!)

お嬢様が攫われた後応援に来た影の者に男を託し、十分な説明もしないまますぐに誘拐犯の後を追った。だが雨と特殊な煙の臭いと刺激のせいで、鼻も目も使えずおめおめと逃がしてしまった。

先程の男の話から推測するにお嬢様はすぐに殺されはしないだろう。

だが、こうしている間にも小さなお嬢様が怖がったり苦しんでいると思うと……胸が張り裂けそうだ。

俺は耐えきれなくなり、持っていた短刀ナイフを男に向かって振り切った。スパッ！　っという音とともに喚いていた男が大人しくなる。それなりの長さがあった髪が見事に切れて落ちていった。

「もうお前の喚きは飽き飽きだ。生易しい尋問は終わりだ。お前が嫌いな〝影の者〟お得意の、自分から喋りたくなるような〝拷問〟を、お前に体験させてやるよ」

◆◆◆

あまり整備されていない薄暗い路地裏。

誘拐犯に抱えられながら雨の中を移動する私はピンチである。

(うわぁぁああ！　揺れるっ揺れるぅぅう〜！　お昼の直後だったら吐いてるぞこれ〜!!)

侵入者に誘拐された私は、小さな体に無遠慮に伝わる振動に気分を悪くしていた。誘拐されたというのに、満足に抵抗出来なかったのには訳があった。

しばらくすると体に当たっていた雨が止んだ。恐らく屋根があるところに移動したのだろう。

「ふぅ、何とか……まけたな」

今まで私を抱いて疾走していた誘拐犯は、そのフードをとり一息ついた。

露わになったその出で立ちは、前世で馴染みのある黒髪黒目で随分と痩せている。まだ大人と呼ぶには程遠い、小さな体をしていた。

（やっぱり、この子まだまだ子どもじゃないか）

抱き上げられつつも、その身長や体の感触から推測するに、十歳にも満たないくらいの子どもではないかと思っていたのだ。誘拐犯が私の護衛から逃げきれたのも、この小さな体でしか通れないような場所をひたすら通って逃げたからだろう。

それにしても、この子は私が貴族の娘だということを知っているのだろうか？　攫われたのが私の部屋であれば確実だが、ララの部屋だったしなぁ……と考える。

それに、この子はちゃんと食べているのだろうか。あまりにも痩せすぎだ。

前世二人の弟の世話をしていた私は、そんなことがどうも気になってしまう。

「あぅあ～。ちゃちゃ、ちゃちゃや～！」

さすがに疲れたのだろう。座り込んで休み始めた少年に、大丈夫か～？　と声をかけてみる。

「ん？　……あぁ、悪いな、こんな事に巻き込んで。でもこうしないと俺も生きていけないんだ。恨むなら、敵を作ったお前の親を恨むんだな」

少年は私を冷たい目で見ながら、吐き捨てるように言った。

……なんて目をしているんだろう。私が見た世界は屋敷の中だけだったから、この世界がどんなものなのか未だに分かっていないが、こんな年端もいかぬ少年が、荒んだ目をしないと生きていけないような世界なのだろうか。

私はとっても悲しくなって、泣いてしまった。

頭では冷静に考えられるが、やはり体が勝手に反応してしまうようだ。

「ぁあああぁぁ〜っうっあぁあ〜ん!!　ひっく、んぁぁあああ〜!!」

(そんな目をしないで、何がそんなに苦しいの？　寂しいの？)

少年の熱を感じたくて、両手を伸ばして頬を触る。

あぁ、こんなに痩せて。悲しいね、苦しいね、痛いね、寂しいね。

この荒んだ目を、少しでも変えたくて……

泣いてもいい、怒ってもいい。だからそんな風に諦めた顔をしないでと、祈りながらすがった。

少年は、私が泣き始めた時はギョッとして慣れない手つきであやそうとしてくれたが、中々泣き止まない様子を見て、途方に暮れた顔をした。

「な、泣くなよ……。大丈夫だよ、お前は殺されないさ。脅しの為に攫っただけだ。お前の親父が契約を終えたら、すぐ返してもらえるって……」

抱き上げ揺すりながらあやしてくれるが、泣き止めない。

少年が、恐らく自分もいっぱいいっぱいなのに必死に慰めてくれることが、嬉しくて安心して……。今は別の意味で泣いているのだ。

あまりにも泣き止まない私を見て、これまでの疲労や不安がせり上がってきたのだろう。少年が怒り出した。

「……なんだよっ!!　お前には立派な親もいて、あんな良い部屋で暮らして、食うものにも困らないで!!　何が不満なんだよ!!　……泣きたいのは俺の方だ……うぅっうぐっ。……なぁ、泣くなよ。……泣き止んでくれよ」

少年も小さく泣き始め、強く抱きつき縋るように願い続けた。

少年と私の心を表したように、その後も雨は降り続け止むことはなかった。

◆◆◆

バジル家の屋敷は、まるで光が消えたように暗く沈んでいる。

そんな屋敷の女主人である私は、この世の終わりのような表情で涙を流している乳母《うば》のマリアを慰めていた。

「エマ様……本当に申し訳ございません。リリー様を任せていただいていたのに……代わりに死んででも守らなければならなかったのに、こんな……申し訳ありません！　申し訳ありませんっ!!」

わぁあっ!!　っとさらに泣き始めたマリアを強く抱きしめ、私は落ち着いた声になるように意識しながら答える。

「マリア、貴女だけのせいじゃないわ。影を付けさせているからある程度自由に育てましょうと提案した私の、貴族の生活に馴染めていなかった私の責任でもあるのよ……。そんなに自分を責めないでちょうだい。それに、マリアが死んだらララが泣いちゃうわ。もちろん、私たちも泣くわよ。だから、そんな悲しいこと言わないでちょうだいな」

自責の念に、こらえていた涙が頬を伝っていく。

常に数人の使用人が監視するように子育てをしている、貴族の風習に対して〝何と息苦しい子育てか〟と反発してしまったのは他でもない自分自身である。

長男のエディもどこで何をしているのか分からない時があるが伸び伸びと育っており、リリーにも同じように自由に育ってほしいと願ってしまった。

夫が笑って許してくれて、調子に乗ってしまった自分の落ち度だ。いまさら後悔しても遅い。

そんな頼りになる夫には、影が鳥便を至急で出してくれたようだが……早くても屋敷に戻るのは一日かかる。


――そんな長時間、何もしないなんてできない。


涙を拭き顔をあげたちょうどその時、侵入者を尋問した（あの様子だと、尋問で済まなかっただろう）ハヤトとダイスが部屋に入ってきた。

「エマ様～、出せるだけの情報出してきましたよ～。どうします？　部屋変えます～？」

他の従者《じゅうしゃ》達を気遣うように、ダイスが言った。

ここにはマリアを筆頭にリリーとの接触が多い信用できる従者《じゅうしゃ》しかいない。

ちなみにエディには何も伝えず、可哀そうだが気絶させて厳重体制で警備している（起きていると絶対にリリーのところへ行こうとするだろう。事件に気づかせないためにはと許可したのだ）。

とはいえ、恐らく当事者であるマリアに聞かせるには酷だと思い、部屋を移動しようと提案する為立ち上がると、泣きじゃくっていたマリアに手を取られる。

「エマ様、お願いです。私にもお嬢様のことを教えてくださいませ！　私のせいで怖い目に遭っているのに、何も知らずのうのうとお嬢様のご帰還を待つなんて、私には出来ませんっ!!」

あまりにも真摯《しんし》で熱い眼差《まなざ》しに早々に負けを認めた私は、話を続けるようダイスに目配せをした。

「……マリア様、リリーお嬢様の誘拐はマリア様のせいじゃないですよ～。九割九分、このハヤトちゃんが自分の力を過信してたからです～。そんなに気負わないでください～」

ダイスは肩辺りにあるハヤトの頭を、痛いくらいに掴みながら慰めの言葉を吐いた。ハヤトは自分でもその通りだと思っているようで、抵抗せず甘んじて受け入れている。

「やっぱりアイツ等の狙いはララちゃんの方だったみたいです～。今契約の交渉に出向いているモレッツ商会の商会長も旦那さんの副会長も、ぜんぜん条件を呑まないから脅しの為に愛娘のララちゃんを攫おうとしたみたいですね～。商会長は独身ですし、ララちゃんが最適だったみたいで～」

話を聞いていたマリアの顔がみるみる青くなった。そばのベビーベッドで寝ている娘の姿を目に入れながら、身震いしている。

「お嬢様をおめおめと誘拐された挙句、原因は私たちだったなんて……。あぁ、エマ様、やはり私のせいですわ!!　私がララの部屋へお嬢様を連れて行ったから……!!」

「マリア、しっかりして。何度も言うわ、あなたのせいじゃない。ララの部屋で一緒に見るように言った私の責任よ。起こってしまったことを嘆くより、ララや貴女が無事だったことを喜びましょう。……それにしても誘拐犯はマリア達の容姿も何も知らないのね。あの子の髪や瞳の色を見て〝違う〟と気づかないなんて」

「恐らくですが、誘拐の実行犯は子どもです。追いかけた先には、子どもの背丈でもギリギリ入れるかどうかといった大きさの穴がありました。お嬢様の容姿に気も止めていないことから、世間知らずのスラムの子どもか、裏から入手した奴隷を実行犯にしたのでしょう」

ハヤトは俯きながら淡々と答えた。

落ち込んだ様子の彼を横目にダイスが続ける。

「で、肝心の潜伏先なんですが……あの男にも分からないみたいで～。商談の地までは馬でも三日はかかりますし、まだ領内にいると思うんですけど～。今影の者たちが全力で捜してま～す！」

想像したよりよっぽどお粗末な計画に、どこに成功させる自信があったのかと呆れる。

「ポム爺さんのいない期間限定で雇った庭師が買収されてたみたいですね～。あ、安心してくださ い～もう既に捕まえて、男と同じ拘束部屋に入れてますんで～。もう、やっぱり臨時採用やめましょうよ～！　雇用を生むのも大事ですけど～、屋敷のセキュリティの方が俺的に大事で～す！」

ぷんぷんっ！　という効果音が聞こえそうな態度でダイスが訴える。

この子は短期間であっても百パーセント信用のおけない人材を屋敷に置くのに最後まで反対していた。害獣被害が出た農地の食い扶持《ぶち》にと実施したが、今後見直した方が良さそうだ。

私は報告を聞き、決意した。

「分かりました。これまでの迅速な対応、感謝します。まだ領内にいるのであれば、ガンディールを待っている暇はありません。私もリリーナの奪還に向かいます」

そう宣言した時だった。

大広間のドアがノックされ、執事服を着た紳士が恭しく礼をしながら入ってきた。

「奥様、このキースただいま戻りました。お嬢様のいる地区が絞れましたので、ご報告いたします。つきましては、奥様にはお屋敷でリリーお嬢様のお帰りをお待ちいただければと」

「キース!! ありがとう、さすがバジル家の守護神です。でも、私が待っているだけなんて同意できません。今すぐにリリーを助けに参りましょう!!」

顔を明るくしながら執事長のキースの元に駆けていく。居場所が分かったならばジッとしてはいられない。愛娘をすぐに助けに行きたい!!

「奥様、そのお気持ちは重々承知しております。しかし、今回はこの若者にもう一度チャンスを与えてくださいませんか？ 影の者にとって、任を全う出来なかった屈辱は耐えがたいものでございます。お嬢様を攫われるという失態は、決して許されるものではありません。が、せめて〝お嬢様を救い出す任〟をこのハヤトに与えてやってください」

キースはハヤトを見ながら、再び恭しく礼をした。

それを見たハヤトはハッ！ としながら、ただの若い影である自分の為に頭を下げてくれたキースに感謝するように急いで頭を下げた。

「お願いします、エマ様!! 自分は許されない失態をしてしまいました。ですが、傷一つ許さず、この屋敷に必ずリリーお嬢様を連れ戻してきます。ですからお願いです、俺にお嬢様を助け出す任をください!!」

　プライドの高さを自覚せず、小生意気な少年だったハヤトを思い出しながら、本当に子どもの成長は早いものねと少しの寂しさを感じた。

「……分かりました。ハヤト、リリーナを無傷で屋敷に連れ戻すことを命じます。でもキース、私も一緒に行くわ！　そこは譲れない！」

　ハヤトは私の言葉を聞いた後、膝をついて首を垂れた。

「奥様申し訳ございませんが、これは旦那様のご意向でございます。リリーお嬢様の奪還は、ハヤトと私、それから彼が向かいます。奥様は私たちが留守の間、バジル家をお守りください」

　キースは斜め後ろに立っていた男を見せるように半歩下がりながら、有無を言わさず私の願いを却下する。

「ひゅ〜っ、さすが！　早いねぇ。一刻で戻ってくるなんて。さすがガンディール様の側近！」

　ダイスが口笛を吹きながら茶化す。

　その茶化しに居心地悪そうな男が前に出て口を開いた。

「エマ様、ガンディール様より言伝です。〝女主人として、屋敷を頼んだぞ。お転婆せず従者達《じゅうしゃ》をしっかり守りなさい〟とのことっす。ガンディール様も予定を早めてこっちに向かってるっす。エマ様の分まで俺が頑張るんで、屋敷で待っててくだせぇ」

　男の言葉を聞いて、こんな状況だがホッとしたのを感じた。やっぱり、旦那様には敵わない。そんなことを言われたら大人しく待っているしかないではないか。

「もぅ、あの人ったら……。分かったわ。それに貴方達なら安心して送り出せるわ。リリーを、頼んだわよ」

言葉を受けた三人は、その瞳に熱を宿しながら力強く返事をした。

◆◆◆

大きい音と衝撃に驚き、私は目を覚ました。

いつの間にか泣き疲れて眠っていたらしい。目の前は真っ暗だが、どうやら屋内にいるようだ。

「うぅ、ぐっっゴホゴホ!!」

頭付近から苦しそうな声が聞こえた。目線を上にやると、一緒に泣いていた誘拐犯の少年が苦しそうに目を細めている。

「この役立たずが!! その赤ん坊はどこから攫ってきたガキだ、ええ!? 平民のガキがこんなに色素が薄いわけないだろ。ましてやモレッツ商会の副会長夫婦は、二人そろって茶髪に茶目だ!!」

小太りの男がまた少年を蹴り上げる。

少年は何とか私に攻撃が当たらないよう、必死に覆いかぶさっていた。

「クソッ!! 間違えた挙句会長のドラ息子も捕まりやがって……!! あの馬鹿が、辺境伯の屋敷で取り繕えるわけねぇ。こんなはずじゃ……!! クソックソックソオオオ!!」

頭を掻きむしりながら取り乱している。そんな小太りの男に近づかないよう、数人の男たちが遠巻きにこちらを見ているのが分かった。

「おい、どうする、お、俺たちだけでも逃げた方が……」

「バカ！　ポルコ様をこれ以上刺激するな、こっちまで殴られたらたまったもんじゃない！　大丈夫だ、あの守護神の執事も屋敷にはいなかったみたいだし。辺境伯のいる港について行ってんだろ。俺たちが派手に動かない限り、見つからねぇさ」

「あぁ……なんでこんな面倒なことに……」

男たちが不安そうに囁きあう会話に耳を傾ける。

話を聞くに先ほどから情緒不安定な男……ポルコがこんな暴挙に出たのはやはりマリアやララに関係があるのだろう。

もしやとは思ったが、ララの父が副会長を勤めるモレッツ商会との商談を有利に進める為に誘拐を唆《そそのか》したらしい。

元々バジル領に本拠を構えるモレッツ商会は、主に害獣から取れる良質な油を商品としていた。自然に囲まれ土地柄的には恵まれているバジル領だが、その実、害獣や他からの侵略等で開拓《かいたく》がそこまで進んでいない。そんな中頻繁に入手できる害獣の油はバジル領にとっては重要な〝資源〟で、モレッツ商会は油にまつわる取引を慎重に行っていた。

その油に目を付けたのがこの男たち……ゴズリン商会というらしい。

恐らくバジル領にしか拠点を持ってない弱小商会だと侮って、まともに商談しなかったのだろう。モレッツ商会は、格上のゴズリン商会を相手に好戦しているようだ。

数か月もの間一向に状況が好転しないのに焦れた末に、赤子のララを誘拐して脅そうとしたようだが、肝心の赤子を間違えた……というところだろう。

主犯であろう男――ポルコはもう一度私を抱えている少年を蹴り上げた。

「クソの役にも立たん異民族めが。貴様が捕まる予定だっただろうが!!　よりにもよってなんであの馬鹿が捕まるんだ。卑しい異民族による犯行だと知ったら、偽善派の辺境伯も愛国派に傾き一石二鳥であったのにっ……!　わざわざ買ってやったのに、役立たずが!!　忌々しい黒髪め!」

隅でポルコを刺激しないよう固まっている彼ら曰く、実際は介入しない予定だったゴズリン商会の馬鹿息子が「この程度の仕事、自分だけで十分だ」と言って計画を変更したようだが……

それより気になるのは私を庇ってひたすら折檻《せっかん》されているこの子のこと。

(買ったって……やっぱりこの子は奴隷だったんだ……)

頭や口から血と胃液と……様々な体液を流しながら、この理不尽な叱責に耐えている少年を見つめる。前世では当たり前に親しんだ黒髪に黒目。

今世では今まで一人も出会っていない。

黒髪に黒目は異民族の証なのだろうか。少なくともこの国では、黒目に黒髪はよい印象を持たれていないようだ。そんな色を持つこの少年が生きてきた環境は察するに余りある。

なぜあんなにも荒んだ瞳をしていたのか分かった。

だが……あまりにもやるせない。

泣いた時不器用ながらも一生懸命あやしてくれた。その優しさに触れた私には納得はできない。

この子は何か悪いことをしてしまったのだろうか。異民族であることがそんなに悪いのか？　ただ黒髪黒目なだけなのに？

そんなことを考えて、幼い体の私は感情が爆発する。

「んぁぁあああ〜!!　ふあっあああぁぁあああ!!」

少年への暴力や目の変化に耐えきれず涙が溢れる。

その声に少年がハッ！　としてこちらを見る。深く沈んでいた意識が戻ってきたようだ。オロオロしながらも、泣き出した私を守るように強く抱きしめてくれる。

それが嬉しくて。でも急には泣き止めなくて。

それでも、地獄のような日々でも優しさを忘れず生きてくれたことの感謝を伝えたくて。

私はありったけの力で少年にしがみつく。

(ありがとう、よく頑張ったね。こんなになっても庇ってくれて、ありがとう)

ギュっと握りしめた私の手に、少年の薄っぺらい手が乗った。

ポタ、ポタと黒い瞳から零れる涙が綺麗で。さっきまで一切の感情が見えなかったその幼い顔が、耐えるように歪んだことに何故かホッとした。

「っ、どうせ死ぬのなら、どうかこの子をっ！　この子だけは守りたい。どうか神様っ」

絞り切るような声だったが、不思議と力強く感じた。

「いつまで泣いてやがるこの赤ん坊は!!　どうせ辺境伯が手を付けた使用人の子どもだろう。殺しても問題ない。そのうるせぇガキを黙らせろ!!」

ポルコが苛立ちながら私を殺すよう命令する。少年は息をつめ、いまだ泣き止まない私を見つめる。涙に濡れた綺麗な黒に、ペリドットが見えた。

「――あんなに恨んだ薄い色が、こんなに美しいと思うなんて、不思議だな」

まるで独り言のようにポツリと零し、少年は立ち上がった。

「嫌だ‼　この子は殺さない‼　目的の子じゃないなら、殺す必要はないだろう‼」

震えているが、辺りに響くしっかりした声だった。

「卑しい異民族の奴隷が……‼　誰に向かって口をきいている。もういい、お前ごと殺してお前一人の犯行に見せかける。俺たちは知らぬ存ぜぬを貫き通せばいいんだからな‼　おいお前ら、さっさと始末しろ‼」

ポルコの命令を受け、遠巻きに見ていた男たちが一斉にこちらに向かって手を伸ばした。

少年は男たちの手を振り切り、時には足で抵抗したが、殴られた拍子に私を取られ同時に床に押さえつけられてしまった。

「やめろっ、その子は関係ないっ‼　その子に手を出すなぁあああ‼」

叫ぶ少年を嘲笑うようにポルコは命令した。

「お前の失敗のせいで殺される様子を、そこでしっかり見ておくんだな」

――その時。

「貴様等のような汚ねぇ奴が、うちのお嬢様に触れるんじゃねえぇぇぇぇ!!」

叫び声が聞こえたと思ったら、次々と男たちが倒れていった。

「リリーナお嬢様、このハヤト、ただいま参りました。自分の力不足で怖い思いをさせたこと、どうかお許しください」

いつの間にか私を抱き上げていたハヤトが、その顔を埋めながら言った。

突然の出来事に皆頭が追い付いていなかったが、もう一人の男の言葉で正気に戻った。

「おいおいハヤト君、気持ちは分からんでもないっすけど、段取りがあるんだから一声かけて行ってほしいっす。一人で全部倒しちゃって、本当俺の出番がまるでないんだから！」

倒れた男たちを縄で確保しながら、初めて聞く声の主が文句を言う。随分と軽い口調だ。

「リ、リリーナ……お嬢様……？　貴殿等は辺境伯の使用人かなっ!?　いやぁ、そこの異民族の少年がそのお子さんを連れているのを見て怪しいと思ってね。こちらに渡すように言ったところだったんだ。いや、さすが辺境伯の使用人!!　名高い守護神だけでなく優秀な者が多いようで、羨ましいよ!!」

尋常じゃない汗をかきながらポルコは取り繕う。

その様子を冷めた目で見ながら、軽い口調の男は答えた。

「何寝ぼけたこと言ってんすか。アンタ等の会話は全部聞いてましたから。今更言い逃れできないっすよ、マジで。ていうかアンタ等なんで俺等が辺境伯の使用人って分かったんすか？　自分で墓穴掘ってたら、世話ないっすね」

「うるさいうるさいうるさい!!　たかが使用人が戯言を言いよって!!　貴様等が聞いていたからなんだというのだ。私が関わっていたという証拠は!?　貴族でもない、爵位《しゃくい》もないお前らの証言など一ミリも証拠にならんわ!!」

あまりにも早い手のひら返し。どんどん追い詰められて逆ギレするポルコを見て、段々落ち着いてきた。周りに自分よりテンパってる人がいたら冷静になるよね。

ポンポンとハヤトに背を叩かれながら会話を見守る。

「おやおや、往生際が悪いですねぇ。心配しなくとも、しっかりと私も拝聴しておりました。ふふふっ、バジル家の皆様の美声に聞きなれているので少々耳が不快でしたが、一語一句逃さず聞きましたとも」

そう言って優雅に姿を現したうちの筆頭執事のキースを見て、ポルコは死人のように顔を青ざめた。

「パ、パロミデス卿……！　なぜ、港にいるはずじゃ……!!」

「おや？　私は奥様とエディ様のお使いに同行していただけですが……おかしいですね、ふふふっ。しかしポルコ殿、貴殿はたしか何の称号もお持ちではない……と記憶していますが？　〝騎士〟である私が証人としているのですから、貴方等の罪は免れませんよ。大人しく法の裁きをお受けください。それから……」

キースはおもむろにポルコに近づくと、その青ざめた顔を見てニッコリと笑った。

ドコォッッ!!　ポルコが数メートル吹っ飛び、壁にぶつかって気絶した。

……どうやら歯が何本か折れている。気絶して物言わぬ体を足蹴にしてキースは睨みつける。

「よくもバジル家を踏み荒らしてくれたな。法の裁き如きで終わると思うなよ。今後の人生、生まれてきたことから後悔させてやるからなぁ」

先程の紳士はどこへ行ったのか、まるでラスボスの魔王のようにドスの効いた声で吐き捨てた。

「キースさん、お嬢様にそんな汚い言葉を聞かせないでください。ガンディール様にチクリますよ」

今の今まで私を抱きしめていたハヤトが文句を言う。

「うぁあう」

(わぁお、キースさんそんな性格だったのね……)

ハヤトに抱かれながら、予想しなかったキースの一面に思わず声を出した。

「おや、これは失礼いたしました。ともかく、お嬢様が無事で本当によかったです。さぁ、屋敷の皆が首を長くして待ってます。そろそろ警備隊が到着しますので、急いで屋敷に帰りましょうね」

キースがドアを開けると、雨が止み夕日が雲の隙間から赤い光を放っていた。

こうして私は無事に保護されたのだった。

◆

警備隊が到着し、キースが色々と指示を出しているのをハヤトの腕の中から見守る。

見たことがなかった軽い口調の男はバジル家の従者《じゅうしゃ》なのだろう。

先に報告しに行くと物凄い速さで去っていった。

(見たことないから影の人かなぁ、それかお父様の任務に一緒に行ってる人かな？　いつかお礼を言いたいなぁ)

そんなことを考えていると、私を誘拐した少年が手当てを受け終わったのか、担架に乗せられながら部屋から出てきた。

「キース様、こちらの少年の応急処置、完了しました。ただ、数か所骨折しているようで内臓にも損傷がある可能性もあります。移送先はどうしましょう？　病院か監獄どちらがよろしいでしょうか」

警備隊の隊員であろう若者がキースに指示を仰ぐ。

「ふむ……。少年、名前は？」

「……名前なんてねぇよ、奴隷に名前付けるやつなんていねぇだろ」

少年が吐き捨てるように言う。

「貴様‼　キース様に何て口の利き方をっ‼」

「っふ、随分肝が据わってるじゃないか。多少の無礼は許そう。……では少年、あの虫けら共からリリーナお嬢様を庇ってくれたことに、心からの感謝を。称賛されるべき、勇気ある行動だった。しかし、いくら命令され抵抗出来なかったとはいえ、お嬢様を誘拐したこともまた事実だ。決して許されることではない。それは分かるな」

少年の目を見ながらキースは一言一言、感情を込めて訴えた。

「……分かってる。何の罪もねぇガキを、危険にさらした張本人は俺だ。いくら庇っていようが、その罪が消えることはねぇ。……小綺麗なガキだと思ったら、お貴族様だったとはな。……大人しく償って死ぬさ」

「……君が真に悪に染まった者でなくて、本当によかったよ」

キースが答えているのが聞こえた。

待って、待って……！　確かにあの少年は誘拐しちゃったけど、私を守ってくれたんだよ!!

自分も苦しいのに、悲しいのに！　いっぱい慰めてくれた。一緒に泣いてくれた。

あんなに小さいのに、必死で私を守ってくれた!!

奴隷って……あの子は何も悪くないのに！　死ぬなんて！　まだ子どもなのに!!　嫌!!

「んぁぁあああ～!!　うわぁぁああ！　ああああああああぁぁぁっぁぁあ!!」

私は生まれてから一番力強く、そして絶望するように泣き叫んだ。

「お、お嬢様！　もう危険はないですよ、もうすぐお屋敷に帰れますからね！　ね！」

ハヤトが慌ててあやすも、私は堰を切ったように泣き続ける。

「ああああああぁぁぁっぁぁあ!!　ひっく、ゴホッあああああああああぁぁぁっぁぁあ!!」

少年に向かって両手を出し、身を乗り出しながら訴えた。

(その子は悪くないの!!　連れていかないで！　死なないで！　お願い!!)

ハヤトは私が関心を寄せているのを理解して、少年のそばにしぶしぶ近づいていった。

キースに目配せをして、助けを求めるように窺っている気配がする。キースは、未だ身を乗り出して少年を求める私を見つめ、ため息を吐く。

「少年、お嬢様は君をご所望のようだ。恐らく君がずっと守ってくれていたことを分かっていて、安心できる者だと記憶しているのかもしれない。私たちは普段あまりお嬢様と交流がなくてね。怪我をしているところ悪いが、お嬢様を抱いてくれないか?」

キースの言葉を聞き、少年は恐る恐る、私へ向けて手を伸ばした。

「お、おい。もう悪い奴はいねぇよ、家に帰れるんだぜ? ……泣くなよ、なぁ」

少年は怪我をしているのに、あやし続けてくれた。

それがやっぱり嬉しくて、徐々に涙が止まってキャッキャッと笑いがこみ上げる。

にぱにぱと笑い両手で少年の顔をパチパチ叩きながら、感謝を伝えるように声を出した。

「あぅあ~。にぃに、あぅあと~、にぃにっあぅあぁぁ~!」

少年は誘拐してから初めて見ただろう私の笑顔に目を見開き、次の瞬間クシャっと顔をゆがめた。

――まるで泣き出してしまうのを我慢するように。

私の両手がそんな少年の顔に触れた瞬間。我慢が限界にきたのだろう、少年は大粒の涙を流し、力いっぱい抱きしめてきた。声にならない叫びをぶつけられているような力強さだった。

(ありがとう、ありがとう。良かったね、頑張ったね。もう大丈夫……だよね?)

ハッ！　と気づく。ハッピーエンドで終わりそうな状況だったが、少年の今後はまだ分からないままだ!!　熱い抱擁《ほうよう》を受けつつ、こちらの様子を下がったところで見ながら話している二人の会話に耳を傾ける。

「どうするんですか、アレ。悔しいですけど、お嬢様めっちゃ懐いてますよ」

「……しょうがないでしょう。それに、彼に救われたのも事実ですし、人間性も合格点です。少々細いのは気になりますが、今後食事をきちんと取れば問題ないでしょう。ちょうど旦那様もお嬢様のお付きの人材を探していましたし……。まぁ後は彼のヤル気次第ですね」

「……自分だけじゃ、足りないとお考えなんですね。そりゃそうですよね、現にお嬢様を危険に晒してしまいましたし……」

「そう腐るんじゃない。大丈夫ですよ、元々若手の執事の育成も考えていたので、併せて計画していただけです。お前も、お嬢様の任を解かれないと思いますよ。……さぁ、そろそろ警備隊の方が困ってらっしゃいますね。話をつけに行きましょうか」

これは……!!　と聞こえた会話に期待を膨らまし、近づいてくる二人に顔を向ける。

その期待に応えるように、キースは少年にバジル家で仕えないかと話を持ち掛けた。

「強制ではないし、お前の罪が消えるわけじゃない。数年給金は出ないと思え。訓練は生半可なものじゃないし、時には命の危険もあるかもしれない。だが、バジル家で仕えるならばお前の〝人としての尊厳《そんげん》〟や〝誇り〟を尊重し、決してそれらを傷つけないと約束する。お前の意思でどうするか決めなさい」

キースの言葉を聞いた少年は、腕の中にいる私を見た。

私は何も言わず、夕日に照らされ表情を変えた黒い瞳をじっと見つめる。

怪我でボロボロになった顔だが、そこに暗い感情は見えない。数刻前に見たより何百倍も素敵に輝く顔に迷いは見えない。

「やります。やらせてください！　給金なんか一生いりません！　この……お嬢様を、この命にかけて守ります。お嬢様を守れるならなんでもやります。俺に……生きる意味をくださいっ!!」

少年の力強い、まるで灯がともったような瞳を見つめ、キースは頷いた。

「分かった。今この瞬間から、お前はバジル家の人間だ。その言葉を一生胸に刻み、バジル家の為にその命を使いなさい。……一応言っておきますが、給金は王都の法務局から提示される期間以降はしっかり払われますからね、バジル家のイメージにも繋がりますから、滅多なことは言わないように」

「ふん、貴様がどれだけ使えるようになろうが、お嬢様の専属は俺が一番だからな、思い上がるなよ！」

ハヤトが不服そうに腕を組みながら睨みつけた。

「やれやれ、……お前の名前を決めなくてはな。そうだな……神話で女神を助けに来た忠臣《ちゅうしん》の〝ジャルマン〟から取って、〝ジャル〟。お前は今からシャルと名乗りなさい」

この国では珍しい黒を持つ少年……シャルは、キースに名付けられこの瞬間から自身が生まれ変わったように感じていることだろう。

心なしか顔つきも変わったみたいだ。私はシャルに、おめでとうを伝える。

「んぅ～！　と！　んぅ～と！」

黒い瞳がとろりと溶けたような、甘い視線が返ってきた。

「この名に恥じないようこの命、お嬢様の為に使うことを誓います」

◆◆◆

ここはハーブリバ王国のタンジ公爵家の屋敷。

筆頭公爵の名に相応しい趣《おもむき》を凝らした立派な造りの屋敷では、つい先日王都学園を卒業して雇われた俺――カイト・フィクナーも含め、多くの使用人が働いている。

しかし……華やかな空間とは裏腹に、メイド達の顔色は悪い。その顔色を初めて見たときは、屋敷内で病でも流行っているのかと警戒したが……

決してそうではないということを親切な先輩方に教えてもらったばかりだ。

メイド達の顔色の元凶――公爵家の長女であるアイリーン・タンジ。

彼女の部屋から出てきたメイドがため息を吐くのを遠目に見つけた。

「その顔じゃ、また癇癪《かんしゃく》を起こされたのね。本当、勘弁してほしいわね」

部屋の外で待機していたメイドが従者《じゅうしゃ》室に戻りながら愚痴《ぐち》をこぼすのが聞こえる。

「えぇ……今日も引っかかれたわ……本当、まだ一歳にもなってないのになんでこんなに可愛くないのかしら。しかも、言葉が分かるような反応をするのよ……気味が悪いったらありゃしない」

忌々しげに顔をゆがめて吐き捨てている。

先輩方から聞いた話によると、すべての始まりは数か月前。

公爵家に待望の第一子であるアイリーン様が生まれた時。

期待していた男児でなかった為、旦那様や先代様方は落胆していたらしいが、そんなことより……ピンク髪に青目という、タンジ公爵家の血筋ではありえない容姿をしたお子に対して嫌悪感を示したそうだ。

タンジ公爵家は代々金髪に水色の瞳の容姿である。嫁がれた奥様のご実家である伯爵家も金髪に深緑の瞳であり、公爵家の遠縁含めあのような配色は見たことがない。

奥様が、生まれてきたアイリーン様を見た瞬間、絶叫された話は屋敷では有名だ。

その話は夫であるマシュー様に向かって弁解していたことも併せて広く知られている。

「違うっ！　違うのよ!!　私は不貞《ふてい》なんかしてない、この子は正真正銘貴方の子よ!!」

〝マシュー様が冷えた目で見ていることに気づいた奥様は必死で自分の無実を訴えていた〟

〝マシュー様はその場では何も言わなかったが、恐らく不貞《ふてい》の子であろうと奥様とアイリーン様を見限っていらっしゃる〟

などとまるで最近流行りの恋愛小説のように詳細に語られている。

少々面白おかしく脚色されている部分もあるだろうが、概ね事実だろう。

その証拠にそれ以来、旦那様はアイリーン様はおろか奥様とも会っていらっしゃらない。

恐らく、いや間違いなく不貞《ふてい》の子であろうアイリーン様は、まるで腫れ物のように世話をされた。

初めは〝可哀そうに……〟と同情されていたそうだが、半年を過ぎた頃から、徐々に使用人からも煙たがられるようになったそうだ。

なんでもアイリーン様は、メイドが世話をすると癇癪《かんしゃく》を起こすようになったとか。初めの頃は世話をしていたメイドに原因があると考えられたが、一人二人と人を変えても治らない。

これはおかしいと医師に診せても健康そのもので原因は不明。

当初は癇癪《かんしゃく》を無視してメイド達が世話をしていたそうだが、アイリーン様は次第に髪を引っ張ったり爪で引っ掻いたりと、幼児の戯れの域を越した力で反抗するように。

嫁入り前の身体に傷がつき泣いてしまったメイドが数人出た頃、とうとう耐えきれなくなったメイド長が執事長に相談。

実際の光景を見て気の毒に思ったのだろう、執事長は特例ではあるものの、アイリーン様のお世話係として男手を出したそうだ。

すると、それまでの癇癪《かんしゃく》が嘘のように大人しくなったアイリーン様。

試しにメイドを代えてみると、やはり癇癪《かんしゃく》を起こす。

どうやらこの赤子は、男にしか世話をされたくないようだと発覚し、散々な目にあったメイド達は「なんと卑しい。赤子のころからこれでは将来目も当てられぬ毒女になろう」とひそひそ噂した。

「あれから奥様も気が触れてしまっているし……。公爵家で働けて幸運だと思っていたあの頃に戻って言ってやりたいわ。〝ここは事故物件よ。多少爵位《しゃくい》が落ちてもいいから、穏やかそうな家に行きなさい〟ってね」

「本当ね……。執事長がアイリーン様専属の新人を付けるって言って、最近本当に入ってきたし……この状況が少しは変わるといいんだけど。若い子がほとんど辞めちゃったし、また一から指導するとなると……ボーナスでも出なきゃやってらんないわね」

メイド達が愚痴《ぐち》りながら去っていくのを見つめ、俺は溜息を吐いた。

(——話が旨すぎると思ったら、とんだ〝事故物件〟だったわけだ)

先ほど話に出たアイリーン様専属の新人である俺、カイト・フィクナーはここ数日で仕入れた話を整理して、一人納得していた。

自分で言うのもなんだが、俺はつい先日王都学園を卒業した十八歳、金髪に深い青色の瞳の見目麗しい青年だ。

子爵家の三男として生まれ、卒業後は自立しなければならなかったところ、公爵家の執事見習いにならないかと誘いがあった。

当時は、なぜ自分に？　と驚き不思議に思ったが、願ってもない申し出だった為、二つ返事で了承した。死に物狂いで勉強して、成績優秀者に名を連ねていた俺は努力が報われたことに安堵《あんど》していた。


——天下の公爵家に、そのような事情があったと聞くまでは。

（まぁいいさ。執事長からも、アイリーン様の専属は嫁ぐまでと言われている。あと十数年耐えれば、子爵家の三男には勿体無いほどの就職先だ。それくらい我慢してやるさ）

今一度気合を入れなおし、問題のお嬢様の部屋へ重い足を動かしながら向かった。

第三章

あれから時は過ぎ、私リリーナ・バジルは明日で三歳になる。

これまで長かった……。大分言葉も話せるようになってきた。やっぱり自分の気持ちを伝えられるのは素晴らしい！（まだ語彙力《ごいりょく》が皆無だが）

それに一人で歩けるようになったので、行きたいところに自由に行くことができる。

一番のお気に入りは庭師のポム爺が世話をしている庭だ。

やっぱりここは異世界だったらしい（実はまだ疑っていた）。

見たことのない植物や虫がいっぱいあって、全然飽きない。時には知っているものもあるが、よく見ると色が違ったり匂いが違ったり光っていたり……とにかく楽しい！

ポム爺にアレコレ聞いたり、間引きして捨てるものなどを貰ってエディ兄さまと一緒にちぎったり、ちょっと齧ってみたりしている（その度にレイナが発狂してくるが）。

病弱なのは変わらないが、私は大分お転婆に育っている。

というか、植物に触れていた方が気がまぎれるのか身体の調子も比較的良いのだ。

これに気づいてから、あれだけ反対していたレイナは渋々庭で遊ぶのを見守るようになった。

マリアは、旦那さんが長期出張から戻ったらしく、乳母《うば》を引退してララと共に家に戻った。私は泣きながら送り出したが、旦那さんは屋敷にも商売をしに来る為、結構頻繁に二人も一緒についてきてくれる（あんなに泣いたのがちょっぴり恥ずかしい）。

あの誘拐事件の後、バジル家に仕えることになったシャルは、何と十二歳だったらしい！ 信じられない……痩せすぎにもほどがある。一年ほどはキースにみっちり扱かれていてあまり一緒にいられなかったが、今では私の傍にいる時間のほうが多くなった。

ちなみに、シャルと一緒に食事をする時、私の食べ物をシャルに与えることが習慣化した。

「シャル、どじょ！」

シャルの口に押し付ける。

「お、お嬢様！ 自分の分は別に用意されていますので！ それはお嬢様の」

「どじょ！ シャル！ どじょ!! ど～～～～～～じょ!!」

「……い、いただきます」

もぐもぐ。

といったように、私の尽力もありシャルは年相応の体型に戻っていった。

知らないうちに私に付いていた影……ハヤトは、あの事件以降も私専属の影をしてくれている。

護衛対象であった私が誘拐されてしまい、あの少年は大丈夫だろうか……と不安になった私は、他の従者《じゅうしゃ》に呼ばれていた「ハヤト」という名前を思い出し、呼びかけてみたのだ。

「はぁ～と、はぁと～!! あしょぼ！ はぁと～!!」

シュバッ!! っと上から降りてきたのにはビックリしたが、元気そうな姿に安心した。

ハヤトは私に対しての申し訳なさがあるのか、ずっと顔を下げたままだったが。

なんだかプルプルと身悶えていたようなので、足が痺れていたのかもしれない……

さすがに人前ではあまり降りてこないが、今でも一人で暇なときに呼んだら遊び相手になってくれる。時々、ダイスと呼ばれる、ハヤトの先輩らしいがどこか気の抜けた口調の青年も一緒に降りてきて、なんだか茶化されたりしているが、変わらず元気そうに働いてくれており何よりだ。

お母様は誘拐事件の後、大分過保護になった。

それまでも過保護だったが、今では就寝中以外絶対にメイドが傍にいるようになったし、お母様もできる限り一緒にいるようになった（これは嬉しい）。

ハヤトも四六時中一緒にいるのだからそこまでしなくても……と思ったが、誘拐事件直後のお母様の泣きっぷりを見た私は強く拒否できない。

お父様も、予定を早めて帰ってきてくれて、過保護度が増したように感じる。

朝、顔を合わせて「おとしゃ、おはよ〜！」とにぱっと笑って挨拶すると、とろけたような顔になって「おはよう、私の天使」と抱き上げ頬にキスをしてくれる。

ずっと会えなかったから、素直に嬉しい。

しかし抱き上げた後は絶対に降ろしてくれず、ダイニングルームに運ばれるのは納得いかない。

お父様を筆頭にキースやザインまで私が階段を下りたり上がろうとすると、どこからともなく現れて抱っこしてしまうのだ。おかげで私はいまだに階段を使ったことがない。

（そろそろこの過保護にも嫌気がさしてきたな〜）

庭で草花をイジリながら思い出していると、屋敷の方から声が聞こえた。

「リリー！　今日は体調は大丈夫かい？　兄さまが本を読んであげるから、お部屋に戻ろう！」

美ショタから美少年に変わりつつあるエディ兄さまが、眩しい笑顔を見せながら声をかけてくれた。

兄さまは当初の期待を裏切らず、順調に麗しく成長している。

本格的な貴族教育が始まり、忙しいだろうによく私に構ってくれる優しい兄だ。

かなり腕白な性格も変わっておらず内緒で外に連れていってくれたり、庭にない植物や普段会わない使用人や商人など、色んな世界を見せてくれたりする最高の存在である。

「リリー様、お屋敷に入る前にお手を洗いに行きましょう」

控えていたレイナが提案してくれた。

「じゃあ私はタオルを準備してきますね！」

カヨがハキハキと答え、屋敷の方に走っていった。

カヨも兄さまと同じく七歳になった。相変わらずそばかす顔だが、おませなお姉さんぶりは変わらず真面目に一生懸命働いてくれている。

「では、私はスコップなどをポム爺様に返してきます。後ほどお茶とお菓子もお持ちいたしますので、待っていてくださいね」

控えていたシャルが道具を返しに行ってくれた。

シャルを見送ると、私はエディ兄さまに答えた。

「あぃがちょ～！　兄しゃま、あの本がいい！　魔法でてくるの！」

「あぁ、あれか。本当にリリーは冒険物語が好きだなぁ。あと、何度も言ってるけど、あれは〝魔法〟じゃないよ、〝攻撃特性〟だよ。まったく……リリーは物覚えがいいのに、いつもこれだけは勘違いするんだから……」

この三年で変わったことは他にもある。


——なんと〝魔法〟が存在していると証明されたのだ!!　といっても話を聞いただけだが。


しかし、私が思っている〝魔法〟は〝魔法〟ではなかった……

前世の知識から〝魔法〟と認識しているものが、この世界では〝特性〟という名称で呼ばれていたのだ。兄さまや両親に絵本を読んでもらっているときは驚いたな……

いわく、火を噴いたり電気を帯びたりする攻撃のことを特性と呼び、神々が使ったとされる〝治癒〟や〝空を飛ぶ〟などを魔法と呼ぶのだそうだ。

因みに、人間は魔法は勿論のこと特性も使えないそう。これを聞いた時は落胆した。

害獣と呼ばれている存在、私の認識では魔物が特性を持っているらしい。

まぁ、自分が使用できないということは残念だが、この世界に魔法が存在するという事実が私のテンションを高くする！

それ以来、本を読んでもらう時は決まって、害獣や神様が出てくる冒険物語や神話をリクエストするようになった。

兄さまたちは「体が弱いから、外に対するあこがれが強いんだろう……」と勝手にホロリと泣いていたが、私は魔法を感じたいだけである。

まったく失礼しちゃうんだから……

そんなことを考えていると、私は明日が自分の誕生日だということを思い出し、気持ちを切り替えスキップしながら兄さまのもとへ行く。

「どうしたの？　リリー。今日はとってもご機嫌だね。何か良いことでもあった？」

「ん～ん！　ただ、明日お父しゃまが帰ってきてくぇるから、リリー、わーい！　なの!!」

エディ兄さまの手を掴み、ぷらぷらさせながら言った。

「……そっか。明日は初めて家族全員揃ってリリーの誕生日が祝えるもんね。楽しみだね！」

そうなのだ。実は過去二回の誕生日、一度もお父様は一緒に祝えていなかったのだ。

一歳の時は、例の誘拐事件が思ったよりも大掛かりで、一応関係者として王都からの命令でお父様も聴取や調査に駆り出され間に合わなかった。

二歳の時は、滅多に出ないとされる害獣〝大蛇《グロッソスネイク》〟が出没してしまい、お父様はとんでもないオーラを醸し出しながら駆除《くじょ》に出たものの、やはり当日中の帰還は無理だった。

大量の油が入手できたと、マリアの旦那さんは大層喜んでいたが。

明日はお母様も兄さまも家にいるし、お父様も午後には帰ってくる予定だ。

お父様に限っては、従者《じゅうしゃ》達に一週間も前から〝当日は大蛇《グロッソスネイク》が出ようが王命だろうが梃子《てこ》でも動かん〟と宣言していた。

そこまでしてくれて恐縮だが、本音を言うとすごく嬉しかった。


――だが、一番楽しみにしているのは他にある。


神様の言っていることが本当ならば、明日、私の相棒に会えるのだ。

それが楽しみで楽しみで、今なら嫌いなグリーンピースも笑顔で食べられそうだ。

私は家族が使用人も含めて大好きだし、今の暮らしに不満もない。

だが、時々前世を思い出して泣いてしまうこともある。相棒を願った時は天敵にもしも遭遇してしまった時の保険だったが、今は心から待ち望む存在となった。

そんな存在に、ついに明日出会うことができるのだ！

私は上機嫌に鼻歌を歌いながら、部屋へ戻っていった。

◆

チュンチュンっと小鳥がさえずる音が聞こえる。

もう朝だと認識しているが、未だに夢の国で微睡《まどろ》んでいるとレイナが起こしにやってきた。

「ふふふっ、お嬢様ったらまた万歳の恰好で寝てらして、可愛らしい」

クスクスと笑い声が聞こえるが、それでもまだ微睡《まどろ》んでいたい欲が勝ち、そのままベッドに身をゆだねる。数秒にも数分にも感じたが、体が優しく揺すられる感覚にようやく意識が覚醒していく。

「リリーお嬢様、朝ですよ〜。心配していた天候も、あの通り快晴でございます。さぁ、起きてください」

「んぅ〜れいなぁ？　リリ、起きるよぉ。起きるよぉ……」

目をゴシゴシとこすりながら上半身を起こす。まだ完全には頭が回らない。

笑みを浮かべこちらを見つめるレイナが、再度声をかけてくれた。

「おはようございます、リリーお嬢様。お誕生日おめでとうございます」

その一言で私はパッと目が覚め跳び起きた。

「あ！　今日リリーの誕生日だ!!　おはよう、レイナ！　ありがとう!!　おはよう、ハヤト！　今日リリーの誕生日だよ!!！」

興奮気味に答え、恐らく天井にいるであろうハヤトに向かって挨拶する。

すると、人がいるときはよっぽどのことがない限り姿を現さないハヤトが傍に降りてきた。

「リリーお嬢様、おはようございます。お誕生日、誠におめでとうございます。このハヤト、お嬢様が健やかに過ごされるよう、より一層力を入れ精進したいと存じます。こちら、心ばかりですがお納めください」

ハヤトから小さな綺麗に包装された包みを貰った。

「わぁああ、プレゼントちょ!!　ありがと、ハヤト。嬉しい!!」

目を輝かせ、ぴょんぴょん跳ねながらお礼を言った。

上がったテンションに身を任せ、その勢いでハヤトに抱き着きお礼のキスを頬に送る（キスをするとお父様を筆頭に皆喜ぶので、誰も注意しないことも相まって癖になりつつある）。

ハヤトはマスク越しでも分かるほど顔を綻ばせ、嬉しそうに抱きしめ返してくれた。

普段はいい顔をしないレイナでさえ、ニコニコと微笑んでいる。

貰った包みを開けると、中からチェーンの付いた小さな笛が出てきた。私の瞳の色と合わせたのだろう、綺麗な黄緑色をしており一目で気に入った。

「自分が常にお傍にいますので出番はないとは思いますが、念には念を入れて、と思いまして。これを吹けば必ずおれ……自分が駆け付けます。まぁ、もしかしたら他の影も来るかもしれませんが……。ごほんっ、とにかく、これを吹けばどんな状況だろうとお嬢様をお守りする者が現れますので、是非とも肌身離さずお持ちください」

途中聞こえにくい所もあったが、何と防犯ブザーのようなものをいただけたようだ。

防犯ブザーにしては上等な笛を早速首にかける。……うん、やっぱり綺麗だ。

「ハヤト、ありがと！　毎日着けるね！」

寝起きからプレゼントを貰えてご機嫌の私を見て、ハヤトは満足そうな表情をしてシュバッと元の天井に戻っていった。

リリーナの誕生日は始まったばかりだ。

◆

今日は誕生祝いに、兼ねてから希望していた街へ皆で繰り出している。

皆に誕生日を祝ってもらった私はご機嫌で、そんな私の手を引きながら歩いているエディ兄さまも幸せそうに満面の笑みを浮かべている。

その様子をこれまた笑みを浮かべて見ている母さまたち。

初めて屋敷の外に出ることができた上に皆笑顔で、私はとても楽しい誕生日を過ごしている。

初の街歩きは、とってもわくわくした！　天気にも恵まれ大満足だ。

屋敷へ帰る前に、人気のパーラーで甘いメレンゲを冷やしたようなもの、アイスホイップに舌鼓を打つ。

(ほぉ～アイスクリームには敵わないが、これも中々美味しいなあ)

小さな口でアイスホイップを舐めながら、心の中でグルメ評論家ごっこをしていた。

気づいていなかったが口の周りにホイップがついていたようで、レイナにクスクスと笑われながら口を拭ってもらっていると――ふと日の当たらない路地裏が気になった。

他の人たちは気づいていないようだ……恐らく目線が低いから私だけ気づいたのだろうか。

何かがあそこで蹲っている。

それまでの幸せな空間と、あまりにも差のある雰囲気に目が離せずにいた。

どうしても気になる私は、思わず〝ゾレ〟に向かって走っていった。

「お嬢様！　どうしたんですか？　お一人で動いてはなりません！」

レイナが慌てて後を追ってくる。帰る準備をしている者以外、全員がついてきた。

近づいてみると無残にも虐待されたのだろう、子犬のような生き物が息も絶え絶えに寝ころんでいた。

（何てひどい……！）

迷わずその子に近づき、頭を撫でて後ろの大人達に助けを求めた。

「わんわんが、わんわんが死んじゃう!!　どうしよう、お母しゃ!!」

覗き込んだお母さまが思わず眉をひそめてしまうほど、ひどい有様だった。

「なんて酷い……すぐに獣医に診せないと危ないわね。……でも……」

すぐに動いてくれると思っていたお母さまが、何かに気づき戸惑っていることに驚く。

何かあったのだろうか？　気にはなるが、先にこの子をどうにかしてあげたい。

「お母しゃ、この子助かる？　大丈夫？」

「お母様、早くこの子を獣医に診せに行きましょう！　今日はちょうどドリトン先生が屋敷にいらっしゃいます。一刻も早く屋敷に戻りましょう！」

悩んでいる様子のお母さまに、エディ兄さまが縋りつく。お母さまは葛藤した様子だったが、すぐ安心させるように力強く頷いてくれた。

「そうね、すぐに屋敷に戻りましょう。大丈夫よ、ドリトンは腕の良いお医者さんです。きっとこの子も助かるわ」

戸惑いを隠せない様子でこちらを伺っていた従者達《じゅうしゃ》にお母さまは迷いなく指示する。

「一足先に屋敷に帰ります。子供たちをお願いね」

そのままお母さまは弱り切った小さな存在を胸に抱き、屋敷へ向かっていった。

◆

その後、私たちが遅れて屋敷に到着した頃には、既にドリトン先生が処置を終えていた。

「わんわん、大丈夫～?」

処置を終え、クッションに囲まれながら眠っている子を心配そうに見つめる。

「一命は取り留めました。幸い、自己治癒力の高い生物のようですし大丈夫かと思いますよ」

ドリトン先生が答えてくれた。

その言葉を聞いてホッとすると、私はエディ兄さまとその生物をよくよく観察する。

今はガーゼのようなもので全容が分からないが、白っぽい銀色の毛が見え、ピプピと眠るその姿は、とても可愛らしい。

ほわほわしながらエディ兄さまと二人、無言で見つめる。前世では飼う余裕がなかったのでペットを飼ったことがなかったが、犬や猫が大好きでよく野良猫を構っていたものだ。

「……かわいぃねぇ」

「……うん、可愛いねぇ」

そんな私たちには敢えてなのか触れず、お母さまは従者《じゅうしゃ》たちに礼を言っている。

「この子、親とはぐれたのかな？　親元に返してあげたいね。……でも、なんで街にいたんだろう」

「お母しゃ、なんで～？」

お母さまは傍にしゃがみ込み、その理由を教えてくれた。

「……この子は〝銀狼《ジェンルーパ》〟という生物よ。コアスの森にいるのを見たことがあるわ。群れを作らず、子どもの時以外は基本一匹で行動するの。あんな小さい子が一匹でいたんだもの、母親が死んでしまったのでしょうね。あの森では小さなこの子は餌をとれないし、他の害獣に襲われてしまうから自分の身を守るために、人里に下りてきたんだと思うわ」

その話を聞き私たちはそろって泣きそうな顔になる。

「この子、独りぼっちなの？　……可哀そうだよ」

「ママいなくなっちゃっちゃの～？　……ぐすんっ」

「……お母様、この子僕たちが飼っちゃダメ？　お願い！」

「お、お母しゃ！　おねがい、おねが～い!!」

悪い予感が的中してしまったというような顔をしたお母さまは、真剣な顔で返事をする。

「それは難しいわ。二人とも、いい？　人を襲ったということは聞いたことがないけれど、銀狼《ジェンルーパ》はとても足が速くて鋭い爪や牙のある危険な生物よ。今は可愛いかもしれないけれど、成獣になれば大型犬よりも大きくなる。そうすると、貴方達を傷つけてしまうかもしれないわ。それにただ〝可哀そう〟だからという気持ちだけで、命を預かってはいけない。その一時の感情で物事を決めてはダメよ。危険はないか、世話は誰がどのくらいすることになるのか、この子の一生を背負う〝覚悟〟があるのか。その覚悟がないのに、この子を引き取ってはダメよ。そこら中にいる野良犬達にも同じことができる？　……特に貴方達は貴族として、民の上に立つ者として、命を軽く考えてはいけない。……どう？　今言ったこと、全てに責任が持てる？」

お母さまの熱い気持ちが伝わり、こちらも真剣に耳を傾けた。

私は勿論、まだ小さい兄さまにも一つの命を預かる〝覚悟〟の重さは正しく伝わったように思う。

「そっか……そうだよね、他にも独りぼっちの犬や猫もいるもんね。全員を引き取るなんてできないや……。難しいね、どうやったら助けてあげられるのかな」

兄さまが悲しそうに呟く。

確かに私は、深く考えずにこの子を飼いたいと言ってしまった。

当たり前のように従者《じゅうしゃ》達が世話をしてくれると思ってしまったことに、私は羞恥した。

自分が責任をとれないのに、言っていいことではなかった。でも……

「……でも、わんわんのこと見つけちゃったの。助けちゃったの。これでバイバイなんてできないよぉ」

泣きながら続けた。

「お願い！　リリーがお世話する。ご飯もリリーのあげる。部屋もリリーと一緒でいい。この子の

〝せきにん〟とる！　お願い、お母しゃま、この子飼いたい‼」

私の言葉にエディ兄さまが続いた。

「……僕もお世話する！　リリーはまだ小っちゃいから、ご飯は僕のヤツをあげる。リリーが病気の時は僕の部屋で面倒をみる。僕も〝責任〟とるから！　せっかく助けたんだもん、これからも一緒にいたいよ！」

うわぁ～ん！　と泣き出した私たちをお母さまは苦笑しながら抱きしめ、私たちの涙が止まるまでしばらく背中を摩ってくれた。

「……はぁ、しょうがないわね。今日はリリーの誕生日だし。まぁ、いつものお返しであの人に全部投げちゃいましょっ」

小声で何か言っている様子だったが、涙を止めることに集中していて聞き取れなかった。

ようやく落ち着いた私たちの顔を見て、お母さまは笑いながら言葉をつづける。

「二人の気持ちは分かったわ。お母様もこの子を飼うのに賛成よ。ただ、この屋敷の主人であるお父様の許可がないとね。あの人が帰ってきたら、二人でお願いしなさいな」

その言葉が嬉しくて笑顔を向け感謝を伝え、三人でギューーーーっと抱きしめあった。

◆

お父様は思っていたよりも遅くに帰ってきた。

ここ最近のお父さまは、数年前に下っ端を摘発した例の海賊共がまた領地へ近づいているという情報を得て、今後こそは全ての摘発を！　と港の警備強化の為に奮闘する日々を送っていた。

もう辺りが暗くなり始めていたが、そんなお父さまの苦労を知っているので文句も出ない。

誕生日に加え、更に特別な〝お願い〟がある為、出迎えた私たちの勢いはそれはもうすごかった。

出迎えの挨拶もそこそこに、矢継ぎ早に出てくる幼い言葉たちにお父様は目を白黒させていた。

滅多に見ないほど戸惑っている姿に、一歩引いて見守っていたお母さまの笑い声が聞こえる。

「――一体どういうことか、説明してくれ」

お母さまから一部始終を説明されたお父様は、手で顔を覆い天を仰いだ。

「なぜ犬でも猫でもなく、滅多に人の前に現れない〝銀狼《ジェンルーパ》〟なのだ。しかもリリーが初めて街に出た日に……」と、何やらブツブツと呟いている。

そんな父の様子を見て、なにやら劣勢かもしれないと感じ取った私たちの猛攻撃が始まった。

「お父様！　この子を飼ってくれたら、僕もうお勉強の休憩中に遊びに行かない。影の人達にいたずらしないし、おやつのつまみ食いもしない！　だからお願い、飼っても良いでしょ？」

「リリーはね、んとね、グリーンピース食べるよ。草遊びしたら自分で片づけるよ。この子を飼っていいなら誕生日プレゼントもいらないよ！　いっぱい良い子にするからお願いしましゅ！」

必死に縋りついてくる私たちを見て、お父さまはお母さまに助けを求めていたが、肝心のお母さまはニッコリ笑うだけだった。

「はぁ……この二人にねだられて、〝否〟と言える奴がいたら見てみたいな、まったく」

お父さまは私たちの肩に大きな手を置き、しっかり目を合わせて口を開く。

「分かった。お前たちがそこまで言うのなら、この子を飼う許可を出す。ただし！　条件がある。……今は眠っていて、この子の意思が分からない。もしこの子が此処を、人を拒絶するようであればコアスの森に返す。いいな？」

お父さまの言葉を聞いて、私とエディ兄さまの顔が歓喜に変わる。

「「うん！」」

大きな、元気な声で答えた。

その声が聞こえたのだろうか、クッションで眠っていた銀狼《ジェンルーパ》が耳をピクピクしながら目を開けた。

やっと目が覚めた！　とその子に近づこうとするが、控えていたシャルに遮られたのでしぶしぶ後ろから様子を伺う。

銀狼《ジェンルーパ》はキョロキョロと顔をふり、「クゥ〜ン」と寂しそうに鳴いた。

それを聞いて堪え切れず、兄さまと駆け寄り、銀狼《ジェンルーパ》を撫でた（シャルはまた庇おうとしたが、銀狼《ジェンルーパ》の様子を見て危険はなさそうだと判断したお父様が制していた）。

「大丈夫だよ、もう痛いことないよ」

「わんわん、今日からかぞくだよ〜、じゅっと一緒にいるからね」

優しい言葉と温かい手に敵ではないと感じたのだろう。銀狼《ジェンルーパ》は撫でている手をペロペロと舐めてきた。くすぐったくて体をよじったが、好きにさせてやった。

お父様とお母さまは目を見合わせてやれやれ、といった風にこちらに近寄ってきた。

「どうやらこの子も、うちの子になってもいいと思ってくれたみたいだな」

「ふふふっ、名前を考えないとね。男の子みたいだけど、何がいいかしら」

両親の言葉に、この子が家族になれると悟った私たちはハイタッチをしながら喜んだ。

「リリーが見つけたんだもん！　リリーがお名前決めてあげてよ！」

「……決めた！　このこは〝シルバ〟！　リリーの弟のシルバ!!」

銀狼《ジェンルーパ》シルバを撫でながら宣言する。

「シルバか……！　いい名前だね。僕の弟、シルバーーー!!」

兄さまも一緒に喜んだ。

お父様もお母さまも笑って、このままだとシルバも疲れるだろうと二人を嗜《たしな》めた。

「さぁ、あまり構ってしまうとシルバも疲れてしまうよ。せっかくザインが張り切ってくれたんだ。皆で誕生日会にしよう」

◆

私はベッドの中で、今日の出来事を振り返っていた。

今日は本当に良い誕生日だった。皆に祝ってもらえて、素敵なプレゼントも沢山貰った。

お父様から貰った誕生日プレゼントの人形を抱きしめながら思い出に浸る。

ザイン特製ケーキまでしっかり食べ終わった後、お父様からこのプレゼントをもらったのだ。

「リリー、改めて誕生日おめでとう。リリーの三歳が、健やかで幸福に満ちたものになることを祈るよ。シルバを飼えればプレゼントはいらないと言っていたが、いつも我儘《わがまま》を言わないリリーにプレゼントをあげられる機会を奪わないでほしい。……リリー、お前はいつも私達に遠慮しているね。責めている訳じゃないんだ。もっと、自分の望みを口に出していいんだよ？　お前は私達の大切な娘だ。それは今後、何があっても変わらないよ。私達がお前を嫌うわけないじゃないか。どれだけ病弱でも、我儘《わがまま》でも、……今日みたいなお願いの時はちょっと困ってしまうかもしれないが、それでも何だって望んでいいんだ。私達は、それに全力で応えよう」

私はお父様の言葉に、思わず涙があふれてしまった。

前世では母子家庭で育ち、弟達の世話はすれど今世のように大事に、可愛がられながら世話をされることなんてほとんど記憶になかった。

だから、慣れない〝甘える〟という行為が自然にできないことに悩んでいた。

いつもこれくらいは許されるかな？　子どもなら許される行為かな？　と、ビクビクしていた。

自分では上手く隠せていると思ったが、気づかれていたようだ。

……何が〝私を理解してくれる相棒が欲しい〟だ。

理解してもらおうとしていないのは、私自身ではないか。私は自分のことしか考えていなかった、この自己中な自分に苛立った。

これじゃあ、あの天敵女と同じ身勝手な人間だと己を恥じた。

お父様がくれた言葉に真摯《しんし》に答えたくて、私は今まで言えなかった本音をぶつけた。

「……リリー、皆に嫌われるの怖かった。皆忙しいんじゃないか、無理してリリーといるんじゃないかって怖かった。今まで黙っててごめんなさい」

お父さまとお母さま……それからお兄さまも駆け寄って、抱きしめてくれた。

「そうか。不安にさせてごめんね、リリー。これからは、もっともっと本音を言っていいからな」

「じゃあ、もういっこ。リリー、階段も一人でできるもん。もう階段でだっこしないでほしい」

「……分かった。皆にも言っとくよ。でもしばらくは皆隣で見守ると思うから、それは許してくれ」

「うん、いいよ！」

皆で笑いあった。

「あぁ、話が長くなってしまった。プレゼントを開けてくれ」

お父さまに勧められ包装された包みを解いていくと、私の髪色と同じような薄い茶色の、耳に飾りを付けたくまの人形が現れた。

「この人形の色を見た時、〝絶対にリリーにあげよう〟と思ったんだ。リリーはいつも万歳の恰好で寝ているだろう？　まぁ可愛らしいからいいと思うが……。この人形を抱いて、一緒に寝てあげるといい」

父さまの言葉はもはや右から左で、その時は既に人形に集中していた。

先程止まったばかりの涙をまた流し始め、人形を強く抱きしめた。

驚いた父さまがギョッとする。

「どうした⁉　リリー！　この人形が気に入らなかったか⁉　すまないっ、明日別のプレゼントをあげるから泣き止んでくれ‼」

オロオロしている父さまに対して、首を横に振るのが精一杯だ。

偶然かもしれないが……この人形、それにこの耳の飾り……


――二つとも前世でアイツに奪われた、亡き父からの形見とそっくりだった。


捨てられたと分かったときは頭が痛くなるまで泣いて、アイツへの憎悪を募らせるしかできなかったが、ずっと忘れられずにいた。

世界を飛び越えてまた私のもとに帰ってきてくれた気がして、涙が出るほど嬉しかった。

「お父しゃま、ありがどぅ……‼　ずっとずーっと、大切にするね！」

私は今自分ができる最大の笑顔でそう答えた。

「んふふ、にひっ」

思わぬハプニングもあったが、それでもずーっと幸せにあふれた一日を振り返って自然と笑みがこぼれた。

かつて自分が使っていたベビーベッドに寝かされているシルバを、人形を抱きながら見る。

(多分だけど、シルバが神様に頼んだ〝相棒〟なのかな。私しか気づかなかったし。今はまだ意思疎通できそうにないけど、これから仲良くなれたらいいなぁ)

と思いながらウトウトしていると、頭の中で言葉が聞こえた。

〈えー、あんな犬っころが良いの？　私の方がチャーミングで可愛いじゃない！　アンタ見る目ないわね！〉

（……え？）

思わず目をパッチリ開ける。

（……誰？）

〈私よ私！　アンタが抱きしめてるプリチーなお人形よ！　まったく、いつ気づくかと思ったら、全然気づかないんだもの。もうちょっとで必殺パンチをお見舞いするところだったわ！〉

そんなまさかと思いながら、そぅっと抱きしめている人形を眺める。

すると、くまのクリクリのお目目がパチリとウィンクをした。

（……えええええええぇぇぇぇえええええええええええええええええ!!）

私の三歳の誕生日はこうして終了した。

◆◆◆

「なんでなんでなんで……!!」
私――アイリーン・タンジは爪を噛みブツブツと呟きながら、苛立った様子を隠すことなく自分の部屋に戻っていく。

この世界に転生して数年。自分が思い描いていた〝完璧な異世界転生生活〟とは全く違う現状を、愛理からアイリーンになった私は受け入れられずにいた。

トラックに轢かれ、希望通りに死んだと思ったら真っ暗な空間に私はいた。何だか不思議な感覚に、死後の世界って思ってたより面白味がない場所だと感じたものだ。

神様も変な光だったし、ラノベみたいにイケメンな神様が見たかった。

でも！　幼馴染《おさななじみ》の聖子が一緒に死んでくれたのは本当にラッキーだった！

聖子はいつも私に嫉妬《しっと》して、口うるさく怒ってくる地味な女で、本当に目障りな存在だった。

でも、聖子のおかげで転生特典が増えたから、優しい私は許してあげたのだ！

そうして念願の異世界転生に成功した私は、希望通りピンク髪青目の美少女に生まれた。初めて鏡を見た時はあまりの可愛さにうっとりしちゃった♪

ゆくゆくはこの甘い顔に爆乳でしょう？　どんな男も私を好きになるに決まってる！

でも、今度転生する時は大人になった状態で転生させてもらおうっと。

赤ちゃん時代は本当、つまんなかったわ〜。世話しにくるのは女ばっかだし。お父様にも会えないし。本当、退屈で死にそうだった。

〝女が世話してる時に嫌がったら美男子が世話してくれるんじゃない？〟と思いついたときは私って天才！　と自画自賛した。

もっと早くに気付けばよかった！

すぐに男の人たちが世話をしてくれるようになって、本当目の保養だったわ〜♪

さすが公爵家、使用人のレベルも高いの！　本当、公爵令嬢を希望して正解だったわ。

しばらくすると、一人の美青年が私の専属になった。

カイトを一目見た瞬間に、その王子様みたいな佇まいに見惚れたわ!!

こんな理想の王子様が私の専属なんて……夢みたい！

しかも、カイトはもう私のことを好きみたい。誰かが私の世話をすると、奪い取って自分がやりますって嫉妬《しっと》しちゃうの！

もう溺愛されちゃってるから、将来的にヤンデレにならないように注意しなくちゃ。

いつか読んだラノベみたいに従順な僕《しもべ》を手に入れることができて、私は大満足だった。

そして時が過ぎ、なぜか別邸に移動することに。

最初は嫌だったけど、〝本邸の改修工事〟と聞いて気分が上がった。

だって、それって私の為でしょう？　お父様ったら、まだ一度も会えてないけれどやっぱり娘を溺愛しているのね！

お母様は病弱みたいで、お部屋からあまり出てこない。

さすが私のお母様、中々の美女だったけど性格がきついみたいなのよね。いつも私を忌々し気に見つめるの。きっとお父様の愛情を私が一身に受けてるのが気に食わないのね、可哀想に。

でも安心して！

私が年頃になったら王都学園で将来の夫となる方と出会うから、それまでの辛抱よ。

この国には王都学園という十六歳から三年間通う学園がある。そこでこの国の王子様や隣国の王子様、多くのイケメンが私を取り合ってしまうのね……！　と思いをはせる。

――でも、そんな学園があったら絶対にライバルが出てくるわよね。


私は公爵令嬢だから、ライバルは恐らく平民。

もしかして……ざまぁを狙っている同じ転生者かもしれない！　そうよ、そうに決まってる！

だって、どんな物語でも絶対、ヒロインのライバルキャラが出てくるもの！

神様は「聖子は別の世界に記憶をなくして転生した」と言っていただけで、他に転生者がいないとは言っていない。

それなら私が今やるべきことは一つ、とにかく仲間を増やさないと！

大丈夫。私は公爵令嬢よ、不可能なことなんて何もないわ！

数年後の逆ハーレムを妄想し、私は意気込んでいた。


――順調だったのは、そんなことを考えていた時までだ。


あれだけ私の世話をしていたカイトが、全然私に会いに来なくなった。

私がカイトをどれだけ呼んでも来なくて、メイドが淡々と食事を運んでくる。その姿に苛立って、食事をそのメイドに向けて投げる。はっ、いい気味。カイトを呼んでこないからよ！

その後も食事の度に反抗してやったが、それでもカイトが来ることはなかった。

苛立った私は、自分でカイトを捜しに行った。

そしたら、先程皿を投げてやったメイドがカイトに色目を使っているじゃない！

私は頭に血が上ったがカイトの前なので怒りを鎮め、上目遣いでカイトに抱き着いた。

「カイト〜!!　もぅ、どこ行ってたの？　なんでアイリの傍にいなかったのよ！　カイトはアイリの専属なんだから、どんな時でも傍にいなきゃダメよっ！」

頬をぷぅっと膨らませながら注意した。

もう、今回だけは許してあげる。

するとカイトは照れたのか、すぐに私を引き剥がしてメイドにさっさと行けとばかりに目で合図していた。やっぱりカイトも迷惑してたのね！　あのブス、後で注意してやるんだから！

「お嬢様。私はタンジ公爵家の執事見習いです。これからみっちり執事教育を受ける必要がございます。お嬢様は先日、お一人でお食事できていらっしゃいましたね。そのことから、私の補助は不要と判断しましたので、今後私がお嬢様のお世話に常駐《じょうちゅう》することはございません。……先日執事長からも通達があったはずですが？」

「えぇ？　アイリ知らないよ〜！　っていうか、カイトは執事になんかならなくていいよ！　執事教育なんかより、アイリの従者《じゅうしゃ》として戦闘訓練しなきゃ。そっちの方が大事よ!!」

カイトは私の言葉を噛みしめるように俯いていた。

「……とにかく。私は執事教育を受けている身です。男手が必要な事態にならない限り、お嬢様付きの仕事は今後ないと考えてくださって結構です。では、執事長がお待ちなので私はこれで。あぁ、お嬢様にお伝えすることがあります。今後、食事は出されたもの以外はお出ししませんので。ご自分でダメにされたものも、メイドは片づけませんのでそのおつもりで。では、失礼します」

一気にまくし立て、カイトは逃げるように去っていった。

（……なんですって？　この私に意見したの？）

カイトから初めて反抗され、私は苛立ちながら突っ立っていた。

その様子を見て、メイドが眉をひそめながら通り過ぎる。

……そっか。カイトは従者《じゅうしゃ》内の地位を上げる為に頑張ってるのね！

そうよ、さっきもメイドの色仕掛けに抵抗できていなかったじゃない。

きっと新人だから反抗できないんだわ……それであんな苦しそうな顔して去っていったのね……

私は一瞬でも怒りを感じてしまったことに反省し、あのメイドへのお仕置きを考える。

あんな性悪婆、痛い目に合わないと反省するわけないじゃない。

（そうね、痛めつけたら悪役令嬢みたいになっちゃうし、髪を切るくらいで手を打ってあげる！）

どこかの部屋にあったハサミを持ち出し、あのメイドがいる従者室《じゅうしゃ》へ入った。

本来なら入ってくるはずのない私という存在を前に、従者室《じゅうしゃ》にいた者全員が眉を顰める。

「……お嬢様、ここは従者室《じゅうしゃ》です。お部屋にお戻りください」

「ふんっ、知ってるわよそんなこと！　ちょっとその女に用があるだけよ。ねぇ、アンタ、さっきカイトに色目使ってたけど、全然相手にされてなかったわね！　カイトは新人だから拒絶できないけど、嫌がられてるの分からないのかしら？　それにあんな嫌がらせを私にするなんて……。アンタは今日で解雇よ、罰を受けてさっさとこの屋敷から出ていきなさい！」

そう吐き捨てハサミを取り出し、メイドに襲い掛かった。

「キャーーーー!!」

「コイツっ!!　押さえつけろ!!」

メイド達が悲鳴をあげる。私は、間一髪のところで逃げたメイドにまた襲い掛かろうとするも、周りの従者《じゅうしゃ》に取り押さえられた。

そして悲鳴を聞き駆け付けた執事長により、地下牢にある〝お仕置き部屋〟へと投げ込まれたのである。それからは何か気に入らないことがあっても〝お仕置き部屋〟に入れるぞと脅されて、自由に行動することが出来なくなった。

(忌々しい……私は公爵家の令嬢なのよ!?　どうして使用人如きに行動を制限されなきゃいけないの。お父様がいないからバレないと思って……私は虐げていい存在じゃないでしょ!?　……ん？虐げる……そうか!!)

イライラしながら部屋に向かっていた私は、これまでのことを思い出しながらたどり着いた結論に納得した。

分かったわ……！　私、虐待されてる令嬢っていう設定なのね!?

そうよ……道理で思い通りにいかないわけだわ……!!

お母様が嫉妬《しっと》のあまり、私を虐げてもいいと使用人に言ったに違いないわ。

なんて恐ろしい女！　女の嫉妬《しっと》はこれだから……

あぁ、カイトは私を助けられなくて葛藤してるのね……分かって上げられなくてごめんね！

じゃあ、学園に入る前に王子様が私を見つけに来るかもしれないわね……！

「こんな酷い環境で、頑張ったね」

なんて言って抱きしめてくれるんだわ……！

あぁ、なんてこと。いつ助けが来るか分からない、しおらしく部屋で待っていないと！

先程とは打って変わり、未来への希望を胸に私は部屋に戻っていった。

第四章

三歳の誕生日に予想外な出会いを果たしたリベアと名付けた相棒は、なかなかに強烈な性格だった。

あの後動揺してしまったが、叫んだり一人で喋ってしまっていたら大分イタイ女の子である。それに恐らく影が付いてくれていると思うので、不審な行動をとらないよう注意するようになった。

リベアから長～い話を聞いて理解出来たのは……
・リベアは私が出会った神様のこの世界の眷属《けんぞく》
・私の心が読めるのでどこでも会話し放題（ほかの人の心は読めない）
・リベアの体は神様の力作！
と簡単にまとめるとこんな感じ。

この内容を把握するのにどのくらいかかったことか……

まだ慣れてない時の会話を思い出す。

〈この体はアンタの思い出の中から、一番の幸せの形をモデルにしてるの。私も結構気に入ってるのよ？　アンタのパパに買ってもらう為にめちゃくちゃアピールしたんだから！　あの男、全然私の方を見ないいんだもの！　本当苦労したわっ！　それにしても、アンタのパパが私を買う時面白

かったわ。あのデカイ図体した男が〉

……大分お喋りな相棒だなぁ。

まぁ、これだけ明け透けに話せる相手もこの世界でいなかったから、素直に嬉しいけど。

〈あら、嬉しいこと言ってくれるじゃない。私いっつも喋りすぎって嫌われてて……そんな風に思ってくれるなんて、本当に相性バッチリね！　神様がね、アンタなら私と仲良しになれるってめちゃくちゃ推すのよ！　断れなくてさ、アンタに会うまで不安だったんだけど、私アンタのこと気に入ったわ！〉

案外仲良くなるのに時間はかからなかった。

名付けも私に頼んできてくれて、ますます仲が深まった気がする。

（私のセンスに任せて……後で恨んだりしない？）

〈……な、何よ、不安になること言っちゃって！　大丈夫、気に入らなきゃ却下するから！　アンタはどんどん思いついたのを言って。私が採用か不採用か決める……相棒同士の初めての共同作業よ！〉

（……分かった。じゃあベア子）

〈却下!!　全っ然可愛くない!!　もっと可愛いの！〉

…まぁ、決まるまでに色々あったが。

結構注文が多かったけど〝リベア〟……我ながら可愛い名前をつけられた。

その日から、私は常にリベアと一緒に行動した。

自分が贈った人形に〝リベア〟と名前をつけて毎日一緒に行動する愛娘を見て嬉しかったのか、お父様は害獣出没の知らせがあっても笑っていた程、しばらくずーーーっと上機嫌だった。

リベアはそれまで割と退屈だった生活に刺激（お喋り）と知識（お喋り）を与えてくれて、もう今ではすっかりなくてはならない、正真正銘の相棒となっていた。

そんな相棒は、お喋りが大好きで……そして忘れっぽく大雑把《おおざっぱ》な性格だ。

喋っていると次々に別の言葉が出てきたり目に入ったものについて喋ってしまったり、本来喋る予定だったことをコロッと忘れる。

まぁそれも個性だなぁと思っていたら、結構重要じゃない？　と思うことをシレッとカミングアウトしてきたりして、我が相棒ながら「大丈夫かコイツ」と思ってしまうことも。

例えばある日、庭でポム爺の仕事を見ていた時のこと。

その日は季節の花の入れ替え時期だったので、まだ綺麗に咲き誇っている花を大量に処分していた。

隅に集められた花を見て（もったいないなぁ、こんなに綺麗なのに。このまま保存できたら、もっとこの花楽しめるのになぁ）と思っていた。

すると相棒が〈ん、なに、これを持っておきたいの？　私の〝マジックボックス〟に入れておく？　別にいいわよ、私も花好きだし。そうそう！　私が一番好きな花はこの領地の……〉と言ってきて思わず「えぇえっ？」と大声を出してしまった。周りの使用人たちが驚いていた。

ちょ、ちょっと待って。え？　今マジックボックスって言った？

〈ええ、言ったけど。それがどうしたの？　それよりさっきの続きだけど、私がその花を……〉

いやいやいやいや、ちょっと待って！

え!?　リベア、マジックボックス持ってんの!?

あの重さも体積もどんとこい！　何でも入る魔法の様なマジックボックスであってる!?

〈ええ、多分あってると思うけど……。神様が私に授けた能力よ、無限にものを収納出来て、時間が経過しない？　とかなんか言ってた気がするけど、そんなやつよ！　なに、さっきから。私の話を遮ってまで確認するなんて〉

リベア!!　めっちゃ大事なことだよ!?　リベア魔法使えるの？　神様が授けたって何！　聞いてない！　え、なんか言ってたって、その時のことを全部話して!!

〈え～？　その時のこと話すの？　いいわよ！　私がアンタの相棒に……〉

リベアの話を簡単に纏めると……
・リベアはマジックボックスと絶対防御と意識転移を神様に授かった
・マジックボックスと絶対防御は言葉の通り
・意識転移によりクマのぬいぐるみから好きな媒体に移動可能
ということらしい。

こんな重要なことを忘れてたの？　と愕然とした私をしり目に、リベアは上機嫌に話していた。

〈そうね、次に転移するなら前に商人が持ってきいてたビクスドールがいいわ！　あれは中々私に相応しい装いじゃないかと思うんだけど〉

（……リベアーーーーーーーー！）

私がリベアに初めてキレた瞬間だった。

その後、初めての喧嘩と仲直りをして（なんだかんだすぐ仲直りした）早速マジックボックスを試した。

全部を消すとポム爺たちが驚いちゃうから一輪だけ。

結果、リベアが言ってた通り触れながら念じれば収納され、収納された花は今も美しく咲き誇っている。

……なんだ、神様が言っていた〝渾身《こんしん》の作品〟って人形のディテールのことじゃなかったのか。てっきり手作りでこのクオリティに持ってくるのに三年かかったと思っていたわ。

神様、舐めていました。本当にすいません。そしてありがとうございます。

私は思わず神様に祈り、謝罪と感謝を伝えた。

〈……あ！　確か神様、なんか祈りが大切だの、儂に祈ってくれたら嬉しいだのなんだの言ってた気がするわ！〉

リベアがまた忘れていたらしい。なんだ、神様も欲しがりなんだなぁ。

まぁ、ここまですごくお世話になっているし、これから一日一回お祈りしてあげよう。

私は随分上から目線で決意した。

しかし、リベアがここまで大雑把《おおざっぱ》な性格とは思わなかった。

残りの絶対防御は攻撃されないと分からないし、意識転移はリベアが全然乗り気じゃないからまだできないだろう。

二つの証明はできていないが、三つも便利な機能をプレゼントしてくれて……

本当、感謝しないとな。


——そんな衝撃の相棒の事実から早二年……


私リリーナ・バジル、五歳になりました！

パチパチ。

あぁ、長かった……。最近やっと言葉がスラスラ出てくるようになって、舌ったらずなリリーとはもう少しでお別れできそうだ。

自分の部屋で本を見ながらこれまでの苦労をねぎらっているとリベアが茶々を入れてくる。

〈あら、アンタの舌ったらずは中々人気があったみたいだけど？　もう少しやってあげてもいいんじゃないかしら？〉

（嫌だよ、私ももうお姉さんなんだから！）

そう、私に弟が生まれたのだ！

名前はナーデル。現在六ヵ月になる可愛い可愛い男の子だ。

いやぁ、まさか本当に弟が生まれてくれたなんて……お父様は有言実行の男ね！

実は去年の誕生日前に、お父様に「今年のプレゼントは何がいい？」と聞かれた時「弟か妹が欲しい!!」と言ってみたのだ。

お父様はピシッと固まってしばらくしてから「……そうか、分かった。お父様頑張るな。ただ、今年の誕生日には間に合わなそうなんだ。他に欲しいものはないか？」と言ってくれた。

いやぁ、言ってみるもんだな！

お疲れ様ですお母様！

弟の顔を思い出しながら、膝にのっているシルバをわしゃわしゃと撫でる。

あんなに小さかったシルバも、大型犬くらいに成長した。

今では私の身体を支えられるくらい丈夫になった（リベアを抱いて階段を下りていると、時々転んでしまうのだ。その時は物凄い速さでシルバが助けてくれるので、使用人たちは安心している）。

私もそろそろ本格的な貴族教育が始まる。

この世界のことが勉強できることに、ワクワクが止まらない！

〈勉強がワクワクなんて、アンタ本当にセンスないわね〜。私はこの後の商人とのミーティングの方がワクワクするわ！　あぁ、今日も美しい人形はあるかしら♪　楽しみね♪〉

リベアは相変わらず美しい人形にお熱である。

商人たちは、いつも人形を持っている（というか持たざるを得ない）私が人形好きだと思っているらしく、気を遣って毎回色んな地域の人形を持ってきてくれる。

そろそろ誤解を解かないと毎回悪いなぁと思いながら立ち上がり、応接室に向け足を進めた。

◆

シルバとリベアを連れて応接室に入ると、バジル家御用達であるモレッツ商会の方々がアレコレ商品を持ってお母様に説明していた。

私達が入ってきたことに気づいたララとマリアが近づいて挨拶してくれる。

「リリーお嬢様、お元気そうで何よりです。……また一段と可憐《かれん》になられましたね。一瞬花の妖精《ようせい》が入ってきたかと思いましたわ！」

「リリー様、お久しぶりです！　今日もお父様が新しいお人形持ってきていますよ！　今度のは気に入るといいですね！　……あれ、今日はシルバだけですか？　シャル兄さまはお勉強中です？」

ララが首をかしげながら聞いた。

「マリア、ララ久しぶり！　二人とも元気そうでよかった。もうお人形は大丈夫だって言ったのに……ダストンさんったら。シャルは今日お兄様と一緒に馬術《ばじゅつ》訓練に出かけているの！　最近はシルバもいるし、シャルはお兄様の護衛も多くなってるんだぁ～」

九歳になったエディお兄様は、馬術《ばじゅつ》に剣術に体術に……戦士としての訓練も多くなって逞しく成長している。

というか体力お化けだったらしく、相手をしている先生だけでは物足りずちょうど戦闘訓練をしているシャルがよく駆り出されるようになった。

シャル的には不服らしく、「私はお嬢様の専属ですよ⁉　なぜあの犬っころにお嬢様を任せなければいけないんですかっ‼　エディ様の相手をあの犬っころにさせればいいでしょう⁉」と最後まで駄々をこねていた。

シャルはシルバのことが苦手みたいで、いっつもシルバに喧嘩を売っている。

そんなシルバは鼻で笑ってあしらうので、ますます気に食わないみたいだ……

シャルは動物が苦手なのかな……と思っていると、モレッツ商会副会長……マリアの旦那様でララの父親のダストンさんが人形を持って近づいてきた。

「リリーお嬢様、お久しぶりです。いやぁ、少し見ないうちにまたお美しくなられましたね！　私は結構色んな地域に行ってる方だと思いますが、お嬢様以上にキレイな人は見たことないですよ！　そうそう、先日あの〝西大陸《ウェストエリー》〟から、〝邪神の冬眠《デモニオソンノ》〟を抜けた船が隣国に流れ着いたらしく！　今日はそこから買い付けた、この大陸《イーストエリー》にはない珍しい商品を沢山お持ちしましたよ！　……この人形もその船の商人から買い付けたものです。珍しいでしょう？　リリーお嬢様の目に留まればいいんですが」

そう言って渡された人形は今までの人形と違いシャルの様な黒髪黒目の、この大陸ではお目にかからない色彩を使った可愛らしい人形だった。

「ありがとう、ダストンさん。他の大陸のものなんて、すごい貴重じゃない！　私初めて見た！　……でもダストンさん、言いにくいのだけど、もうお人形は持ってこないで。私リベアは好きだけど、お人形が好きってわけじゃないの……。今まで言いだせずにごめんなさい。……それにしてもあの〝邪神の冬眠《デモニオソンノ》〟を抜けられたなんて……今年は長かったのね？」

私も最近になってようやくこの世界の全体像が分かってきた。

まず、この世界は大まかに四つの大陸に分かれている。

〈北〉ノースェリー：氷に覆われていて、古来より神々が住まうと言われており、人間は近づけない。

〈南〉サウスェリー：土が赤く、死んだ大地と言われている未開の地。冒険者や亡命者が多いそうだ。

〈西〉ウエストェリー：帝国が一大勢力を持つ大陸なのだそう。

〈東〉イーストェリー：私達が暮らす大陸。我が国ハーブリバ王国が一大勢力を持つ大陸だ。

五歳児相手に教えてくれてたのでざっくりとした内容だったたし、それ本当の話？　と審議したいこともあったが、まとめるとこんな感じだった。

そして西と東の大陸を遮断するかのように、大陸の間にある海域ではずっと嵐が吹き荒れているそうだ。その為、西と東の大陸の交流は、ほぼ断絶状態だ（誰も百％近く沈没する船に乗って来ようとは思うまい）。

そんな嵐吹き荒れる海域だが、年に一週間から一月（その時々で違うらしい）だけ嵐が止む期間があるそうだ。その期間を〝邪神の冬眠《デモニオソンノ》〟と呼んでいる。

近年、この〝邪神の冬眠《デモニオソンノ》〟の期間が短く、西大陸《ウエストエリー》の物は東大陸に入ってこない状態が続いていた。

今年は到着できた船があったんだ！　と、ダストンさんが私が返した人形を受け取りながら答えた。

「……そうだったのですね。こちらこそ、気づかずに押し付けるような真似をしてすいませんでした。そうなんですよ!! いやぁ、ここ数年は〝邪神の冬眠《デモニオソンノ》〟が短かったですからね。今回も東大陸側は船を送っていなかったですし、今年もないかなぁと思ってたんですが、まさかくぐり抜けられたとは！」

ダストンさんが興奮気味に話す様子を、女三人（＋リベアとシルバ）で微笑ましく見ていたら、急にどんどんとテンションが下がっていった。

「……その噂を聞いて、すぐに隣国へ出張したんです。港に着くと、思ったより人だかりがなかったんですよ。おかしいなとは思ってたんですが……西大陸《ウェストエリー》の商人たちと商いをしたら、すぐに理由が分かりましたよ」

先程の興奮はどこへ行ったかと思うほどのガックリとしたダストンさんを見て、慌てて慰める。

「ダ、ダストンさん。何があったかは知らないけれど、一生にそう何度もないことを経験出来て良かったじゃない！ それに、その人形だってツヤツヤした黒髪でとっても価値のあるものでしょう？ そういった珍しい商品も他に見られたんじゃない？」

「……そうですね、今まで見たことのない商品は確かにありました。銀や陶器《とうき》ではない食器だったり東大陸にはない薬草など、確かに勉強になりました。ただ……期待していた〝食品〟が、全然なかったんです。あの〝ジョユー〟とか、〝ミソン〟とかいう西大陸《ウェストエリー》特産の、塩気の利いた調味料を狙ってたんですが……貴族達が買い占めて、もう全然残ってなかったんです。残ってた分は買い付けたんですが、その他の食品が……」

　ダストンさんは躊躇しながら話を続けた。

「……西大陸《ウェストエリー》では最近立て続けに災害があったみたいで、その影響もあると思うんですが。こ、昆虫を。昆虫を食材として出されたんです。……ええぇ、分かってます。我が国でも過去食糧難に陥った時は昆虫を食していたこともありますから、偏見を持っているわけじゃないんです……が、驚いてしまって。こっちは商談の為に最高級の油をもっていったので、ちょっとショックで。……でも、西大陸《ウェストエリー》の奴等なんて言ったと思います？　『油と言えど獣を食すなど、それほど東大陸には食することができるもの少ないらしい』とか『獣交じりにでもなりたいのかね？　まったく汚らしい』とか言ってきたんです!!　こっちは取り繕って不快感を表に出さないでやってたのに!!　虫食ってるお前らに言われたくねぇよ!!　じゃあ何ですか!?　虫食ってるお前らは虫人間にでもなりたいんですか!?　なればいい!!　俺が一捻りで潰してやるよ!!」

　突如ヒートアップしたダストンさんが叫ぶようにその時の怒りを露わにした。

お、おう。カルチャーショックからの失礼な態度でそんなことになっちゃってたのか。

なるほど、災難だったなダストンさん。

〈うげぇっ。虫ってあのウゴウゴして手足が多い可愛くないやつでしょ？　私は絶対やだやだ！

まだ害獣の方がましじゃない。このオジサン、何も間違ったこと言ってないわよ！〉

リベアの意見に内心同意しつつ、あまりの勢いに一歩下がってダストンさんから距離をとる。

すると大きい声で気が付いたんだろう、お母様に説明していたモレッツ商会の商会長……もとい、ダストンさんの兄であるダラスさんがやってきて興奮しているダストンさんの頭をスパーンッとはたいた。

「おいおいおいバカダストン。何お嬢様を怖がらせてんだ。ドン引きしてんぞ、ちょっとは頭冷やせや。……リリーお嬢様、お久しぶりです。相変わらず麗しい、いやぁバジル家には奥様とリリーお嬢様と世界レベルの美女が二人もいらっしゃって、本当またすぐ来たくなってしまいます。この弟が失礼しました。怖かったでしょう？　……まぁ西大陸《ウェストェリー》の奴等へのムカつきは分かりますがね。コイツもまだまだ半人前なんです。どうか許してやってください」

ダストンさんの頭をダラスさんが掴んで一緒に頭を下げられる。その姿に慌ててしまった。

「だ、大丈夫だよ！　ダストンさんも期待した分、酷いこと言われてショックが大きかったんだよね？　私もそんな意地悪言われたら悲しいもの！　気にしないで！　ちょっと……勢いにビックリしただけ！」

「あぁ、本当にリリーお嬢様はお優しい……。おら、リリーお嬢様が許して下さったぞ。ちゃんとお礼を言いやがれ」

「いった！　痛いよ兄さん！　まったく……。リリーお嬢様、申し訳ありません。ちょっとあの時を思い出して白熱してしまいました。ご寛大なお心に感謝申し上げます」

これまでの会話を見守っていたお母様が笑顔で皆に提案してくれた。

「ふふふっ解決したようだし、皆でお茶にしましょうか。ダラス達が持ってきてくれた、隣国のお菓子を食べましょう」

テラス席に移動すると、ザインがお茶の準備をしていた。

今日のように珍しい食材がある時は、料理長であるザインが一緒に見聞したりするのだ。

お母様に続いて、皆それぞれ席に着く。

ララとマリアは流石にこの場にはおらず、元同僚であるメイド達と話しに従者棟《じゅうしゃ》へ向って行った。

食べるときはリベアを持ったままではダメなので、後ろに待機しているシルバの上に専用のひもで括り付ける。

〈もう、また括られるの？　この紐本当にダサすぎるわ！　もっと可愛い紐を見つけてきてってそこの商人たちに言って……〉

……なにか聞こえる気がしたが、気のせいだろう。

ダラスさんがお菓子の説明をする。

「こちら、隣国で食べられている〝ダーギー〟というお菓子です。パンに近いですが、こちらの方が食べ応えがありますね。生地を油で揚げてるみたいで、中々新しい口当たりです。結構な高級品で、主に貴族や大商人が好んで食しているらしいです。我が商会の油を使っているらしく、その関係で数袋譲ってもらいました。ぜひバジル家の皆様にも食べていただきたく、今回お持ちしました」

「まぁ……これお菓子なのね。甘いのかしら……ザイン、初めに食べて感想をちょうだい」

お母様が控えていたザインにダーギーの載った皿を渡す。

「では、失礼します。……ふむ」

ダーギーを二つに割ってしげしげと見つめる。

「ほう、確かにパンより重厚感がありますね。では、失礼して……うん。美味いですね。久しぶりに自分の料理以外で美味い〝料理〟食べましたよ。ただ、油と砂糖使いすぎですね。お嬢と奥様には重すぎるかもしれないです。この半分でちょうどいいと思いますよ」

ザインの試食（毒見）を見守ってから、言われた通り半分にしてダーギーを食べ始めた。

「まぁ、本当。ちょっとくどいけれど……美味しいわ。本当におやつなのね、甘いパンみたい！」

お母様がちょっと嬉しそうに食べている。

……うん。美味しいけど……くどすぎこれ。

恐らく前世でいうサーターアンダギーのようなものだろう。

果物やサクサクとしたザイン作のクッキーに慣れた私には、魅力的に感じられない。微妙な顔をして、何も言わない私を見て焦ったのかダストンさんがお茶を勧めながら話しかけてきた。

「お嬢様、お味はどうですか？　私達は結構美味しいと思ったのですが……」

「んー、美味しいけど、ザインのクッキーの方が好きだなぁって思った！」

私の言葉に、パァァアッと歓喜溢れる顔をしてザインが喜んだ。

「お嬢……!!　今までの努力がついに実を結んだ……!!　お嬢には俺が作ったおやつを持ってくるな!!　そんなもの無理して食べなくていいからな!!　待っててくれ、超特急で持ってくるから!!」

そう言うと、どこの銀狼《ジェンルーパ》ですかという速さで部屋から出ていった。

……まぁありがたくザインのおやつを待つとしよう。

気のせいかどこからか舌打ちが聞こえたような気がしたが……ハヤトもお腹が空いたのかな？

「ふふふっ、確かに。これはこれで美味しいけれど、ザインが作ったものの方が美味しいわね」

「そうなんですか？　自分は結構、今まで食べてきた料理の中でも衝撃の美味さでしたが……」

ダラスさんがどこか悔しそうに呟いた。

「あら、ザインはあれでも世界各地を旅しながらその土地の食材や料理を探求していたのよ。そうそう、昔西大陸《ウェストエリー》にも行ったことがあるって聞いたわ。ザインに色々と西大陸《ウェストエリー》のこと聞いてみたらどうかしら！」

名案を思い付いた！　というように、手を合わせてダラスさんとダストンさんにお母様が言う。

それを聞いたダストンさんが、飲んでいたお茶を噴き出しそうになりながら驚いていた。

「えぇえ⁉　ザインさん西大陸《ウェストエリー》に行ったことがあるんですか⁉　そんな貴重な料理人がどうしてこんな辺境のバジル領に！　……あ、いえ。バジル家やバジル領を悪く言っているわけじゃないんです！　ただ……もっと上位の貴族から引き抜きがなかったのか気になっただけでして……」

ダストンさんがみるみる小さくなる。

そんな弟の様子を見たダラスさんが、ため息を吐きながらフォローする。

「……奥様、お嬢様申し訳ありません。これでも商談中だとそれなりに使えるやつなんですが……。バジル家の方々が優しくて大好きで、リラックスしてしまうみたいで。無礼をお許しください。……しかし、ザインさんにそんな経歴があったとは驚きです。どのような経緯でバジル家に仕えられたのか、興味がわきますね」

「そうね、私が嫁ぐ前からいるのだけれど……。なんでも、バジル領の食材を探求している時にガンディールに出会って、人柄に惚れたみたいね。もう年だし、そろそろ拠点でも置こうとは思っていたみたいだから丁度よかったとか言っていたわ。ある程度自由にさせてくれるし、ガンディールは実力さえあれば多少の不敬も許す寛大な心を持っているから、ザインも馬が合ったのでしょう」

……あの髭オヤジがそんなに凄い人だとは思わなかった。

確かに自分で猟に出たり、料理長のくせに食材の買い付けとかしに街に行ってたし。この世界の料理人ってアクティブだなぁと思っていたら、ザインが例外だったのか。

……というかちょっと待て、さっきのダストンさんの話が気になる……

この世界のご飯は美味しいと思っていたけど、まさかザインの料理だからってオチじゃないよね？

でも街で食べたアイスホイップは普通に美味しかったし……気のせいだよね？

嫌な予感を抱いていると、バンッと勢いよくお菓子を持ったザインが戻ってきた。

「お嬢お待たせ!!　奥様も、よろしければ食べますか？　ザイン特製〝マシュロン〟です。サクッとした生地の間にクリームを挟んだお菓子です。……モレッツ商会の方々もどうです？　多く持ってきたので食べてみます？」

「え!?　いいんですか!?　バジル家の料理長が作ったものが食べられるなんて……！　今日は本当、良い日だなぁ!!」

「すいません、気を遣っていただいて。せっかくなので遠慮なく、いただきます」

モレッツ商会の二人が感激したように言う。

先程の会話で期待値が上がっているのだろう、大丈夫美味しいから。

ザインが用意してくれたマシュロンを一口食べる。

……マシュマロとマカロンを足して二で割ったような感じだ。美味しい！

「ん～!!　美味しい!!　ザイン美味しいよ！　私マシュロン好きっ！　また作って!!」

「本当、ホロッとした口当たりで甘さもくどくなくて……美味しいわね！」

お母様とニコニコ笑って感想を言う。

それを聞いたザインは得意気でデレデレしている。

商人二人の反応はどうだろうと思い見てみると、なぜか固まっている。

「……は？　美味すぎだろ。なんだこれ。貴族ってこんな美味いもんいつも食ってんのか？　さっきのダーギーがかすんでやがる」

「に、兄さん、ヤバいよ。ダーギーをこの国でも販売しようと思っていたけど、こんな美味しいもの食べ慣れてるこの国の貴族にはうけないよ。……いやでも懸念されていたことが回避されるからいいっちゃいいのか……？」

先程まで弟のフォローに回っていたダラスさんのキャラが若干乱れている。

……え？　そこまでの反応？　お世辞抜きで？

悪い予感を拭えない私に、追い打ちをかけるようにお母様が言う。

「あらあら。まぁ無理もないかしらね。私もザインの料理を初めて食べた時は〝ガンディールに嫁いでよかった、絶対に離縁なんてするものか！〟って再認識したくらい衝撃的だったもの」

のほほんと言ったお母様に、耐えきれず疑問をぶつける。

「お、お母様、そんなにザインの料理って美味しいの？　街で食べたアイスホイップも美味しかったよね？　この国……バジル領では普通なんじゃないの？」

「まぁ！　リリー……そういえば貴女、ずっとザインの料理ばかりで、他の料理人が作ったものをあまり食べたことなかったわね……。リリー、この家で食べている料理は、決して普通じゃないのよ。この領……いえ、この国一番の腕利きの料理人が作った、最高の料理なの。貴女が街で食べたアイスホイップも、元はザインが街の名物になるように監修して作られたものなの。貴族である私達が食べるものですもの、ちゃんと調べられて把握されているものをあの時は食べていたのよ。……そういえばエディも、初めて他家に招かれて食べた料理に驚いていたわね。『お母様、僕たちは意地悪されているのでしょうか？　こんな物を食べさせられるなんて』と言われた時は焦ったものだわ。本人たちの前で言われなくてよかったと、肝が冷えたわ！」

その時の思い出を面白そうに笑いながら語ってくれるが、私は茫然としていた。

(ま、マジでーーー!?　えっ、この世界ってそんな感じの食事情なの!?　えっ嘘!!　私が将来嫁いだらこの料理食べられないじゃん!!　ダメダメダメーーーー!!　耐えられないっザインの料理に慣れた私には耐えられないーーーー!!)

私の心の中が過去最上級に荒れている中、大人達は何やら難しい顔で話し合っている。

「まぁ俺の料理には負けるが、こんだけの味だ。今は隣国だけで収まってるが、この国で普及するのも早いだろうな」

「そうなんですよ。うちの商会以外にもレシピを購入したところは複数いましたし……。ヤバいです。砂糖はどうにかなるにしても、油が圧倒的に足りません」

ダラスさんが深刻そうにこの菓子がもたらす懸念事項を進言する。

「奥様、無理を承知で申し上げますが――獣狩りを定期的にコアスの森で行うことは可能でしょうか？　もちろん、無理のない範囲で構いません。どうかお願いできないでしょうか……？」

「……貴方達の気持ちは分かります。ですが……先住民の子孫として、なによりバジル家当主の妻として、それを承知する訳にはいきません。害獣となった獣は人間を襲いますが、その他の多くの獣は人間が襲ってこない限りは攻撃をしない保守的な生き物です。人間を害してもいないのに攻撃されるとなると……今まで大人しかった強大な力を持つ獣達が黙ってないでしょう。最悪、この領にいる人間は漏れなく彼らに敵認定されるでしょうね」

お母様が言い聞かせるように説明した。

「――そうですか。よりによって奥様にこの様なことを……失礼な言をお許しください。にしても……どうするか。今から油の値段を高騰させておいても、王都や都市部の商会が黙ってないだろうな……」

「やっぱり今からでも家畜《かちく》を増やさないか？　兄さん。短期的に太らせたら、油の量も増えるだろうし……。あの港近くの〝ナブの花畑〟の土地があるし。美しい風景だからと開拓《かいたく》を見送っていたが、背に腹は代えられないだろう。ガンディール様に進言してみよう」

ん？　え、もしかして油って……全部獣とかの生き物から取ってるの!?

えー、この世界の獣って、アザラシとかクジラみたいに皮下脂肪の塊なのかな……

ていうかよく動物性油で皆太らないな！　やっぱ消化器官から違うのか…それとも油自体違う？

ていうかナブの花って、ポム爺の手伝いで見たことあるけどあれ椿と菜の花の混合種みたいなヤツじゃん。

──「〝ナブの花〟の油を取ればいいのに、勿体ない……」

多分だけどナブの花の油の方が料理も美味しくなるぞ、多分だけどな。

私が内心そう思いながらお茶を飲もうとしていると……周りが静寂《せいじゃく》に包まれていることに気付いた。

(なんだ？)

ふと顔を上げると、皆が私を凝視していた。

「ど、どうかした？」

あまりの沈黙に、耐えきれず質問した。

「……失礼ですがリリーお嬢様。ナブの花の油とは……？」

「ナブの花には油があるでしょ？　それを取らないのかなって。まぁ、そんなに広い規模でお花が咲いてないから無理なのだろうけど。ちょっとでも欲しいなら、ナブの花からも取ったらいいのにって思っただけ」

家畜《かちく》を短期的に太らせるなんて、非人道的行為に思えてしまい、そんなことするくらいなら面倒くさいのだろうが、そっちの方がいいかなと思っただけだ。

「リリー、ナブの花は普通に花弁と茎と根と種しか……ないわよね？　なぜ油があると思ったの？」

お母様が尋ねてくるが、皆ナブの花を触ったことがないのか？

「花弁と種に油あるよね？　私小さい頃花をちぎって遊んでいたけど、手がベタベタしたよ。種も石とかですり潰したら油みたいな液体出てきたし。それに、廃棄《はいき》するナブの花を燃やすと勢いよく燃えるでしょ？　油が含まれているからだよね？」

え、この世界の〝油〟って私が認識してる油と同じものだよね？　なんか不安になってきたんだけど。

思いがけない問いに不安になっていると、ダラスさんとダストンさんが勢いよく立ち上がり興奮してるのか早口で言葉をかける。

「奥様!!　至急確認したい……いえ、しなければならないことができました!!　今回の買い付けの説明途中ではありますが、本日は中座させていただきたく!!」

「えぇえぇ、ぜひそうして下さい。その〝確認〟を優先し、バジル家が発注している他の仕事は全て後回しで構いません。私の方からガンディールに伝えます。……確認ができ次第、速やかに報告にきてちょうだい。宜しく頼みますよ」

「ありがとうございます!!　そうさせていただきます!!」

「兄さん、大型の摺り子木や刈り機が必要になるかもしれない。腕のある職人に詳細は伏せて試作品を作らせておこう」

……あっという間に二人が出ていってしまった。

あまりの展開の速さに口をポカーンと開けていると、シルバに括られて大人しくしていたリベアの声が妙に響いた。

〈アンタの草イジリも案外役に立ったわね〉

◆

あの後すぐにナブの花に油が含まれていることを確認したモレッツ商会は、あっという間に油を抽出する圧搾機や刈り機などを調達し、大規模な事業計画を開始したようだ。

その報告を聞いたお母様とお父様だけでなく、キースをはじめとする使用人たちまでもが「よくやった！」だの「うちのお嬢様は天才だ！」だの「いつも草花をイジッていらしたのは、研究の為だったのですね！」だの……一部勘違いが混ざっているが、褒めに褒められた。

モレッツ商会の二人も「お嬢様のおかげでバジル領の特産品が増えました」だの「他に何か気になっている植物はないですか？」だの「獣の命を大事にするその優しいお心、本当に感激いたしました」だの……これまた一部勘違いが混ざりつつも、手放しで褒めてくれた。

嬉しかったたし、私自身が食べたかったのもあって、恐らく〝ごま〟であろうゴマリの花についても進言しておいた。

「んとね〜、ゴマリの花のね！　膨らみあるでしょ？　その中に粒々があるんだけど、それシルバ好きなの！　だから焼却炉の火でシャルに焼いてもらってもっと美味しくしてあげようと思ったら、とってもいい匂いがしたんだ〜。お腹がすくような匂い！　でビックリして炒るのをやめてじーっと見てたの。その後はシルバが食べて、残りをすり潰したりして遊んでたらベタベタしたから、もしかしたら油取れるかもね！」

後のろ過作業やらは大人達に丸投げだ。

ナブの花で楽々と油を抽出できたのだ。そのくらいお茶の子さいさいだろう。

初めは蒸留器とか滅茶苦茶作るの大変そうだけど……この世界の人たちに作れんのか？　と心配していたし、正直舐めていたが……まさかここまで早く体制が整うと思ってなかった。

ちょうど始まった貴族教育で、私が長年抱いていたこの世界の〝技術〟の疑問が解消された。

電気や冷蔵庫など近代的な機械がありながらも、この世界の文明は変なところで遅れているのは〝神玉《しんぎょく》〟なるファンタジー要素が詰まったものが原因であった。

てっきりスイッチでライトをつけているから電気が当たり前にある世界だと思っていたが、使っていたのは神玉《しんぎょく》の中の光玉を用いた生活器具だと分かった。

この世界には、六つの不思議なエネルギー源を持った宝石のようなものが存在し、総称して神《しん》玉《ぎょく》と呼ばれる。

よくとれる順に、水玉・火玉・光玉・力玉（動力、電気みたいなもの？）・氷玉・過玉（すぐ腐る）とあり、ある程度の刺激を加えるとその属性が発動するそうだ。

基本的に魔物の死体やその属性に関連のある場所から採掘されるのだが、稀に光玉なのに川にあったり、力玉は魔物からだけでなく土から出たりと、その分布は未だに謎めいているそう。

この世界の人たちは、魔物の特性が時を経て凝固したものではないかと思っているみたい。

その話を聞いた時は、知らず知らずのうちに魔法に触れてたじゃーん早く言ってよー！　と思ったものだ。

そんな便利なエネルギー源があるなら、前世で慣れてしまった便利グッズたちを再現することが難しくなくなった。そのことに関しては大変ありがたい。

その日の祈りは神玉《しんぎょく》ありがとうと神様にお礼した（関係ないと思うけどね）。

ただ神玉《しんぎょく》はそこまで無尽蔵に数があるわけではないらしく、力玉や氷玉、過玉は滅多にお目にかかれないとのこと。

そういったものは見つかれば貴族や大きな商会がすぐに買い付ける程プレミアものなのだそう。

一攫千金もあり得るので、それを探しに冒険者になるものもいるのだとか。

夢があるなぁ。

そんな今までの経緯を思い返している私は現在、ベッドの中で熱と具合の悪さに参っている。

本格的な貴族教育が始まって慣れてきたと思ったとたん、これだ。

辺境伯の令嬢として、私は色々と学ばなければならないのに……情けない。

私は具合の悪さとタイミングの悪さも相まって、非常に気分が落ち込んでいた。

〈……アンタのせいじゃないわよ、リリー。その色素だもの、仕方ないわ。まぁ貴族令嬢って大変なのね。そんなことしないでいつも通り過ごしていたらいいのに、あんな面白くもない勉強なんかしちゃって！　あの教師たちが教えていたことくらい、私に聞けばよかったのに！　私ならいーっぱい面白いこと教えて上げられるわよ！　この間勉強していた隣国の王族だけど、そこの姫がすっごい……〉

リベアが慰めてくれているようだ。

何やら気になる話があったように感じたが、意識が朦朧としていて正直それどころではない。

ヤバい……最近は調子が良かったから……久々にキツイよぉ。

息荒く顔を真っ赤にして苦しんでいると、痛ましげに看病するシャルが慰めてくれる。

「お嬢様……！　あぁ、しっかりなさって下さい。今氷嚢《ひょうのう》を替えました。すぐに熱が下がりますよっ!!」

なんだか必死な様子のシャルが逆に心配になってくる。

「……はふっ、シャル、大丈夫よ。しゅ、すぐよくなるからね。シャルも寝なきゃダメよ」

「お……お嬢様。私はどうでもいいんです!!　三日でも四日でも一週間でも!!　寝ないでいることなんて平気です。昔に比べて丈夫になりましたし食事ももらえます。シャルはお嬢様が治るまで、片時も離れずにお世話しますからね!!」

ひしっと両手で右手を握ってくれて、不謹慎だが嬉しくなってしまった。

「ん、ふふふっ、そんなに起きてたら疲れちゃうよ、レイナもハヤトもいるから、シャルも休まな分かりました。お嬢様、お嬢様は何年たっても、私の天使ですっグスッ。

きゃ私が困るなぁ」


「なんてお優しい……！　お嬢様は何年たっても、私の天使ですっグスッ。お嬢様、分かりました。

不敬ではございますが、私、お嬢様の部屋の隅に毛布《もうふ》を持ってきて眠り」

シャルの頭をスパーーーーンッとはたいたレイナが、仁王立ちで睨みつける。

「シャル、お嬢様は〝見て分かる通り〟、非常に苦しんでおられます。そのお嬢様に無理に話をさせるなんて……‼　これ以上悪化したらどうするのです‼　……さぁ、その見苦しい泣き顔を拭いて、休憩をとってきなさい。もちろん自分の部屋でね？　貴方昨日から休んでないでしょう？　だからそんな風に余裕がないのです。一旦寝て、冷静になってから戻ってきなさい」

レイナが慣れた手つきでシャルを追い出す。

「お嬢様ああああぁぁぁぁぁぁぁぁーーーー‼」

という叫びとともに出ていったシャルに向かって、力を振り絞り手を振った。

……あぁ、まずい、随分と体力を持っていかれたようだ。

「はぁ、お嬢様。お嬢様が優しいのは重々承知しています。ですが、もっとご自分のことを大事になさってください。こんなに無理をして……。しばらく私がお嬢様の静寂《せいじゃく》を、責任を持って守りますから、どうかお休みになってくださいな」

レイナが布団の上からポンポン、と寝かしつけるようにリズムをとってくる。

その優しさに、ナーデルの世話をしているであろう母を重ねる。

現在ナーデルも生後初めて熱が出ているのだ。

もうそろそろ治るようだが、初めての風邪で不安だろうと、「お母様はナーデルのお世話して、私はお姉ちゃんだから大丈夫！」と強がって言ってしまった。

エディお兄様は中々熱が下がらない私の様子を見て、「僕今から〝万病の薬〟を探してくる!! リリー待っててね、兄様がすぐにリリーが治るお薬持ってくるから!!」と言って駆けていき「エディ様それ冒険書の!! フィクションだから!! あったとしてもそんな気軽に行って手に入るものじゃないからああああぁぁぁぁぁぁぁぁぁあああ!!」という従者《じゅうしゃ》の悲鳴とともに消えていった。

お父様はちょっと前からなんだか忙しそうだ。

さっきお見舞いに来てくれたけど、すぐにお仕事に戻っていった。

「……あぁ俺の天使、すまない。俺が代わってやればどんなにいいか……。しっかり休みなさい。勉強のことは気にするな。リリーは賢いから、まだ勉強しなくてもまったく問題ないからな」

と言ってオデコにキスをしてくれた。

……やっぱり寂しい。

熱も出て情緒不安定になっているのか、私は涙が出てきた。

「れいなぁ、手握って。リリーの手握っててぇ。ひっく、グスッ」

「あぁ、リリーお嬢様……。大丈夫ですよ、すぐに良くなりますからね」

レイナが私の右手をギュッと握ってくれた。

その温かい温度に安堵《あんど》して、訪れた眠気に身をゆだねた。

◆◆◆

ここはタンジ公爵家の別邸の一室。

本邸ではないものの、目に映るもの全てが〝上物〟であると分かるほど隅から隅まで洗練されている。流石は上流貴族筆頭の公爵家。

今回のような〝ご縁〟が無ければ、一商人である自分が足を踏み入れることなど一生なかっただろう。

今はまだ〝ただの一商人〟である俺――ヒューは、トトマ商会の商会長の息子であり商会員の一人だ。商会長の息子ではあるが、正妻の子ではない為トトマの姓を名乗ることは許されていない。

が……今回の件でこの奥方と……ゆくゆくはこのタンジ公爵家と繋ぎができれば、あの無能な義兄弟達に代わり俺がトトマ商会を継ぐことになるはず。

近いうちにくるだろう輝かしい未来に、思わずニヤリと笑みがこぼれる。

そんな俺の存在などまったく気に留めることなく、ただ一心不乱に己の父からの手紙を読むこの別邸の主……〝今はまだ〟公爵夫人の座に辛うじて座っている元ステイン伯爵家のご令嬢モリー様。

彼女は一目で公爵家の血筋でないと分かる子を産んだことで、誰もが羨むタンジ公爵夫人の立場を追われることになった。

奥方の生家である伯爵家も頑張ったみたいだが、流石〝冷徹《れいてつ》〟と噂される公爵家ご当主のマシュー様。離縁の手続きが終わってないにも拘らず、〝本邸の改修工事〟という名目で母子ともども本邸から追い出した。

奥方は勿論納得されず「こんな事許されるはずないわ！　私は公爵夫人よ！　あの人に！　あの人に会わせて！」と喚き抵抗したらしい。

一度ここから離れれば戻ってこられないのではと疑心したのだろう、奥方は頑なに実家に戻らず毎日ヒステリックを起こしていたとのこと。

そこまでの状況に陥ったのは、身の回りの者たちが〝なぜかタイミングを計ったかのように〟全員いなくなったせいだ。

まぁ、奥方の〝色んな噂〟から察するに、口封じに始末されたのだろうが。

未だこちらを見る様子が無いのをいいことに、見た目だけは綺麗な奥方をしげしげと観察する。

（いくら外見が美しくとも、その皮を剝げば俺たちと同類だ。はっ！　お高く留まってるくせに、その手にも心にも汚れがビッシリこべりついてるじゃねぇか。まぁ、俺をここに呼んでくれたことには感謝してやるよ。精々俺の輝かしい未来の養分になるんだな）

奥方は、公爵夫人としての権限をほとんど奪われつつも、何とか〝伯爵令嬢〟の権限で実家からの従者《じゅうしゃ》を数人手元に置くことが許された。

その数人の内の一人に選ばれたのが、トトマ商会員の俺。

勿論奥方の希望ではなく、奥方の父親である伯爵家ご当主の差し金である。

この優秀ではあるがただの平民商会員である俺が送り込まれた理由を、自らの父親から送られた手紙で確認した奥方は、眉間に深い皺を寄せながらようやくこちらに視線を寄越した。

「そなた、この文に書かれていることはお父様の……我が伯爵家の総意なのだな？　よもや、貴様の戯言を書いてよこしたのではあるまいな？」

「はははっ、信用なりませんね。無理もないことですが……我がトトマ商会は、これまで伯爵家様方と関わり合いもありませんでしたし。ですが、今回のことは我らも寝耳に水でして。伯爵様が何を思って私めを使用人として紛れ込ませたかは分かりませんが……恐らく我らの〝商売〟の商品に、お孫様を加える気なのかもしれませんな」

元々細い目をさらに細め、奥方に答えた。

トトマ商会は中々名の通った、庶民の生活に密接している商会だ。

しかしその裏で、主に西大陸《ウエストエリー》と〝奴隷〟を取引するおぞましい一面を持つ商会でもある。

貴族ですら交流のない西大陸《ウエストエリー》の者達と商売し、西大陸《ウエストエリー》から体力のある獣人奴隷たちを仕入れ、法外な労働環境で働かせて大量の農作物を耕し、庶民に卸す。

そうやってトトマ商会は、表でも裏でもその存在感を増してきたのだ。

そんな奴隷取引の際、トトマ商会側の商品となっているのが〝鮮やかな色彩の孤児〟達だ。

西大陸《ウエストエリー》の民族は、黒髪黒目が主流だ（他は茶髪などもいるが）。それゆえ、赤や灰色など西大陸《ウエストエリー》に馴染みのない色を持つ東大陸の奴隷がとても人気があるのだ。

このハーブリバ王国では〝奴隷〟を禁止しており、警備の目は厳しい。

しかし、我が商会が商品として売るのは孤児で、商品として買うのは海の向こうの奴隷達だ。

孤児にも奴隷たちにも、彼らを捜す者はいない。

そのため、取引がバレることはない。

恐らく、伯爵はこのトトマ商会の裏商売をどこからか知り、目を付けたのだろう。

万が一奥方の離縁がなくなっても、孫娘であるアイリーンの存在は邪魔になる。ただ捨てるのではなく、西大陸《ウエストエリー》に高値で売ろうという魂胆《こんたん》なのだろう。

奥方は深い眉間の皺はそのままに、納得がいったのか面白くなさそうに吐き捨てる。

「ふん、そういうことか。確かに近年の〝邪神の冬眠《デモニオソンノ》〟は短いからな。そちらの商売が停滞するのは無理もない。……あの忌々しい子にそれなりの教養を付けて、何も知らぬ西大陸《ウエストエリー》の蛮族共に〝高貴な貴族の子〟として高値で売る魂胆《こんたん》か。はっ、お父様のご意志ならば私は何も言うまい。せいぜい、すぐに見破られぬよう調教するがよいわ。早う出ていけ。貴族でもない、薄汚い商売人が……公爵家の私の立場が揺らぐようなこと、許さんからな。肝に銘じておけ」

そう言うと片手に持つ扇を閉じ、俺に向かって出ていくようにジェスチャーする。

その様子にピクリと眉を動かし、笑顔で頭を下げながら部屋を出た。

早歩きで進み周りに人がいないことを確認して、壁を思いっきり殴った。

(薄汚い商売人だと…⁉　よくもそんな口きけるな‼　あぁ、公爵に捨てられたらあのオバサンもいつか西大陸《ウエストエリー》の蛮族共に売りさばいてやる‼)

殴った手の爪を噛みながら、どす黒い決意を固める。

高ぶった怒りを鎮めるのにしばらく時間がかかったが、また胡散臭《うさんくさ》い笑顔を貼り付け〝商品〟であるアイリーンの部屋へ向った。

――その間の様子を、執事長たちに監視されていたとも知らずに。


部屋に入ると、大事な〝商品〟は予想に反し静かに教師の話を聞き勉強しているようだ。

俺は、この屋敷に到着してすぐ、奥方に会う前にこのガキの専属に就くように命令された。

どうやらアイリーン専用の世話係を伯爵家が用意する、ということで今回の奥方の我儘《わがまま》が通ったらしい。

父からアイリーンの貴族令嬢としての調教を命じられた時は、あの公爵家の令嬢なんかに手を出してどうするんだと思ったが……まさか天下の公爵家がこんなお家騒動真っ只中だったとは。

対外的には公爵家に生まれた令嬢は病弱で、別邸で母親とともに療養中と伯爵家が触れ回っている。

深窓の令嬢だと噂されていたのに……実情を知った今では笑える。

初めてアイリーンに会った時は有り得ない色彩に固まってしまったが（なるほど、これ程珍しい色彩なら西大陸《ウエストエリー》への商品にピッタリだな）と父の思惑《おもわく》を瞬時に理解できた。

幸い容姿も悪くない。

これにちゃんとした教育を受けさせれば、完璧なお貴族の令嬢として高値商品に変貌できる。

毎回商品を連れてくる際、西大陸《ウエストエリー》の蛮族共からやれ〝特殊能力を持つ者はいないのか〟だの〝貴族階級の小綺麗な奴隷は〝だの文句を言われていた。

暗い色彩しか持たぬ西大陸《ウェストエリー》の蛮族共には、この奇妙な色でも誤魔化せるだろう。

ほくそ笑みながら、俺は将来の大事な商品に挨拶した。

アイリーンは俺がここに来る少し前、急に大人しくなって自身の部屋に閉じこもっていたらしい。

初めは（こんなガキのお守りなど屁でもない。それよりも公爵や上流貴族どもの情報収集に集中しよう）と甘く見ていたものだ。

そんな平穏は正しく〝嵐の前の静けさ〟だった。

ある日から部屋から出て「カイト」と呼ばれる執事を探し始めた。どうやらコイツの世話をしていた者らしい。

その執事が見つからなければ喚いて暴れ、時には手を出し屋敷を走り回り……こんな我儘《わがまま》なモンスターだとは聞いてない！　と毎日毎日鬱憤が溜まる日々。

アイリーンは大人しく言うことを聞かず、しかも口を開けば「ヒューも中々の容姿だけどごめんなさい。カイトの方がタイプだわ！　私を好きなのは嬉しいけど、貴方ばかり構ってたらカイトが嫉妬《しっと》しちゃうの。ごめんなさい！」だの戯言を言って外に出るし、ろくに勉強をしない。

これじゃあ一向に調教が進まん……と思っていた時に閃いた。

あの話しぶりから、男で釣れば言うことを聞くに違いない。

「アイリお嬢様、実はアイリお嬢様と同い年の王子がこの国にいらっしゃるのです。将来、恐らくアイリお嬢様は王子の婚約者となられます。その時には王妃教育も受けなくてはなりません。その為に、今のうちに一般教養を身に着けていないと王妃教育が遅れてしまいますよ。……これは、王子様と婚姻されるアイリお嬢様の為なのです。どうか、今のうちに勉強を頑張りましょう」

この〝王子様の婚姻〟話は効果絶大だった。

「やっぱり!! 同い年の王子様なんて、私の相手にピッタリじゃない!! 絶対アイリの運命の人はその王子様よ!!」

などと迷言を言いながらいやいやではあるが、勉強するようになった。

これで調教が進められると安堵《あんど》したものだ。

未だその時の〝王子様〟の効果が切れていないことを確認した俺は、机に向かう商品を見つつ熟考する。確かに奥方はムカつくが、あの女はいずれ報いを受けることになるだろう。その時に父に進言して、コイツと共に売り物にすればいい。

しかし、アイリーンは王子様と婚姻できると本気で思っているのだろうか。本気だとしたら、どれだけおめでたい頭なんだか。

このハーブリバ王国の王族達は、仲が良いことで有名だ。

王と正妃の間に生まれたアイリーンと同い年のクリス王子、そしてその二歳年上で側室との間に生まれたルーカス王子。

正妃と側室という一般的には相容れない関係も、この国の方々はそんなこと知ったことかというように仲が良い。お母様方に似て、クリス王子とルーカス王子の仲も良好だ。

クリス王子はルーカス王子に憧れているらしく、よく後について回っていると噂で聞く。

そんな弟が可愛いのだろう、ルーカス王子はクリス王子を溺愛しているのだそうだ。

……そのルーカス王子は奇天烈な性格で、よく言えばクールで大人っぽい、悪く言えば平気で言葉で殺してくる、冷徹《れいてつ》なお人なのだそうだが。

アイリーンのような自己中心的でわがまま放題な奴がクリス王子の婚約者にでもなってみろ、あの冷徹《れいてつ》なルーカス王子が黙っていない。

〝穏健派〟である今の王族のせいで、うちの商会はコソコソと商売をしなきゃいけないから俺は好きじゃない。だが、アイリーンのような公爵令嬢が次期王太子と同じ年に生まれてしまったという点では同情する。

近年戦後の立て直しの為、王族は他国との政略結婚が続いた。

その為王国内の貴族達のまとまりが薄れており、次期王は国内貴族の令嬢と婚姻するだろうという説が濃厚だ。そんな中上位貴族の公爵家に令嬢が生まれたともなれば、いくら有り得ない色彩を持ち軟禁状態で病弱扱いされていても、無視できる存在ではない。

まぁ、この性格を知らなければの話だが。

俺は商売敵のような王家に対し、初めて同情したのだった。


それからしばらくして、俺には同情する人物が増えた。

それは〝王子様の効果〟が切れはじめ、アイリーンの機嫌がめちゃくちゃ悪かった時。

たしか神玉《しんぎょく》や害獣の特性について勉強していた頃だ。

なぜか自分も特性が使えると勘違いしたらしいアイツに、人間には特性が無いということを懇切丁寧に教えてやった。すると今まで比較的従順に勉強していたのに、元の手が付けられない状態まで態度が悪化していった。

「〝害獣〟しか魔法が使えないなんて聞いてない!! 通りで小さい時から魔法の練習してたのに使えないわけよ！」やら「確かに神様には〝魔法のある世界〟ってしか言ってないけど、普通私も使えるようにするべきでしょ⁉ 何考えてんのよ、全く気が利かないんだから!!」やらイカレた事を喚き散らかすようになり、物や周囲の人間に当たるように。

「この世界が〝人間は魔法が使えない〟んだったら、私は特別に魔法が使えて〝聖女〟として崇められるってのが常識ってもんでしょ⁉ 本当、神様ってバカなのかしらっ」

時にはベッドに伏したまま叫ぶので、何を言っているのか分からない時もあったが耳障りなのは一緒だ。

いっそこの怒りに任せて暴力を持って調教してやろうとも思ったが、商品に傷が残ると価値が下がると思いとどまった。

誰でもいいからコイツを黙らせてくれ……と思っていた頃、例のカイトとかいうヤツが「同じ公爵……家である、同い年のご子息様が遊びに来られる」と伝えに来た。

それを聞いた後、あれだけ不機嫌だったのが嘘のようにニヤニヤと機嫌がなおり……

「あぁ、きっと美少年が私に一目惚れして、ゆくゆくは王子様と幼馴染《おさななじみ》の私を取り合うことになるのね!!」などと熱に浮かれた様子で期待していたようだが……

実際に目にしたご子息を前に、アイリーンの機嫌が急速に悪くなっていっているのが分かった。

アイリーンの目の前で怯えた様子の、〝デブ〟な公爵子息グレン・ポートマン。

濃い銀髪に青目という、それだけなら麗しい容姿なのに……ぽっちゃりとしたその体型が、全てを台無しにしている少年。

どうやらこのおデブちゃんが幼馴染《おさななじみ》になるらしいと理解すると、アイリーンは激高して怒鳴り散らした。

「アイリの幼馴染《おさななじみ》がなんでこんなにデブでブスなのよ!!　アイリの幼馴染《おさななじみ》なのよ!?　もっと相応しいヤツがいるでしょ!?」

突然怒鳴られたことにビックリしたのか、ご子息は泣き出した。

「う……うぅっひっく、ごめ、ごめなんなさいっえぇぇ～ん!!」

慌てた様子で従者《じゅうしゃ》の女が駆け寄るのを気にもせず、アイリーンは部屋を出て行った。

ご子息の方を気にかけつつも、仕方ないとため息を吐き後を追った。

(あぁ、あのご子息も運が悪い。同じ公爵家の同年代だからと駆り出されて……本当に同情するよ)

◆◆◆

想像したよりも酷い惨状に、つい最近正式に公爵家に在籍することになった俺――カイトはあたまを抱えたくなった。

アイリーンの傍に控える怪しげな商人ヒューの対策として、グレン様の従者《じゅうしゃ》はあえて女性にして、影に腕利きの男を付けてもらっている。

公爵家のご子息の割に、パッと見たいした護衛もつかないことに疑問に思うかと思ったが、むしろその程度かというように鼻で笑ったヒューを俺は見逃さなかった。

狙い通りこちらを一切警戒した様子のなかった彼等が遠ざかったのを確認すると、冷やしたタオルをグレン様へ差し出した。

「グレン様、お心を傷つけてしまい、申し訳ありません。こちらお使いください。……グレン様は少し体格が良いだけです。健康的で良いではありませんか。それに、グレン様はお父様であるショーン様に似て整った顔立ちでいらっしゃいますよ。きっと成長するにつれ精悍《せいかん》なお顔立ちになります」

俺の言葉にそれまでピリついていた従者《じゅうしゃ》……名を確かアンナといったか、が警戒を解いたのが分かった。

「……そうですよ、坊ちゃん。あんなピンク頭の言うことなんて聞き流していいのです。あのような戯言に、そのお優しいお心を痛める価値なんてございませんよ！」

俺たちの慰めに多少落ち着いたのか、泣き止みだしたグレン様はタオルを握りしめながらもお礼を言ってくれた。

「う、うん。……ぐすっ二人ともごめんなさい。ありがとう、気を遣ってくれて……。お父様にあの子を見張っておくように言われていたの。なんで仲良くするだけじゃないの？　って聞いたけど、あの子と仲よくしようとお前は思わないさって……。僕はそんなことないと思っていたけど、仲良くできないかも……」

落ち込んだ様子で、また泣き出しそうになるグレン様をアンナが慌てて慰める。

「グ、グレン様！　大丈夫ですよ、仲良くならなくていいのです！　旦那様も、グレン様には仲良くなるのではなく、〝見張っている〟ようにおっしゃったのですよね？　彼女が何をしようとしているか、不審な様子を監視するだけでいいのですよ！」

アンナは内情を知る俺に〝お前もフォローしろ！〟と目配せてきた。

「……大丈夫ですよ、今頃あのヒューとやらに公爵家の血筋を教えてもらっていることでしょう。今後、嫌でも近づいてきます。グレン様はお父様の言われた通り、無理に仲良くすることなく動向を見張っていれば大丈夫です。何か〝奴〟に言われたら、アンナ様でも影の方でも、自分でも良いのでおっしゃってください。必ずあなたをお守りしますし、微力ながら力を貸します」

俺のその言葉と、自分に寄り添ってくれるアンナをみてグレン様は覚悟を決めたようだ。

「……分かった。僕、頑張る。頑張ってお父様の期待に応えて見せる！」

そうしてグレン様は、度々アイリーンと遊んだり勉強したりするようになった。

アイリーンは「こんなデブ！」と未だにグレン様を認めていないが、〝グレン様の血筋〟には価値を感じたらしく、嫌々ながらも一緒に行動することを完全に拒否しなかった。

ハーブリバ王国の王族は、澄んだ光の様な綺麗な銀髪に金色の瞳を持つ、色素の薄い高尚な容姿が有名だ。若干濃いながらも銀髪を持っているポートマン公爵家は、グレン様のお爺様が前国王の王弟である。

そう、グレン様は王家派生の公爵家であり、アイリーンが気にかける王子様たちの親戚《しんせき》なのだ。

実際、グレン様は王子様とも交流があるそうなので、アイリーンは「幼馴染《おさななじみ》なら早めに王子様に出会えるかもしれない！」と謎に期待を持っているらしい。

今日もこの王国の貴族について二人一緒に勉強会をしているのだが、アイリーンはぶすくれた表情をして全く集中していない。

むしろ、グレン様の為にそばに控えている俺に毎回しつこく絡んでくるのが忌々しい。

注意をすると静かになったものの、頬杖をついてまったく反省してない様子のアイリーンは、集中しているグレン様にちょっかいをかける。

「……アンタ……グレンは王子様の親戚《しんせき》なんでしょ？　何か王子様の好きなものとか話しなさいよ。ビクビク怯えてるだけじゃなくて、そんぐらい私に貢献したらどう？」

鼻で笑いながらグレン様に向かって言葉を吐いた。

それを白けた目で見つめるが、心優しいグレン様は律儀に返答してくださる。

「た、確かに王子様たちとはよく会うけど……。えっと……クリス王子のこと？　それともルーカス王子のこと？」

「はぁ？　正妃の息子の方に決まってんでしょ!!　アイリと同い年なのよ？　少しは頭使いなさい

よ!!」

アイリーンの態度にある程度慣れたグレン様は、泣きはしなかったがやはり涙目で答えた。

「ご、ごめん。……クリス王子は、ルーカス王子が一番好きかな。お二人は本当に仲が良いんだ。あとご家族だけじゃなくて、王宮の使用人達とも仲が良いかな。この間なんて、一緒に食べたお菓子がとっても美味しくて、わざわざ料理長に一緒にお礼を言いに行くぞ！　って言われて……」

「へ～、クリス王子は美味しいものが好きなのね……。でもここの料理ってイマイチじゃない。それとも王宮ではやっぱり美味しいものばかりが出てくるのかしら……」

アイリーンは最後まで、というか恐らく満足にグレン様の話を聞いておらず、不躾に話を遮った。

「……いや、そんなことないよ。ここで出るお菓子やお茶は、本当に美味しいものばかりだよ？　それこそ王宮のものと引けを取らない程……」

「はぁ、これが!?　えっ、ちょっと待って。最初は幼児用に味薄めて出されてると思って……でも全然美味しくならない料理に、てっきりここの料理人の腕が悪いと思ってたのに……。まさかこの世界、メシマズ世界なんじゃない？　えっラッキー!!　ここで私、無双できるじゃない!!　まずは王道の……マヨネーズよね!!　早速作って商会にプレゼンしなきゃ!!」

なんだかブツブツと小さな声で独り言を言い始めたアイリーン。

突然立ち上がり「ヒュー、カイト!!　今から調味料を開発するわよ!!　今から言うものを一式用意しなさい。厨房《ちゅうぼう》へ行くわよ!!」と言いながら走り去っていった。

俺は怪訝な視線を外さず、何か良からぬ事があるかもしれないと思い、後を着いて行った。

ヒューはうんざりした様子であったが、顔には出さず同じく続いた。

俺達がいなくなったテラスで、グレン様はアンナに「今日もよく頑張りましたね！」と慰められていたそうだ。

◆◆◆

「お父様、あれが油工場になる予定の建物ですか？　ずいぶん大きいですねっ！」

「うわぁ〜、すごいすごい!!　一面黄色だ!!　シャル見て、綺麗だね!!」

興奮している私たちの様子を見て、ハラハラしながら見守っていたシャルが注意する。

「はい、シャルも見ております！　大変美しいですね！　……ただ、エディ様、リリーお嬢様！　そのように身を乗り出しては危のうございます。お願いですから窓からそのように身体を出さないでください!!」

私、リリーナは久しぶりに体調を崩してしまっていたが、三日もすれば全快した。

その後貴族教育がお休みになり（私は大丈夫と言ったが、お父様が許可しなかった）暇になって不貞腐れていると、苦笑しながらお父様に「行きたがっていた港に行かないか？　警戒していた海賊は隣国で目撃されたみたいだし。……次に連れていけるのがいつになるか分からん。それに、例のナブの花畑も道すがら見られるぞ？　どうする？」と言われて、すぐに機嫌が戻った。

そして今日、お父様に連れられてエディお兄様とシャルとシルバとリベアとともに、馬車に乗りながら港までの旅路を楽しんでいる。

お母様とレイナ達はナーデルとお留守番だ。次はお母様たちともどこかに行ってみたい。

昨晩は初めての宿のお泊まりを楽しんだ。

宿で出された食べ物は、ザインの料理に慣れた私にはイマイチだったが……それでも初めての旅行に興奮してリベアとずっと話していたこともあり、あまり眠れなかった。

シャルに怒られてエディお兄様と大人しく座り直す。

〈まったく、シャルは心配しすぎよ！　私ももっとナブの花畑見たかったわ！　一番好きな花じゃないけど、これだけロケーションの良い所に咲いているなんてそうそうないわよ！〉

リベアがプリプリ怒っているのを慰めていると、並走していたお父様の従者《じゅうしゃ》のブレッドが窓越しに声をかける。

「ガンディール様、もうそろそろ港に着きそうっす。自分先に行って色々準備してくるっす」

「あぁ、分かった。よろしく頼むぞブレッド」

「うっす。……エディ様もリリー様も、もうちょっとで着きますんで、大人しくしててくださいね」

お父様から了承をもらったブレッドは、目にもとまらぬ速さで駆けていった。

……そう、あの軽い口調のブレッドこそ、シャルに誘拐された時に助けてくれたあの異常に足が速い従者《じゅうしゃ》である。

三歳頃からブレッドを見かけるようになり、彼に気づいた私はそれはそれは追いかけまわした。

なぜか私を避けるブレッドが気になって仕方なくて、構い倒していた。

最初は戸惑ってますます避けられていたが、ある日を境に仲良くなった。

それはブレッドを馬小屋で張っていた時のことだ。

ブレッドは馬小屋で馬達の世話をしていることが多く、私は自分を避ける存在としておもしろ……ゴホン、珍しいブレッドと仲よくなる為に来るのを待っていた。

すると馬達のエサを持ってきたブレッドに、早々に見つかった。

「……お嬢様、いくら馬達から気に入られてても、あまり近寄ったら危ないっす。そんなところに座ってちゃダメっすよ！　……まったく、こんなところにまで来て」

ブツブツ文句を言いながら、私を抱き上げる。

するとエサを持ってきたのに与えてくれないことに腹を立てたのか、馬達がブレッドにじゃれ始めた。

「ちょ、こらっ！　悪かった、エサはすぐにやるからっ！」

抱き上げた私を一旦降ろした時だった。

一頭の馬がブレッドのシャツを咥えて、脱がすように引っ張った。その時、……ブレッドの背中に、立派な〝馬のようなたてがみ〟があるのを見てしまった。

ブレッドは慌てたようにシャツを下ろしその馬から距離を取り、私の様子を伺った。

ポカーンとした私の様子に見られたことを知ったブレッドは、どんどん顔を青ざめさせた。

「お……お嬢様……す、すいま……」

「ブレッド、お馬さんの仲間だったからそんなに速かったの⁉」

私は今までの疑問に対する答えが（恐らく）分かって、思わず叫んでしまった。

すると面食らった様子のブレッドは、戸惑いながらも頷いた。

「そ、そうっすね。自分……馬の獣人なんで……。普通の人間より長距離……速く走れるみたいっす……」

「なぁんだ、そうだったのかぁ～！　ブレッドは魔法使いさんだと思ってた～！　獣人さんだったのかぁ！」

私は魔法使いの線が消えてちょっと寂しかったが、理由が分かってスッキリした。

しかも、こんなに身近に獣人というファンタジーな存在がいたことに嬉しくなってニコニコ笑っていた。

「……なんで、お嬢様は、きっ気持ち悪くないんっすか？　……俺、獣人なんすよ？　こんな気持ち悪いたてがみもあって……。そんな奴がバジル家にいて、嫌じゃないんすか？」

「なんで？　獣人だけど、ブレッドはブレッドだよね？　リリーを助けてくれた、お父様の、バジル家の従者《じゅうしゃ》だよね？　たてがみいいなぁ、ふわふわしてるでしょ⁉　シルバとどっちがふわかな。ねぇ触ってもいい⁉」

何の話をしていたのか忘れてしまったが、三歳の頭はそんなものだろう。

まったく、我が頭ながらスカスカだぜ。

〈いや、自己完結してるけど見てみなさいよ、ブレッドのやつポカーンってしてるわよ？　……あ

のたてがみ触るときは私にもさりげなく触らせてね！　シルバの毛並みも中々だけど、ブレッドのやつも気になるわ！〉

リベアに〝オーケー！〟と内心で返事をしているが、ブレッドは答えてくれない。

「……？　ブレッドー！　触っちゃダメ？　リリーさっき手洗ったからキレイだよー！」

手をパーにしてほれ、綺麗だぞとアピールしてみる。

するとなぜかブレッドはクシャっと顔をゆがませて、涙目で鼻の下を指でさすっていた。

「……へへへっいいっすよ！　……やっぱり、リリー様はガンディール様たちのお子さんっすね。……こんな俺を認めてくれるなんて……へへへっ！」

ニコニコしながら許可をくれたことが嬉しくて、興奮気味にブレッドの背中に抱き着きシャツを上げてお目当てのたてがみを触った。

「わぁ～!!　ふわふわっ！　お馬さんよりふわふわしてるよ!!」

「へへっ、これでも毎日身体と一緒に洗ってますからね、他の馬と比べるといい感じっしょ？」

その後勉強の休憩中にやってきたエディお兄様にも見つかり、二人でわしゃわしゃした。

ブレッドのことは大人達皆知っていたらしいが、私達はブレッドと触れ合う機会がなかったたし、ブレッドはブレッドで〝貴族の子どもに受け入れてもらえるのか〟怖かったみたいで今まで知る由もなかった。

そんなことがあってからは、エディお兄様と私のことを避けなくなり、何なら年齢も若いのでよく遊んでもらえる〝親戚《しんせき》の兄ちゃん〟ポジションに落ち着いていた。

◆

昔のことを思い出している間に、港に近づいたようだ。

開けた窓から、懐かしい磯《いそ》の香りが風に乗って届いた。

「リリー!! シャル!! あれが海だよ!!」

自分も見たことがないのにお兄さんぶって興奮気味に教えてくれるエディお兄様の笑顔越しに、……前世振りに見た青い海に、懐かしさを感じた。

港に着いてからは、色々とお父様が案内してくれた。

まずとっても綺麗な海岸へ！ 白い砂浜にエメラルドグリーンの海辺を見て、あぁ、環境汚染されてない海ってこんなにも綺麗なんだな、と感動した。

漁の様子を説明してくれたり、いらない貝殻《かいがら》の貝塚を見たり、洞窟《どうくつ》の鍾乳洞《しょうにゅうどう》を見たり、浜焼きしている物を食べさせてくれたりと…本当に盛りだくさんで楽しかった！

今はお父さまが地元の方と従者《じゅうしゃ》達を交え、真剣な面持ちで話しているのをシルバにもたれかかりながら見つめている。

お兄様は初めての海で興奮しており、「僕泳ぐ！」と言って海に入っていった。いつも叫んでいるお兄様の専属従者《じゅうしゃ》のムンクが、「エディ様アンタ泳げないでしょ、ちょっと待てえええぇぇぇぇえええーーーーー!!」と相変わらずの叫びを披露していた。

シャルは日差しが気になったのだろう、パラソルのような物を借りに行ってくれている。

一応ツバの広い帽子してるからいいのに……

〈あら、バカね。今は良くても、老いてきたら皺やシミになって返ってくるわよ！　せっかく真っ白でキレイな肌してるんだから、アンタも気を付けなさいよ！　まったく〉

（えー、だってまだ子どもじゃん。前世でも大学までは化粧なんてしたことなかったからなー。日焼け止めは中学くらいから塗って問題なかったよ？）

〈日焼け止めって……そんな便利なものがあるの？　いいわね、アンタの前世。そんな便利なものあって。アンタ貴族なんだから、肌が焼けいてたら平民みたいって意地の悪いヤツラに悪口言われるわよ～〉

（えぇ、マジか……。私は別にいいけど、家族に迷惑かかりそうだし……気を付けよう）

リベアと楽しくお喋りしている時だった。

海風に乗って、何か囁くような……綺麗な声が聞こえた気がした。

（えっ？　何？　リベア何か言った？）

〈私じゃないわよ、私も聞こえたもの。……？　あの洞窟《どうくつ》から何か聞こえる……？〉

どうやら先程見に行った、鍾乳洞《しょうにゅうどう》がある洞窟《どうくつ》から聞こえるようだ。

……おかしい。先程皆で見に行ったが、奥はそんなに深くないし、誰もいなかった。

あそこは一応普段は立ち入り禁止にされていると説明があったし。もしや地元の子ども達が知らずに入ってしまったのかな？

大人に見つかったら怒られるだろうと、何も考えず私は洞窟《どうくつ》へ向かった。

近づくにつれ、どんどん声が鮮明になる。

《……けて、かわ……こども……たすけて……くるしんでる……》

聞こえてくる内容は、決していいものじゃない。

〈この声って……ねぇ、リリーナ。もしかしてだけど、この声……〉

リベアが何か言いかけた時だった。

ガバァッと後ろからやってきた者に捕まり、手で口を押さえられながら抱きかかえられた。

「んんんんん？　んーーーー!!　んーーーーー!!」

突然の出来事にビックリして声を出そうとしたが、手で押さえられているため声が出ない。

「――へへへ、こんなところに貴族のガキがいるなんてツイてらぁ!!　バカンスにでもきた箱入りかぁ？　残念だったな、お前は今から狭い箱に入って海を渡ることになるぜ!!　ハハハっ！　あのバジル辺境伯のシマで派手なことしたくねぇと思ってたが、案外手短に終わって良かったぜ！　……これで西大陸《ウェストエリー》の奴らも文句言わねえだろうな!!　こんな上物そうそういない」

バコォォォォオオオオ!!　グルルルルアァァァァ!!

「ギャアアアァァァァアアア!!」

それは一瞬の出来事だった。

恐らく人攫いだろう男が、私の無駄な抵抗を鼻で笑いながら聞いてもいないことを話していた時。

とんでもない大きな音がしたと思ったら人攫いの男が倒れており、体勢を崩した私は力強い抱擁《ほうよう》を受けていた。

「あぁ、お嬢様!!　なぜお一人で行かれたんですか!!　今度からはこのシャルが戻ってくるまでお一人での行動はお控えください!!」

「っち!　貴様のような輩がうちのお嬢様に軽々しく触るんじゃねぇ!!　……おいシルバ、その腕かみ砕いたら次は足だ。殺すんじゃねぇぞ、後で色々聞かなきゃいけねぇことがありそうだ。……お嬢様、いくら俺とシルバがいるからと、気を抜いちゃだめですよ!　……はい、リベアが落ちちゃって悲しんでいますよ、後で洗ってあげましょうね」

……どうやら、うちの優秀な従者達《じゅうしゃ》がオーバーキル気味に助けてくれたらしい。

次々と起こる急展開に目を回していると、バキッ!　という音とともに汚い叫び声が聞こえ……何とも見たくない光景が繰り広げられている気がした。

私は見たくも聞きたくもないのでシャルの胸に顔を押し付け、リベアと両手で耳をふさいで叫んだ。

「ごめんなさい!!　もう一人で勝手に行動しません!!　許して下さい!　シャルもハヤトもシルバもありがとう!　心配かけてごめんなさい!!!」

必死の様子の私に、十分反省したと思ったのだろうシャルが丁寧に私を抱き上げ、浜辺へ向かって帰っていく。

「じゃあ、先にお嬢様を浜辺へお連れしておきますね。ハヤト先輩、ソイツはよろしくお願いします。それから……シルバ。戻ってくる前に、その口に付いた汚いもん洗ってから来いよ。じゃねぇとお嬢様に会わせねえからな」

……そういえば、あの綺麗な声はどうなったのだろう。

今洞窟《どうくつ》内を確認しようと顔を向けても、嫌な光景が目に入ってしまうのでシャルの腕の中で考える。

(リベア、さっきなんか言っていたけど、あの声の正体って何？　)

〈……はぁ、心配しなくても大丈夫よ、……ついてきてるからね〉

(ん？　何か言った？)

小さな声で呟いたリベアの言葉が上手く聞き取れず、聞き返したがなぜかリベアは大人しく口を閉ざしたのだった。

◆

浜辺に着くとシャルが持ってきたのだろうパラソルの下に、エディお兄様とお父様をはじめ皆が集合していた。私は今からのことを思い、憂鬱気味にシャルに抱き着いた。

そんな私の様子に苦笑しつつも、シャルはお父様に報告する。

「ガンディール様。先程賊を一匹捕まえました。あちらの洞窟《どうくつ》でお嬢様を攫おうとしており、現在ハヤト先輩とシルバが片手片足を……逃げられなくした状態でこちらに運んでます。……申し訳ありません。自分がパラソルを取ってきている間に、お嬢様がお一人で探索されていたようで。あぁ勿論、自分だけでなくハヤト先輩とシルバのお陰でお嬢様に傷一つございません。……お嬢様は怒られることに怯えて、このように顔を背けられているだけです」

シャルの報告を聞いて、真っ先にお兄様とお父様が駆け寄ってきた。

シャルから奪うように私を抱きしめるお父様に、申し訳なさが溢れてきてしまった。

「あぁ、リリー!! なぜ一人で行動したんだ!! お前はどれだけ自分が可愛いのか知らないのか!? 何もなくてよかった。シャル、ありがとう。優秀な部下をリリーに付けていて正解だった。……リリー、もう一人でどこかへ行ったりしないと父さまと約束してくれ!!」

「リリー、大丈夫？ ケガしてない？ 怖かったでしょ!! 兄さまと一緒じゃなきゃ出歩いちゃダメだよ。分かった!?」

二人の温かい本当に心配してくれたことが分かる言葉に、自分の軽率な行動でこんな心配をさせてしまった自責の念から、涙がポロポロと零れてきた。

「っふ、ふぇっ!! ご、ごめんなさい〜〜。ちょっと気になって……ひっく。一人で行っちゃった〜〜!! ごめんなさ〜〜い〜〜!! わぁぁあぁあん!!」

号泣した私にエディお兄様も抱き着いて、しばらく三人でずっと抱きしめあっていた。

従者《じゅうしゃ》達に見守られながら家族の愛を確かめ合っていると……ワフっ！ という鳴き声とともに、綺麗に……若干磯臭くなったシルバと、男をす巻きにした状態で引きずっているハヤトが戻ってきた。

「ガンディール様、どうやらこのクズ、ずっと追っていた海賊一派の一味のようです。尋問中に面

白い話が聞けましたよ。……いったん拠点の宿に行きませんか？　さっき影の先輩方に、コイツの仲間がいないか捜すように伝えましたが、エディ様とリリー様の為にも、安全なところで報告したほうがよろしいかと」

ハヤトの報告を聞き、一旦拠点である宿に移動した。

メイドにシルバを洗ってもらい、エディお兄様に強く抱きしめられながら、私はリベアを抱きしめつつお父様たちの方を向いて会話を盗み聞きしていた。

「奴等、どうやらここ数年は隣国ではなく西大陸《ウェストエリー》に行っていたみたいですね。どっかの商会に雇われて、西大陸《ウェストエリー》と奴隷の取引をしていたみたいです。……捕まえたヤツは下っ端過ぎて誰から雇われているか知りませんでしたけど。……なんでもここ数年〝邪神の冬眠《デモニオソンノ》〟が短くて、今年も東側は船を出さないくらいですから、その商会も商売の準備をしてなかったみたいで。西大陸《ウェストエリー》の奴等が〝こっちは獣人達を数十人も乗せてきたのに、手ぶらで帰れるか！〟と怒り心頭らしく、今から色彩が良い〝商品《西大陸の人間》〟を調達しようとしていたみたいです。……いつ今年の〝邪神の冬眠《デモニオソンノ》〟が終わるか分かりませんからね。海賊共も商会に相談する暇がなかったみたいです」

――人身売買がされているなんて……穏やかじゃない話題だ。

（しかも獣人さんが商品なんて……獣人さんって人間より丈夫で力も強いんじゃなかったっけ？　どうして捕まったりしたんだろう……）

〈バカね、獣人が大人しく捕まってることは、子どもが人質になっているんじゃない。……彼らは人間に比べて力では勝つけれど、数では勝てないわ。それに子どもを盾に取られちゃったらいくら獣人でも言うこと聞くしかなくなるわ〉

（そんな……彼等は何か悪いことをしたの？　西大陸《ウェストエリー》では獣人と人間との戦争でもあったりしたのかな？）

〈その昔、それこそこの大陸でもあったけど……やっぱり数に勝った人間側が勝利して、それから獣人達は人と争わないように人里離れたところで生活しているのが一般的だわ。……捕まった獣人達は初めから人身売買の商品として、賊から狙われたんでしょうね〉

リベアから色々と教わっていると、お父様達が今後のことについて話しだす。

「……なるほど。エディやリリーがいる時にとは思ったが……俺が現場にいるのは嬉しい誤算だ。子供たちには可哀そうだが、このまま屋敷に帰す。奴等がいつ船を出すかも分からんからな。明日捕縛作戦を決行する。奴等に今まで好き勝手されてきた領民達のためにも、絶対にここで奴らを捕縛する。それに……人身売買とは畜生のやることだ。許されることではない」

お父様が、見たことのないくらい真剣な……どこか怖い顔で従者《じゅうしゃ》達に命令している。

それを聞く従者《じゅうしゃ》達も、海賊共に対する殺意が見て取れるほど怖い表情だ。

「第一は海賊共の捕縛だ。一匹たりとも逃がすことは許さん。その次に捕らわれている者達の救出だ。恐らく、子どもは人質にされているだろう。大人とは隔離されているはずだが……戦闘中に、獣人達を出されると少々困るな。……子ども達を先に開放できれば、むしろこちら側に付いてくれるかもしれん。どうするか……」

「ガンディール様、獣人を先に救出するのは危険かもしれないっす」

珍しくブレッドが一番に意見を述べた。

「もちろん、一番〝敵〟と認識してる海賊共はお願いしなくても倒してくれるかもしれないっすけど、海賊共が全員倒れたら……確実に俺たちにも牙を向けてくるっすよ。多分、今の状況では説得できないと思うっす。〝人間は全て敵〟だと思われててもおかしくないっす。……俺も複雑っすけど、通常通りの賊捕縛作戦で良いと思うっすよ。優しいガンディール様たちは躊躇しちまうかもしれないっすけど、加勢しちまった獣人たちも、捕縛対象って割り切った方がむしろ多くを助けられると思うっす」

捕まっている彼らと同じ獣人だからこその意見なのだろうけど……

こんな同族を切り捨てるような言葉を、ブレッドに言わせているこの状況が悲しい。

獣人さんたちは何も悪くないのに……小さな子もいるかもしれないのに……

《だめ、獣人きずつけないで……助けてあげて……友達……なの……》

どうにもできない状況にジレンマを感じていると、洞窟《どうくつ》で聞いた声がハッキリと聞こえた。

(だ、だれ？　あなたどこにいるの？　リベアみたいに神様から送られてきたの？)

〈いや、神様もそんな積極的に世界に関わったりしないわよ！　私は特例中の特例なのよ？　それとも何、私以外に相棒欲しくなったの!?　私というものがありながら!!〉

(ち、違うから!!　ちょっと疑問に思っただけじゃん！　相棒はリベアだけだよ!!)

怒ったリベアを宥めていると、懇願するような声がまた聞こえる。

《おねがい……獣人達お友達なの……いま怖がってる……はやく助けてあげて……助けてくれたら……いいものあげる……お願い、かわいいこ》

（……獣人のお友達なの？　あなた、もしかして捕まっている獣人さんの念力か何か？　捕まっている状況とか分かる？　敵は何人？　武器はどれだけ持っているの？　どこに隠れているか分かる？）

〈リリー、貴女の悪い癖が出てるわよ。この子は獣人の念力でも思念でもないわ。……この子は人前に出てくることは珍しい、そうね……リリーが言うところの〝妖精《ようせい》〟よ〉

（よ……妖精《ようせい》？　で、でもそうか。獣人がいるくらいだもの、妖精《ようせい》もいておかしくないわよね）

〈そうよ～。この世界の妖精《ようせい》は自然が大好きで、自然を愛する生き物……獣人とか獣とかと仲が良いの。反対に、自然を破壊ばかりする人間の前には滅多に現れないのだけど……リリー、ラッキーね！　しかも可愛い子って言われて……！　この妖精《ようせい》見る目あるわね！〉

（妖精《ようせい》さんは……今捕まっている獣人さん達のお友達なのね？　それで、皆を助けてほしくて……助けを求めていたのね？　妖精《ようせい》さんの声は皆に聞こえないの？　それとも聞こえるけどあえて聞かせてないのかな？）

《きこえないよ……あなたしか聞こえない……だから……お願い助けて……》

（そっか……助けたいのは山々だけど……私は小さいし、病弱で力が無いの。力になれそうにない……あ！　お父様達が明日海賊を捕まえるみたいなの！　それを一緒に待たない？）

《だめ、だめよ……あのひとたち、獣人達皆を助けようとしてない……お願い、あなたにしか頼めないの……まだ生まれたばかりの子もいるのよ……お願い》

……確かに。今のままだと少なからず獣人達にも被害が出るかもしれない。

普通に考えると怖いしお父様に任せたいけれど……私には神様からの特大お守りがある、と思うとうまくいく気がするし私がいたら最小限の被害で済むのではと思ってしまう。

(リベア、神様からもらった貴女の能力、当てにするからね)

〈任せなさい！　一緒にいてあげるし、いざとなったらアンタを収納してシレッと逃げてやるわよ！〉

《私も手伝うから……あの子たちの居場所も分かるから……お願い》

二人の言葉に、腹をくくった。

「お父様!!　リリーが囮《おとり》になるから、獣人の子ども達を先に助けて討伐《とうばつ》しよう!!」

立ち上がり、お父様に駆け寄りながら叫んだ。

それまで怖い顔をして話し合っていたお父様達がギョッとした顔で私を見た。

「リ、リリー？　聞こえちゃっていたかな？　……残念だが、今回の旅は終わりだ。エディと一緒にリリーは屋敷に戻るんだよ」

「ダメだよ!!　そしたらお父様たち海賊討伐《とうばつ》して、獣人さんたち助けるの後回しにしちゃうんでしょ!?」

「…リリー、これは仕方ないことなんだ。リリーを攫おうとしたみたいに、他の領地の子達が攫われてしまうんだよ？　リリーはハヤトたちがすぐに助けてくれたけど、普通はそうはいかない。そんなことさせないためにも、海賊たちの討伐《とうばつ》は優先しなきゃいけないことなんだ」

「……お父様、リリー困ること言ってるの分かってる。でも、お父様よく私とお兄様に言ってるよ？　貴族は弱いものの為にあるべきだって。決して弱きものの声を無視してはダメだって!!　一番助けを求めてるのは獣人さんたちだよ？　助けてあげなきゃダメだとリリーは思ったの。……リリーが捕まったら、小さな獣人さんたちがどこにいるか分かるから、先に助けられるよ！　お願い！　ブレッドの仲間さん助けてあげたい!!」

私は自分ができる、精一杯の誠意をお父様にみせた。

すると、黙ってみていたエディ兄さまも味方になってくれた。

「お父様、僕……俺も、捕まってる獣人さんたち助けたいです！　お父様みたいに、弱きものを助けるバジル家当主になるために!!　……俺がリリーに代わって捕まります！　そしたら心配もないでしょ？　一番確実な方法じゃなくて、一番助けられる方法でいきましょう！　お願いします!!」

「……ダメだ、許可できない」

「「お父様!!」」

「エディ、そもそもお前くらいの体格でしかも男だとリスク有と判断して攫われないだろう。そうなるとリリーに囮《おとり》を頼むしかなくなる」

「いいです!!　私、皆を信じてるから怖くないよ？　殺されないって分かってるんだもん！　それよりこれからどうなるか分からず恐怖に震えてる子たちを助けたい!!」

お父様は深いため息を吐きながら、こちらをじっと見つめる。

兄さまと一緒に、負けじと見つめ返す。

「……はぁ、昔からお前たちのお願いには勝てないな。分かった、許可しよう。ただし!! 少しでもリリーが危険だと感じたら、その時は予定通りの作戦に変更する。リリーを救出後、問答無用で捕縛作戦に移るからな。……それからリリー、お前にも条件がある」

そう言うと私の両肩にお父様が手を置き、目を合わせる。

「リリー、その弱きものを助けるという志は認めよう。これからもそんな貴族に育ってほしい。だが、勇気と無謀が違うということは覚えておきなさい。今回は稀なケースで、致し方無いからいいが……自分を犠牲にするとどうなるのか、考えを捨ててはいけない。お前の護衛に付けているハヤトは？　シャルは？　お前が危険になる前にまず犠牲になる者が少なくとも二人いる。その命を忘れ、無謀なことをしてはいけないよ」

「……はい。わかりました。私のこの身には、二人の命が乗っかっていること、一生忘れません。二人を死なせるようなこと、しないって誓います」

「よし。……エディも、いいね？　今回はリリーだが、お前も自分の身は自分だけの命じゃないことを忘れずに行動しなさい」

「分かった。……従者達《じゅうしゃ》の命を預かっているって気持ちを忘れないよ」

お父様は頷き、未だ不服そうだが……どこか〝仕方ないな〟という雰囲気で今からどうするか、作戦を練り直すべく話し合いを始めた。

◆

「へへへっ。こんな上物捕まえられるなんてな！　これなら一匹でも文句は言わねぇだろ。コイツの保護者が騒ぐ前に、お頭に報告してさっさと船出さねぇとな！　……しっかし、他の奴等はどこまで捜しに行ってんだ？　すぐ帰ってこねえと置いてってやる……」

ガシャンっと檻《おり》を閉め、私を攫った海賊は早々にどこかへ……恐らく〝親分〟に報告しに行った。

私は気絶したフリをして閉じていた目をパチッと開け、リベアを抱きしめながら辺りを見渡した。

(……まさか子ども達だけ小島に隔離してるなんて、船の方にいる大人の獣人たちも思わないでしょうね)

私は奥の方に鎖でつながれ震えている、十数人いるだろう獣人の子どもたちを見つめながら思った。

さっき捕まった男が、ペラペラとよく喋ってくれたおかげで獣人さんたちの状況が把握できた。

この後シルバが海賊たちの目を盗んで……というかハヤトも一緒に気付かれないように（恐らく制圧しながら）くる予定なので、大人しく待っておこう。

私は立ち上がると、獣人の子どもたちのところへ近づいていく。

すると、子どもたちは怯えたように後退りしてより一層固まってしまった。

その様子を見て無意識に顔を歪める。

（……そうだよね。人間にこんなヒドイことされてるのに、その人間が近づいちゃったら怖いよね）

〈……大丈夫よ。今は怯えているけど、きっとアンタとあの子たちは仲良くなれるわ。そんな落ち込まないの！　アンタにはいつもの笑顔がお似合いよ！　ただでさえ怯えているんだもの、そんな怖い顔してたら逃げるのも無理ないわよ！〉

リベアが不器用に慰めてくれる。

ありがとう、とお礼を言うと今まで一緒にいたであろう妖精《ようせい》さんが獣人たちの方に行ったのが分かった。

《皆、リリーはいい人間！　私が呼んだの。助けに来てくれたのよ！　もう大丈夫だからね！》

すると今までおびえた様子だった獣人の子たちが、ビックリした顔をして一点を見つめている。

（獣人には妖精《ようせい》さんが見えるのかな？　でもブレッドは特に反応してなかったような……）

〈妖精《ようせい》の姿は子どもの獣人が見えるのよ。だから妖精《ようせい》は、獣人の子どもがとびっきり好きなの。今回も、子ども達の為にリリーに助けを求めたんだと思うわよ～。妖精《ようせい》って結構薄情な奴多いし〉

へぇ～、そうだったのかと妖精《ようせい》の知識を教えてもらっていると、子ども達のリーダー的な存在なのだろう少年が警戒しながら妖精《ようせい》と話している。

「……この人間が、俺たちを助けるって？　こんな弱そうな子ども一人で何ができるんだよ！　……なぁ、俺たちを助けたいと思ってくれたことは感謝してる。でも、お前の声はやっぱり子供にしか聞こえないんだろ？　……無理だよ、俺たち全員ここから出られないんだ……父さんたちと離れ離れで……ずっと……」

次第に落ち込んでいった少年は、最後の方なんか涙声だった。

するとと少年の感情に引きずられたのか、ぐすりぐすりと皆泣き出してしまった。

一応監視の男が来ないように我慢しているのだろうが、その声が出るのを抑える様子が一層悲愴感を増していた。

（そうだよな。頼る相手である親と離れ離れにされて…いつかのシャルよりはマシだけど、あのこけた頬を見るとまともに食事も出てないのだろう）

よく見ると一番大きい女の子が、ほんの赤子をギュッと抱きしめ涙を流している。

（静かに暮らしていただけなのに、人間のせいでこんなことになって……）

私自身も知らずの間に少年たちに感化されていたのだろう、気づけばボロボロ涙を流していた。

「うっく、ごめ、ごめんねぇ！　人間のせいで……お父さんとお母さんに会いたいよね。ご飯食べたいよね。いっぱい遊びたいよねぇ……!!　ひっく、あああぁぁぁあ！　ごめんねぇ、人間のせいでえぇぇぇええ!!」

私は大声を制御しきれなくて、リベアで口を塞ぎながら号泣した。

この細っこく頼りない容姿から想像が出来ない、全身全霊の涙に獣人の子ども達は唖然としたのだろう。いつの間にか泣いているのは私だけになっている。

《リリー、良い子。リリー皆を本当に助けに来たの。……泣かないでリリー、可愛い子》

妖精《ようせい》と……少年たちには聞こえていないが、リベアが必死に慰めるが泣き止めない。

妖精《ようせい》のダメ押しの言葉が効いたのだろうか、恐る恐る先程の少年が声をかけてきた。

「お、おい。リリー？　っていったか。そんなに泣くなよ、なんで人間のお前が泣くんだよ。関係ないじゃねぇか。確かに人間のせいで捕まってるけど、お前のせいじゃねぇじゃんか。……そんなに泣くなよ、綺麗な目が取れちまうぞ」

少年が気を遣ったことが大きかったのか、他の子ども達からも慰められ始めた。

「大丈夫よ、まだ鎖付いてないし、アンタだけでも逃げられるわ」とか「泣かないで」と言って近づいてきてくれた子までいた。そんな子供たちの優しさに触れ、もう声を抑えきれなかった。

私は人の優しさに触れると、あふれ出る感情が我慢できないのだ。

(こんなに優しい子たちを、獣人さんたちを、よくもこんな目に合わせたものだ……!!　海賊たちも、その商人たちも、関わっている奴等全員地獄に落ちてしまえばいい……!!)

私はその時前世で天敵に感じたものと同じくらいの明確な怒りを、今世で初めて感じたのである。

すると泣き声が聞こえたのだろう、先ほどとは別の男が苛立った様子で檻《おり》に来た。

「くそっ!!　うるせぇなあぁ。静かに出来ねぇのかこのガキィ!!　……あ？　あぁ、西に売る商品か。……なんでてめぇ鎖が付いてねぇんだよ！　ったく、手間かけさせやがって!!」

そう言うと男は私に付けるのであろう鎖を持って檻《おり》に入ってきた。

その途中、近くに来て慰めてくれていた小さな子に目を向け、不機嫌そうに言った。

「あぁ？　なんだぁその目は。獣交じりの蛮族が、人間様にそんな目向けてんじゃねぇ!!」

子どもの視線が気に食わなかったらしい男が、腕を振りかぶって子どもを殴ろうとする。

獣人の子どもが必死に目をつぶり、身体を小さくするのが見えた私はとっさに体を動かした。

ドコォッ!!

「ぐっ」

男のこぶしがお腹に入り、体が吹っ飛ぶ。

(いっ! たくない…? あれ? 痛くないんだが!?)

〈もーーー! リリーの馬鹿! アンタなんでそんな咄嗟に動くわけ!? 私の意識が追い付かなくて絶対防御が完全に発動しなかったじゃない!〉

(あ! そうだ絶対防御あるんじゃん! え! すごい吹っ飛んだけど全然痛くないよ!)

〈あぁーんもう悔しいー! 私のせいで吹っ飛ばされたのに! 文句くらい言いなさいよー! どうせ私はお喋りだけしかできない能無しよー!〉

珍しく落ち込むリベアを内心慰めていると、ポカンと口を開けた子供たちが目に映る。

「庇って……くれたの? ど、どうして? お、お姉ちゃん人間なのに……」

よっぽど予想外だったのだろう、心底理解できないといった表情をしている。

「……だって、貴方たちが傷つくの、もう見たくなかったから。……貴方が無事でよかった」

ニッと、先程まで泣いていた姿を記憶から消すように、とびきり明るい笑顔でカッコつけた。

そんな私の姿を、庇われた子だけでなく獣人の子どもたち全員が凝視している。

「ったく、お前は大事な商品なんだよ! 出しゃばってくるんじゃねぇ! 俺が怒られるだろうが!! ……本当、てめぇ等害獣はロクなことしねぇな!!」

男が今度こそ獣人の子どもを殴ろうとする。

何とかその手が届くまでにと、獣人の子を抱きしめ庇おうとしたその時。

グラアアアアアアアアアアアアアアァァァァァ!!

という怒号のような、獣が威嚇するような声とともに檻《おり》が壊れ、殴ろうとしていた男が吹っ飛んだ。

……どうやらシルバが先に到着したみたいだ。

滅茶苦茶早くない？　と自分の弟分の優秀さに驚いている。

当のシルバは何やら本気で男を殺そうとしている様子。

そんなガチな姿に私は慌ててシルバを止める。

「シ、シルバ、もう大丈夫よ!!　シルバがこんなに早く助けに来てくれて嬉しいわ!!　だから、もうその辺で良いと思うの。その人も気絶していることだし、ね!?　……そんな汚いものペッてしなさい！　ペッて!!」

渋々了承したように、最後に……恐らく逃げられないように足をゴキっと折って、尻尾を振りながら私のもとに駆け寄ってきた。シルバは私の頬をペロペロと舐めながら気遣っている。

それから私の胸元にあるハヤトから貰った笛を口先で押してくる。

「あ、そうよね。シルバは匂いでここが分かったから先に来れたのよね……。監視の人もいなくなったし、すぐにハヤトを呼ぶわね」

そう言って思いっきり笛を吹いた。……てっきり大きな音が出ると思っていたが、モスキート音のようなものなのか？　細い音波のような音が鳴った。

「……ジ、〝銀狼《ジエンルーパ》〟？　なんでこんなところに銀の王様が……。人間を……助けた？」

置き去りにされていた獣人の子ども達が茫然としている。

どうやら獣人の子ども達にとっては、銀狼《ジエンルーパ》はメジャーなようだ。

「大丈夫よ、この〝銀狼《ジエンルーパ》〟…シルバは私の家族なの。貴方たちの味方になってくれる、私より心強い救世主よ？」

先程〝こんな弱そうな子ども〟と言っていた少年に向かってウィンクしながら冗談っぽく言った。

少年は顔を真っ赤にして、気まずそうにそっぽを向いた。

〝銀狼《ジエンルーパ》〟という強い味方が来てくれたことで、少し希望が見えたのか獣人の子どもたちは張り詰めた空気を緩めていた。そのことに安堵《あんど》すると、隠し持っていた紙にこれまた隠し持っていた鉛筆でサラサラと知った情報を書いた。

「シルバ、助けに来てくれた直後に悪いけれど、これをすぐにお父様たちに持っていって。……大丈夫、さっき笛を吹いたからもうすぐハヤトが来てくれる。一刻も早くこれをお父様に渡して、この子達の家族を助けてあげて。……あの子達みたいに、〝銀狼《ジエンルーパ》〟であるシルバがお父様たちの味方に付いているのをみたら、獣人さんたちが信用してくれるかもしれないしね！　……お願いね」

シルバはここから離れたくなさそうだったが、私の真剣な目をみて手紙を受け取り風のように去っていった。

すると入れ違いだったのか、遠くから「お嬢様あああぁぁぁっぁあああ!!　てめぇ等は床におねんねしとけ、俺の行く手を阻むんじゃねえええ!!」というハヤトの叫び声と、「ギャアアァァァアアア!!」「た、助けてくれええええぇぇぇええ!!」という海賊であろう男たちの叫び声が聞こえてきた。

……影って隠密《おんみつ》行動なのかと思っていたけど、案外そうじゃないのかもしれない。

「……なぁ、なんで俺たちのこと、そんなになってまで助けてくれたんだ？ ……俺たちを利用するつもりか？」

少年が不思議そうに、そしてまだどこか警戒したように尋ねた。

「……そんなんじゃないよ。私は理不尽なことが大っ嫌いなの。人の意見を踏みにじるようなことを平気でしてくる奴に、昔から怒りを覚えていたの。……今までは我慢していたけど、私今度からは絶対に許さないって決めてたんだ！ 『やられたらやり返す』って私の好きな名言があるの！ その言葉の通りに生きようって決めたの。……それに、貴方たちみたいな優しい子達が家族と一緒にいれないなんて、悲しいじゃない？」

聞かれた質問の答えになっているか分からなくなったが、私が思っている言葉を正直に伝える。

獣人の子どもたちと、初めて真に目が合ったような気がした。

――私はあの後すぐに助けに来てくれたハヤト（と数人の影の方）と一緒に、小島の海岸でお父様たちを待っていた。

あの後私が殴られたと分かったハヤトを抑えるのに、大変苦労した。

何とか抱き着いて止めさせたが……あの海賊はこれから来る隠密《おんみつ》行動に慣れていなくて救出班に付けなかったシャルや、長年辛酸《しんさん》を飲まされたお父様達に殺されそうである。

私はもう力尽きてしまった。

元はと言えば自業自得なので、もう私は知りません。

繋がれた鎖を外し、皆海岸に出て救助を待っていた獣人の子どもたちだが、いくら助けてくれたとはいえまだ人間の大人が怖いのだろう、若干距離があった。

私が庇った子は私に懐いてくれたのか、私に抱き着いてくれていた。

この子は兎かカンガルーの獣人なのか、高いジャンプが出来そうな足が見えている。

小さな子を放っておけなかったのか、リーダー的な少年も私の傍に寄って来てくれた。

皆で海岸に待機していると一隻の船が遠くに見えた。

と思うと、小島の傍に待機していたらしいバジル領の警備船と瞬く間に戦闘になっていた。

先ほどハヤトから「恐らくガンディール様たちは人質が敵の手元にないことを把握された後、囚われた獣人たちの解放に動くと思われます。そうすると、人質がいるこの島に賊の残りの人員が向かってくると思うので挟み撃ちにされるのではないかと」と大体の予測を聞いていたので特別驚きはしなかった。

むしろ（あれ～？　思ったより小さい海賊船だなぁ）と呑気な感想すら持っていた。

すると奥の方からお父様と……シルバと獣人たちがすごい勢いで海賊共を倒しているのが見えて

きた。

……わあぁ、お父様たちの出番がないくらい、獣人さんたちが強ぉ～い。

「お父さんだ!!」

「お母さんは!?」

「あ！　私のお爺ちゃんもいる!!」

という子ども達の声を聞きながら、獣人の強さをありありと感じていた。

戦闘が終わり、後の処理は警備船に任せてきたのだろう。

お父様たちが乗ったバジル家の船が小島に着いた途端、甲板から獣人の皆さんがどんどん飛び降りてきて、子ども達との再会に涙していた。

お父様が獣人から遅れて降りてきて、私を掲げギューッと抱きしめてくれた。

「リリー!!　大丈夫か、怪我はないか!?　エディも心配していたぞ!!　よく頑張ったな!!」

「うぐっ、痛っ！」

その際、殴られたお腹に痛みが走った気がして思わず声が漏れる。

するとお父様はバッと距離を取り、怖い顔で聞いてきた。

「リリー？　どこか怪我したのか？　どこだ!!　誰に怪我させられた!?」

あまりの気迫に驚いて何も言えずにいると、スッと出てきたハヤトが報告していた。

「ガンディール様、お嬢様はお腹を殴られたようで。……すでに瀕死《ひんし》の状態ですが、殴った輩《やから》は向こうで先輩が見張っております。患部に異変はありませんでしたが、念のため医師に診せた方がよろしいかと。お嬢様の治療の為にも早く港に戻りましょう」

そんな言葉を聞いている時だった。

「あああああぁあぁぁあ!!　嘘だ!　ママがっママが!!　あぁぁぁあ!!」

蛇の獣人の子どもだろうか、所々に柄の入った皮膚が見える子が絶望したように泣いている。

よく見ると、数人明らかに嬉しくて泣いている訳ではなさそうな子がいる。

私は嫌な予感がしてお父様を見ると、無念そうに答えた。

「……女性たちは、特に酷いことをされていたみたいでね。……私達が行ったときにはもう、三人が亡くなってしまっていた。一人は遺体を見つけたが、他の二人は海路の途中で……海に捨てられたらしい。あの子たちは、その女性たちの子どもだろう」

そんな……お父様は濁してくれたが、多分乱暴されたのだろう。

現に今子ども達に会っている大人の獣人に、女性がいない。……子どもに会えない程、酷い状況だということだ。私は同じ女として、本当に悔しくて苦しくて。

獣人だからと奴隷にされ、女だからと乱暴される……そんな理不尽な世界が本当に嫌で。

気づいた時には、また涙が頬を伝っている。

「うわあぁぁあああぁん!!　ひっく、なんでっ!!　なんで!!　獣人さん達悪いことしてないのに!!　なんでこんな酷いこと!!　ああああああぁぁぁ!!」

お父様が必死に抱きしめてくれ、シルバが涙を舐めてくれるが収まらない。

そして私は殴られたり、ずっと泣きっぱなしで身体が疲れたのだろう。

……体が熱いことに気づいた時には体に力が入らなくなり、だらんと脱力してしまう。

「リリー？　リリーナ、しっかりしなさいっ!!　おい、すぐに船医を呼べ、熱が出てる……。急いで港に戻るぞ!!　引き揚げる準備をしろ!!」

そんなお父様の叫び声を最後に、私は完全に意識を失った。

◆◆◆

突然泣き声が聞こえなくなったリリーを見ると、私の腕の中で意識をなくしていた。

すぐに部下たちに指示を出し、港に引き揚げる準備をする。

(獣人たちは、大人しく船に乗ってくれるだろうか……)

人質として捕らわれていた子どもも、無事大人たちの手元に戻ってきた。

もし今彼らと戦闘になったら、間違いなく彼等が勝つだろう。リリーの為、一刻も早く戻りたいが……と獣人たちの方を伺う。

すると、彼等もこちらを見ていた。

……リリーの泣き声の大きさにビックリしてこちらの様子をずっと見ていたようだ。

両者の間で緊張が走っていると、船から見た時にリリーの傍にいた小さな子が父親だろう……恐らくカンガルーの獣人で戦闘でも一番強かった獣人に、こっちを指さしながら話し出す。

「パパ、あのお姉ちゃんが僕等を助けてくれたの!!　僕が殴られそうになったら、庇って殴られちゃったんだ！　あのお姉ちゃん死んじゃうの？　今度は僕等が助けなきゃ!!」

――どうやらリリーは、名誉《めいよ》のケガを負ったらしい。この子は本当に優しい子だ。

我が子を助けてくれたという事実に驚き、どうするか決めかねている様子の獣人の父親に、俺は刺激を与えないよう十分注意しながら優しい口調で説得した。

「すまない。貴殿等のお陰で、思ったよりも早く捕縛することができた。本当にありがとう。……我が娘は元々病弱でね。色々あって熱も出ているのだ。早く治療を受けさせたい。……まだ人間である俺たちを信用できないだろうが、決して傷つけない……いや、指一本触れないと約束する。私達の船に乗って、港まで一緒に来てくれないか？　君たちの尊厳《そんげん》を踏みにじった奴等について、聞きたいことがいっぱいある。関わった奴等全員を逃がさないために。……女性達や君たちの治療の為にも、私達の船に乗って付いてきてくれないか？」

カンガルーの獣人は、ジッとこちらを見つめてくるがまだ警戒を解いていない。

……これは諦めて一旦我らだけでも港に帰るかと思案していると、シルバが前に出て「アォーーーーーーーーーン」と遠吠えのような声をあげた。

すると獣人たちは目を見開き、シルバの遠吠えに驚いたようだ。

「……銀狼《ジェンルーパ》が、人間を認めているのか？　銀狼《ジェンルーパ》の遠吠えなんて聞いたことがない。群れない孤高の銀の王が……。俺たちに安心しろとでも言っているのか？」

シルバはそうだ、というように頷き俺のもとに座った。

その様子と我が子の話で決心がついたのだろう、獣人たちは大きく頷いてくれた。

「分かった。アンタ等に着いて行こう。……頭に血が上っていたが、助けてくれたのは紛れもない人間のアンタ等だ。銀狼《ジェンルーパ》も信頼しているアンタ等なら、信用してやるよ。……おいお前等！　女たちの為にも、コイツ等についてくぞ！　リーダーの俺が決めたんだ。勝手に暴れんじゃねえぞ！」

こうして俺たちは、一人残らず船に乗り無事に港へ帰還することができた。

◆◆◆

いくら輝かしい未来の〝ビュー・トトマ〟の為とはいえ、こうもいいように使われっぱなしなのはそろそろ我慢ならない。

あの勉強会の後、アイリーンは商人である俺に「お酢《す》と油と卵と塩を用意しなさい!!」と命令して、別邸の食堂に陣取った。

食堂で仕事をしていた料理人たちが、怪訝な顔でこちらを見ている。

「……あの、俺たちには仕事があるんで、お遊びに付き合ってられないんですが。そのスペースは今から仕込みに使うんです。どいていただけますかね！」

と言いながら、一人の見習いだろう男が土の付いたジャガガの入った籠を、ドンッとアイリーンが陣取っていたテーブルに置く。

「きゃあ！　ちょっとアンタ、何すんのよ!!　あんなまずい料理しか作れないアンタたちなんかお呼びじゃないのよ!!　クビよクビ!!　これからできる美味しい調味料に驚くといいわ!!　アンタ達が泣いて詫びようが、絶対に売ってあげないんだから!!」

どこからそんな自信が出てくるのか、得意げにふんぞり返り鼻で笑いながら料理人たちを見下すアイリーン。その言葉を聞いた料理人たちはため息をつきながらも、逆に見下したように返す。

「俺たちをクビにする権限はアンタにはないですよ。……でもそこまでいうなら分かりました。俺たちはアンタ等の飯を作りません。ここで働く使用人たちの食事のみ、作ることにします。今後の料理はご自分たちで調達してくださいね。……おい！　誰かモリー様にも伝えとけ。あぁ、あと〝伯爵家の使用人様たち〟にもな！　公爵家御用達の商人としかここでは商売できないのに、どうやって食料調達するのか見ものだな！」

そう言って料理人達は笑っていた。

アイリーンは料理人達の態度に憤慨したようだが、「そんな態度でいられるのも時間の問題よ！」と言い返しながら俺に命令した。

ここでコイツの命令にしぶしぶでも応える者は、残念なことに俺しかいない。

「ヒュー！　何ボサっと突っ立ってんのよ!!　さっさと言った食材持ってきなさいよ!!」

「……お嬢様、油と卵と塩は分かりますが、〝お酢《す》〟とは何ですか？　というか、貴女一度も料理なんてしたことないでしょう。そんな戯言言って、勉強をサボッては王子様の婚約者になれませんよ」

俺は内心ボロクソに愚痴《ぐち》りながら、アイリーンを嗜《たしな》めた。

「はぁ!? お酢《す》がないですって!? 嘘よ、アイリが嫌いな酢《す》漬けみたいなの出てきてたじゃない。あの酸っぱい美味しくない液体よ!! 無いわけないわ!!」

「あぁ、お嬢様が絶対に残す酸っぱい料理……〝お酢《す》〟とは〝ビヌガー〟のことですか? あの木の実から取れる酸っぱい液体の」

「そうそれよ!! 〝ビネガー〟よ!! 何よやっぱりあるんじゃない! さっさと持ってきてちょうだい!!」

いや〝ビヌガー〟な、本当頭悪いガキだ……と内心ボヤキながら、しぶしぶ言われたものを調達しに行く。アイリーンは目の前に集まった材料を見て「今から私の最強物語が始まるのよ!!」っとまた妄言を吐いていた。

「この日の為に、前世でマヨネーズの作り方を調べといたのよね! やっぱり私って頭良いわ♪」

……小声で何を言っているのかさっぱり分からないが、恐らくまたしょうもない妄想に浸っているのだろう。

それから材料を目分量でぶち込んでひたすらかき混ぜ始めたのだが……このお遊びはいつまで続くんだ? しばらくすると疲れたのか飽きたのか……

「ヒュー! これを力いっぱい、混ざるまでかき混ぜて!! 黄味の強い白色になるまで!」

とこっちに丸投げしてきた。

「はぁ? ……分かりました。手伝うので、今日の分の勉強を必ず後でするると誓ってください」

「もう！　やるわよ、やりゃーいいんでしょ！　いいから混ぜて!!」

俺はしぶしぶこの得体のしれないものをかき混ぜていく。

……流石にうんざりしてきた。腕も限界に近い。

先程よりはだいぶ混ざってきた。若干油と白っぽいものが混ざってない分離した状態だが、このくらいでいいだろう。

この俺がここまで付き合ってやったんだ、今日こそ大人しくしてもらおう。

「……はぁ、これが限界ですよ」

「えぇ？　油入れすぎたのかしら……今度から気を付けよ」

そう言いながら、アイリーンは指で白っぽいものを中心に掬って食べた。

その光景を見て、俺をはじめ見ていた者達全員がドン引きした。

「うえええぇぇぇ!!　まっず！　……マヨネーズ風味はするけど、アイリの知ってるマヨネーズじゃなーい!!　……でもこの世界の料理レベルだったら敵なしね。ヒュー！　味見してみて！　きっと驚くわよ～！」

「お、お嬢様!!　正気ですか!?　生の卵の入った……こんな得体の知れない白い物体食べるなんて……!!　俺は絶対に食べません。絶対にです!!」

俺は珍しく拒否したが早く味見しろとうるさいので、仕方なく伯爵家の息のかかった……比較的言うことを聞くメイドに無理やり食べさせることにした。

「……見た目は最悪ですが、中々味のある風味です」

その言葉を聞き意を決して（と言っても指先をチョイっと付けただけだが）味見をしてみる。

……本当だ。ビヌガーの酸味が活かされて、味わい深い……何とも言えない風味がする。

（これは、もしや……とんでもなく商売になるぞ……!!）

俺はこの〝お遊び〟に可能性を感じ、手のひらを返してアイリーンにもっと作ってみるように勧めた。

そしてアイリーン的には〝まだまだ〟だというマヨネーズを大量に作り、パンに付けて食べたりと試食をしまくった。量が多くなったのとより多くの意見を聞くため、伯爵家の息のかかった使用人のほとんどに食べさせた。

結果は良好で、このクソガキにしては有意義なもん作りやがったな……と今後の商売の算段をつけていた。

「ヒュー、この〝マヨネーズ〟を作る工場を建てて！　バンバン売るわよ!!」

このガキは自分で商売をする気でいるようだ。

やれやれ、商売を甘く見すぎだ。

……しかし、生の卵を料理に使う文化がない我々にとって、〝公爵家〟の名が入るのはデカイな。抵抗なく、そして早くに受け入れられそうだ……アイリーンをおだてて〝公爵家〟の名だけ借り、トトマ商会でぼろ儲けしようと計画していた時だった。

「こちらを商品として商売する際、〝公爵家〟の名を使うことは許されませんよ？　もし無断で公爵家の名を使う商会が出てきたら……その時は容赦なく、全力で報復させていただきますとも」

恐らくカイトが呼んだのだろう、執事長が俺とアイリーンに向かって言い放った。

「なんで？　公爵家の株をあげるチャンスじゃない！」

「アイリーン様、公爵家では一族で商売することに対しては消極的でございます。御用達となっている商会の仕事や活躍を奪うことになりますからね。……ですがこの〝マヨネーズ〟はアイリーン様が生み出されたもの。タンジの名は使えませんが、〝アイリーン〟の名でどこぞの商会と取引なさってはいかがでしょう。その方が、アイリーン様の有能さをアピールできますよ」

「あら!!　アンタの言うことに賛成する日が来るなんてね!!　アンタにしては良いこと言うじゃない!!　そうよね、公爵家じゃなくてアイリの手柄だもん！　〝食の女神アイリーン〟の名を売る方が、王子様の印象にも残るわよね!!」

「左様でございます。あぁ、お嬢様は商売が初めてですので、こちらで書類等用意させていただきました。料理を商売にされるのであれば、〝独占法〟という方法と、〝皆示法〟という方法がございます。独占法は、まぁ高値で取引出来るようになります。〝皆示法〟だと、希望者にレシピを販売する分広く安価に、そして早くその商品が認知されますね。商品が広く知られることになるので、発案者の名前も広くに知れ渡るようになります。……アイリーン様には〝皆示法〟がおすすめかと」

いつの間にか俺の前にカイトが陣取って、アイリーンと分断されるようにガードされている。

俺の「ちょっと待て」という言葉はアイリーンに届かず、話が進む。

「まぁ、そうね!!　たかがマヨネーズを売った金より、名声を広める方が良いに決まってる!!　その方法にしてちょうだい!!」
「かしこまりました。では、こちらの書類にサインと、マヨネーズのレシピをお書きくださ
い。……あぁ、この紙にはサインのみで結構です。料理を商品とする場合レシピの盗難が多いので。
この書類は、発案者を法的に守るためのモノです。こちらの〝確認者〟欄には、僭越ながら私の名
前を記入しております。安心してサインしてください」
「準備がいいわね!! そうよね、レシピが盗まれちゃ大変だわ!! すぐに書かないと!!」
そう言いながら、アイリーンは急いで書類に書き込んだ。
……一方俺はカイトに口を手でふさがれ、ジタバタとどうにか抜け出そうとしているがそれを助
ける者はいない。
伯爵家の使用人は公爵家の使用人達に睨まれ動けないのだ。
「……よし、できた!! これで食の女神アイリーンの爆誕よ!!」
執事長は受け取った書類を隅々まで確認し、頷く。
するとシュタっと影の者が降りてきて何かを手渡すと、執事長は書類の一番下にその何かを押し
付けた。……どうやら印鑑《いんかん》のようだ。使用したその印鑑《いんかん》を影に戻すと、影の者はいなくなった。
「……え? ここ忍者《にんじゃ》がいるの!? うそうそ凄い!! いっつもアイリを護衛してたのね!!」
「アイリーン様、これで正式にマヨネーズはアイリーン様のレシピとなりました。後はそこの
ヒューが商会と繋がりがあるようですので、そちらにお任せしたらよろしいかと。今後のことで
ヒューに話がございます。……そこの使用人たちと一緒に部屋に戻って、今後の商品展開を考えて

みてはどうでしょう」

「そうね……売り方とかも考えなきゃだし……そうするわ！　ヒュー！　先に部屋に行ってるから早く来るのよ！」

そういうとアイリーンは厨房《ちゅうぼう》から出ていった。それを見届けた伯爵家の使用人たちも、おずおずとこちらを見つつ全員出ていった。全員が出ていった後、ようやく俺は自由にされた。

「ゲホゲホっ、ゼィゼィ……てめぇ……!!」

俺は怒りで普段のキャラを忘れた。クソ野郎を睨みつけるが、カイトはシレッと無表情だ。

「さて、ヒューと言ったか」

執事長の声にハッとして、慌てていつもの胡散臭《うさんくさ》い笑みを浮かべる。

「執事長殿、なぜあんな強引にお嬢様と書類など……！　お嬢様の教育係は私ですよ？　今後は私が責任を持ってお嬢様の書類も準備しますので、あの様な蛮行止めていただきたい」

「ははは、蛮行だと？　この公爵家に使用人でもない、爵位《しゃくい》もないくせに潜んでいるトトマのネズミが面白いことを言う。そなたの現状の方が蛮行ではないか？　ははは、笑わせないでくれ」

執事長の言葉に青ざめる。

（……まさか俺の目的がバレていたとは。自分は泳がされていたのか？　……コイツ等はどこまで知っている）

「そう青ざめずとも良い。むしろ私達は〝奴〟の世話を買って出てくれて感謝しているくらいだ。……公爵家の名を穢そうとしない限りは、な」

執事長は冷たい目で殺気を放ちながらこちらを睨みつけた。

初めて見たその鋭い目と殺気に、情けなくも両足がガクガクと震えてしまう。

「お前は公爵家の名を利用しようとしていただろう？　そのようなこと、見過ごすわけにはいかんのでな。少々強引だったが、先に法的証明を確保させてもらったよ」

執事長はおもむろに、先程の二枚の書類を取り出した。

「この書類は〝お嬢様の希望通り〟、このレシピのマヨネーズを皆示法に基づき商売するという証明書。そしてこの書類は、現在の名〝アイリーン・タンジ〟が今後商売をする上で、〝タンジ家〟とは一切関係がなく、タンジ家は利益も責任も一切を放棄する。そしてタンジ家並びに公爵家の名を商売で使うことを一切禁ずる証明書だ」

「……は？　ちょ、ちょっと待ってください!!　一枚目は仕方ないにしても、二枚目は!!　なぜですか。このマヨネーズだって、どれだけの利益になるか分かりませんよ!?　公爵家にとっても悪い話じゃないはずです。……そうだ！　皆示法じゃなく、独占法に変更しましょう！　だれもこのレシピを知らないんです。高値で売りさばいたら、城を買えるくらい目じゃない額が稼げます!!」

そう言いながらも、俺は執事長が持っている書類に狙いを定め奪い取ろうと腕を伸ばした。

するとカイトがその腕を踏みつけ、影が書類を持ってどこかへ消えた。

「残念だが、既に公爵家の捺印があるのだよ。先ほどの影が法務局に届けているからもう覆しようがない。諦めたまえ。……何も君たちの商売を、その目的を邪魔しようとしているわけじゃない。書類の規定を守れば、私達は一切干渉しないと誓おう。……さぁ、せいぜい〝奴〟の機嫌を伺いながら過ごすのだな」

執事長と、続いてカイトも厨房《ちゅうぼう》を後にした。

残った俺は踏みつけられた腕を抱き、まんまとしてやられたこの状況に怒りが収まらない。

(見てろ、お前らが羨むほど稼いで、公爵家なんて没落させてやる……!!)

とただただ野心を募らせた。

◆◆◆

俺、カイトはこの公爵家に仕えてから、一番の笑みを浮かべて執事長にこれまでのことを報告していた。普段は同じ空気を吸いたくない程の存在が近くにいる為、あまり笑顔になることがなかったなと思い出すほど久々に表情筋が動いた。

——現在、アイリーンとヒューを始め、伯爵家側の使用人が数人体調を崩して寝込んでいる。

普段迷惑になることしかしない元凶と、我が物顔で(別邸ではあるが)公爵家の敷地を跨ぐ伯爵家の手の者たちが静かにベッドで寝込んでいる今の状況が、愉快でたまらない。

普段は無表情が多い執事長も、この時ばかりは顔を緩ませている。

「まさか、そろって食中毒を起こすとはな。あのマヨネーズが原因なのだろう?」

執事長が実に愉快そうに尋ねた。

「ええ、何せ火にかけてない卵をそのまま食べたようなものです。……それにあの時の食材は〝子どもの戯言〟だと思って、勿体ないからと廃棄《はいき》寸前の食材を用意していたみたいですよ。それにしても結構な人数が食べていたのに、〝奴〟とヒューと数人しかあたらなかったとは……アイツ等、本当にツイてますね！」

俺は耐えきれず吹き出しながらも無様な姿を思い出した。

あの後、ヒューはすぐにトトマ商会の商会長である父親に相談し、大規模な工場建設に着手したようだ。普段比較的冷静なヒューの興奮度合いに期待したのだろう、異例の仕事の速さだった。

そして、奴等に体調の変化が出たのが一日後だ。

急に吐き気と下痢《げり》が止まらなくなり、酷い者は熱も出て結構な重症になっていた。

はじめは一日経っていたので他の料理が原因だと疑われたが、あのマヨネーズの件以降アイリーン達にはここの料理人たちが作った料理は出されておらず、伯爵家の使用人達が街で購入してきたデリや食材しか口にしていない。

他にその食材を食べていた街の者たちはピンピンしているので、マヨネーズが原因だと判断された。

「医者が言うには、数日で全快するだろうとのことです。……いやぁ、このまま死んでくれたら！と使用人一同願っていましたが、そんなにうまいこと転びませんでしたね。契約書も交わしたことですし、今後も期待出来そうなので〝奴〟の戯言は阻止せずに泳がせておくことにします」

「そうだな。……にしても、トトマ商会は工場建設に既に着手していたのだろう？　食品の安全性が証明できない今となっては、焦りすぎたと後悔しているでしょう。……あの没落した男爵家の跡地を購入した後に、待ったの連絡が届いたと聞いた。トトマ商会長の歯ぎしりと舌打ちが聞こえてくるようだ」

「えぇ、しかも〝皆示法〟のおかげで、影が法務局に書類提出したあとレシピの販売が開始されていますからね。……今のところ、生の卵をそのまま使用するためあまり購入者はいないみたいですが。それでも新しい調味料ということで、購入を検討している者達がいますからね。食の安全性や商品化が進むまでに、トトマ商会を追い抜く者が出てくるかもしれませんね」

そうなった時の奴等の顔を想像すると可笑しくて仕方なく、話している間も笑いが止まらない。

——あのメイド達の会話を盗み聞きした時は、俺をアイリーンのお払い箱として雇った執事長とこんなに和やかに会話をすることになるとは思ってもいなかった。

執事長は、〝こんな奴のお守りで終わってたまるか〟と、真面目に働いた俺を予想外に気に入ってくれたみたいだ。アイツの世話は全面的に伯爵家の者に押し付け、俺は正式にタンジ公爵家執事見習いとしてここに在籍することになった。

暫く談笑しているとコンコンコンッ、とノック音とともにメイドが一人入ってきた。

「執事長、休憩中に失礼致します。……モリー様より、別邸の料理人の食事を再開せよと、〝伯爵令嬢として〟要望がございました。いかが致しましょう？」

「はぁ、随分とやせ我慢されたものだ。……快適な生活より、〝公爵夫人〟のブランドがそんなに大事か、私には理解できないな。プライドなど捨てて、すぐにこうして〝伯爵令嬢として〟命令されればいいものを。思ったよりも時間がかかりましたね。分かった、料理人達に伯爵家の方々の食事を再開するように伝えなさい」

「かしこまりました。伝えておきます」

そう返事をすると、メイドは静々と部屋を出ていった。

「――それよりも、聞きましたか？　トトマ商会の〝例の商売〟のこと」

俺は一変して、真剣な顔で執事長に尋ねた。

その言葉に、執事長の顔も真剣な……眉間にしわを寄せどこか不機嫌そうな顔になった。

「……あぁ、あの辺境伯領で、西大陸《ウエストエリー》の獣人奴隷が商売されていたと。しかも〝あの辺境伯領〟の領民を商品として攫おうとしたらしいじゃないか。本物のバカがいたものだと思ったら、トトマ商会が関わっているかもしれないと情報が出てきたからな。……今はまだ確証がないらしく、裏で回っている情報だが……あのバジル家が間違えるわけがない。あの怒れる獅子《しし》を敵に回したのだ、どちらにしろトトマ商会は終わりだろう」

「俺も聞いたことがあります。辺境の地はバジル家が統治してから害獣も海賊も盗賊の被害すら激減したと……。〝一度逆鱗《げきりん》に触れると、逃げることができないバジル家〟……一番敵に回したくない相手ですね」

気づけばまるでどこぞの冒険書を読む少年のように、興奮した様子で言葉を発していた。

「……ここだけの話だが、そのトトマの話を聞くために旦那様とポートマン家の方々がバジル領に出張されるらしい。旦那様とショーン様は現バジル家当主の先輩らしく、それなりに親しい間柄だったみたいだ。あの頭脳の旦那様、交友のショーン様、武力のバジル家当主……この三人から逃げられるものなどいまい。さぁ、トトマ商会がどれだけ悪あがきするか楽しみにするとしよう」

執事長はそう言うと立ち上がり仕事に戻っていく。

俺は飲んでいたお茶を片づけると、慌ててその後ろ姿を追いかけていった。

◆◆◆

海賊討伐《とうばつ》と獣人達が解放された日から半年ほど経ったある日、私、リリーナは珍しくリベアと一緒にいなかった。

……いや、正確にはリベアの入っていた人形とは相変わらず一緒だが、〝リベア〟の意識と離れていた。ずっと一緒にいた相棒の声が聞こえず、はぁっとため息を吐きながらこれまでのことを思い返す。

あの後、私はまた体調を崩し、気づいた頃にはバジル家の屋敷に戻っていた。

三日も経てば例のごとく体調は全快していたが、こうも立て続けに体調を崩したからだろう、更に二日は安静にしているようにとベッドの上から離れることを禁止された。

あの獣人達がどうなったのか心配で早く会いに行きたかったが、いつもは甘いシャルやお父様も、今回ばかりは「安静にしていなさい」とお願いを聞き入れてくれなかった。

自分から会いに行くのは諦め、せめて彼等がどうなったのか……最終的に泣き落として教えてもらうことに成功。

獣人さんたちは、皆船に乗って争うことなく港に着いてきてくれたようだ。

その後、皆の手当てや食事を配給しお父様たちに自分達に酷いことをした人たちついて、知っていることを全て話してくれたそうだ。

今回実行犯である海賊たちは一人残らず捕まえられたが、裏で手引きしていた商会……トトマ商会というらしいが、そこが関与していたという証拠集めに難航しているらしい。

書面など物的証拠がなく、海賊たちの証言のみだと法で裁くことができないらしい。

なんでもこの国（世界？）の法は貴族や権力者を守る意味合いが強いらしく、爵位《しゃくい》のない平民ましてや犯罪者の証言なんてあってないようなものなのだそう。

……なるほど。確かにシャルによる誘拐事件の時、キースが騎士の称号がどうとか言ってたな。

法でさえも弱きものを助けるものでないことに、私は少なからずショックを受けた。

確かに今回の渡航は予想外で、西大陸《ウエストエリー》の人たちとトトマ商会の人たちは実際に会ってもいないのだ。

物的証拠など、あるはずがない。

……悔しい。

トトマ商会を潰せたら、前に取引された獣人さんたちも解放できるかもしれないのに。

ちなみにトトマ商会は逃げおおせているが、西大陸《ウエストエリー》の商人たちは海賊の証言をもとに潜伏先を特定し、全員捕まえているそうだ。西大陸《ウエストエリー》でも奴隷は禁止されているし、過去にこちらの民が奴隷として攫われている事実があるので、今後国として抗議をし彼らの処罰を話し合うのだそう。

こちらの罪人は王都の方に輸送されるらしい。

今回の〝邪神の冬眠《デモニオソンノ》〟は、知識人の見解によるともうそろそろ終わるらしいので、彼らは最低一年王都の監獄で生活することになる。


――はぁっとまたため息をつく。


納得のいかない結末だし、相棒のリベアは今いないし……

そう、リベアは現在あの時の妖精《ようせい》に連れられて、お礼の品を取りに行っている。三ヵ月ほど姿を見せず、存在を忘れた頃に妖精《ようせい》はやってきて、リベアを連れて行ってしまったのだ。

かれこれそれからまた三ヵ月、久しぶりの一人時間を満喫《まんきつ》……できればよかった。

あのおしゃべりな相棒の存在に慣れた私はこの静寂《せいじゃく》な毎日が耐えられず、すぐに寂しくなってしまった。あぁ、早く帰ってこないかなー。

そう思いながらベッドに寝る一歳になったナーデルの頬をつついた。

……フニフニで癖になる感触だ。

ひたすら無心でぷにぷにっとつついていると、流石のナーデルも起きてしまい「あ～!! んぎゃんぎゃ!!」とぐずって泣き出してしまった。

「あ～！ ナーデルごめんね！ つい触り心地よくて……！ よしよし、ねぇねが悪かった！ 許して～！」

頭を撫でながら許しを請うが、一向に泣き止む気配がないので抱き上げようとした。

「リリー様、私にお任せください。……よ～しよし、まだ寝てて大丈夫だからね～」

私が抱き上げるより先に、一人の無表情な少女がナーデルを抱き上げてあやし始めた。

彼女はフクロウの獣人、名をチャコ。

人質の檻《おり》の中で一番大きく、赤ちゃんを抱いていたお姉さんだ。彼女は現在、私のメイド見習いとしてバジル家で働いてくれている。

獣人さんたちは、ひとしきり調書を取った後全員一旦バジル家の屋敷に移動してもらった。

本当は港の近くにある油の工場にスペースがあったので、そこに移ってもらう予定だったのだが……

……重傷者や女性たちのケアは港付近の医者では限度があり、その人達はバジル家に連れていくことになった。

すると子どもを人質に取られたトラウマがある残りの獣人さんたちが難色を示した。

そりゃそうだ。やっと全員一緒になれたのに、また引き離されるなんて……耐えられるわけがない。

そんな様子を察したお父様が「少々手狭になるが、一旦皆で我が屋敷に来ないか？　貴殿等も不安だろう。……部屋が足りず、相部屋になってしまうかもしれんが」と提案してくれたらしく、獣人さんたちは皆で一旦バジル家の屋敷に滞在することになった。

元々十分な食事をとれば人間よりも遥かに高い回復力を持つ獣人さんたちは、みるみるうちに元気になった。

バジル家に着いて一月も経てば、男衆や元気な子どもたちは兵士たちの訓練に参加し始め、女の子たちはポム爺やザインやキースの手伝いを進んでするようになった。

まだ人間を怖がっている様子の子どもたちには、シルバやブレッドが積極的に傍に行き人間とのコミュニケーションをサポートしていた。

そして、シルバが一番懐いているからだろうが……何故か皆私を見ると拝むようになっていた。

「なんで!?　ただの五歳児にそんなことしないで！　普通にして!!」と懇願すると普通に挨拶してくれるようになったが。あれは焦った。意味が分からなかった。

……そんな風に少しずつ、人間とコミュニケーションが取れるようになっていった獣人さんたちを見て、内心ホッとしていた。

ただ、女性達の中にはまだ心の傷が癒えていない人たちもいて、皆が元気に外に出られる状態ではないが。お母様も同じ女性として彼女たちに真摯《しんし》に、そして積極的にサポートしている。

彼女たちの部屋から出てきたお母様は、私をぎゅっと抱きしめながら何度も泣いていたが、それでも決して彼女たちに会いに行くことを辞めなかった。

そうした熱意が届いたこともあり、彼女たちも徐々にではあるが回復している。

そして三ヵ月が経った頃、獣人たちのリーダーであるカンガルーの獣人ロジャーを筆頭に、主力の男衆がお父様に向かって頭を下げていた。

「ガンディール、いやガンディール様。俺たちをバジル家の家来にしてくんねえか。……俺たちは、こんなに信頼できる人間に会ったことなかった。信じられるのは同族と獣たちだけだと、終わりの見えない暗闇に絶望していた。……そこから、アンタやお嬢様、バジル家の人たちが俺等を救い出してくれた。正直、まだバジル家以外の人間を信用できねぇ。どうせ故郷に帰れてもまた同じように人間にビクビクするくらいなら、アンタたちの為にこの命を使いてぇ！　頼む、力仕事でも何でもする！　アンタたちの仲間に入れてくれ!!」

ロジャーの言葉の後に、「「「お願いします!!！」」」と大きな声で男衆が続いた。

お父様はお母様と目を合わせて、微笑んでいた。

「ロジャー、君たちからそんな言葉が聞けて、本当に嬉しい。……俺だけじゃない、エマもエディもリリーもブレッドもキースもザインも、他のお前たちと触れ合ったすべての人間が、お前たちと仲間になりたいと願ったよ。……歓迎しよう、勇ましい獣人たちよ！　こちらこそ、バジル家をよろしく頼む!!」

その後は地響きが鳴るくらい、歓喜の叫びで沸いた。

こうして獣人さんたちは、正式にバジル家の家来となった。

だが現在は海賊討伐《とうばつ》も終わり、正直獣人さんたちの武力の出番はまだ先だ。

なのでバジル家に常駐《じょうちゅう》する組と子どもたちを中心にナブの油工場で働いてもらい、有事の際戦力として合流する組とに分かれた。

その際「機械とか触ったことないし、ワンパクな奴が多いからなぁ……。農作業が多かったら良いんだが……」と不安そうにしていたので、つい「じゃあ貝殻《かいがら》の肥料作りもしたら？」と言ってしまった。

前世で読んでいた漫画で知って、貝殻《かいがら》って万能だなぁ～と覚えていたのだ。

実際、港の貝塚近くに生えていた雑草は周りに比べてすんごい量が生えていたし。

お父様に詰め寄られ、そのことを出しながら不自然にならないよう気を付けて説明した。

すると、試験的に貝殻《かいがら》を集めてすり潰し、ナブの花畑や近くの農地に肥料としてまくことになった。

いい結果が出れば、またモレッツ商会に商売として丸投げしてもいいな。

獣人さん達の今後が固まっていく中、数人の子どもや女性がバジル家の使用人として残ることを希望してくれた。

その中でもチャコは私のメイド見習いになってくれたし、子ども達のリーダー的存在だった少年……犬の獣人らしいテオは、エディお兄様の警護見習いになった。

チャコは基本無表情で仕事以外無口であまり喋らないが、気遣いのできる心優しい子だ。

ハキハキしているカヨと馬が合うか心配だったが、正反対の性格はむしろ相性が良かったらしい。

今では仲良しさんだ。

テオは面倒見の良いからかいがいのある純粋な少年で、よくお兄様付きのダイスの餌食になっている（ハヤトがすごく同情した視線をテオに送っていた）。

二人とも十歳くらいで、ほぼ同い年であるお兄様がめちゃくちゃ喜んでいた。

バジル領は〝辺境〟というだけあって、王都からも勿論遠いしここに来るまでに山を越えないといけない。その為滅多に家に遊びに来る同年代がいないので、年頃になってきたお兄様は同年代の友人に飢えているのだ。

お兄様は幼い頃からお父様と、時にはお母様に連れられて外出しているので、全くと言っていいほど家から出ない私に比べ他家と交流がある方だと思うけどなぁ……

一応お兄様にも数人お友達がいるそうだが、辺境故に一度もその友人たちが来たことがない。

「文通ばかりでつまんない」とブーブー言っていた。

あぁ、私にも同い年のお友達が出来たらいいのになぁ……いくら病弱だからって、同じ年頃の友人が未だにいないのってどうなの⁉

リベアがいない今、喋り相手が欲しくてたまらない……

チャコにあやされ、また寝息を立て始めたナーデルを見ながらリベアを想った。

チャコは眠ったナーデルをそっとベッドに置きながら口を開いた。

「お嬢様、キース様から伝言で、お客様がお見えだそうです。……なんでもお嬢様と同い年の貴族のお子ちゃま……？　お子様？　……だそうです。応接室に皆さんいらっしゃるので、すぐ来るように……言ってらしたような」

首を傾げて、その特徴的なクリクリした目をパチパチと閉じながら言うチャコに私は焦る。

「まぁ、大変！　今日はお父様のご学友が来るだけじゃなかったの？　私ったら聞き逃していたのかしら……。ナーデルを泣かしてしまった私のせいでもあるけれど、チャコもキースに言われたことを後回しにしてはダメよ！　今度から、気を付けましょうね？」

チャコは無言でコクッと頷いた。しっかり者に見えて、うっかり屋さんというギャップに参ってしまう。かわいすぎる。チャコにナーデルを任せて、私は応接室へ急いだ。

◆

応接室に到着するとキースが既に扉の前に待機してくれていて、ニコッと笑ってエスコートしてくれた。コンコンコンッ。

「ガンディール様、リリーお嬢様がいらっしゃいました」

開いてくれた扉から、おずおずと顔を出す。

……考えてみると、身内以外の貴族に会うのはこれが初めてだ。

アカン、めっちゃ緊張する……思わずただの人形のリベアを持つ手に力が入ってしまう。

「あぁ、来たか。リリー、こちら俺の学園時代の先輩方とそのご息女ご子息だ。こちらに来て挨拶なさい」

お父様がとろけた笑顔で、優しく諭す様子に何やら客人がギョッとしている。

お父様の傍によりながら、チラッと客人を観察する。お父様より年上だろう二人の男前と、同い年くらいの男の子と……そのお姉さんだろうか？　少し年上っぽい女の子を見つめる。

「はっ、はじめましゅて……リリーナ・バジル、もうすぐ六歳です。よろしくお願いします」

ペコリ、とリベア人形を抱きながら挨拶する。

ヤバい……緊張のあまり噛んでしまった……恥ずかしすぎて声がちっちゃくなった……聞こえただろうか……悶々としていると、お父様がガバッと私を抱き上げ頬擦りする。

お父様の頬擦りは、お鬚《ひげ》がチクチクして嫌なのに今はそれを指摘できるほどの精神状態ではない。

「リリー!!　よくできました!!　自分で自己紹介出来るようになるなんて……娘の成長に、お父様は感無量だ!!」

「……ガンディール、お前キャラがブレすぎだ。見てみろ、マシューの奴がドン引きしてんぞ。……いや失礼、イカツい後輩の娘には思えない程可憐《かれん》で可愛らしいお嬢さんだ。お茶目な挨拶をありがとう、君のお父さんの学園時代の先輩で、それなりに世話をさせてもらったショーン・ポートマンという。これでも公爵家だが身分のことはあまり気にせず、うちの子とも接してほしい。よろしくね、リリー嬢」

濃い目の銀色の長髪を一本結びにした、藍色っぽい青目の男性が自己紹介してくれた。

お父様も大分美丈夫だが、この方も中々の美形だ。

というかぶっちゃけお父様よりも若く見えるのだが？　本当に先輩なのか？

先程とは別の意味で頭が混乱していると、ショーン様の隣に佇む二人の子ども達がショーン様に諭されて前に出てきた。

「私、公爵令嬢のセシル・ポートマンです。今度八歳になるわ。……あの、その、友達になってくれたら嬉しい……わ」

もじもじしながら、ショーン様と同じ色彩のちょっとキツめに見える……だが将来絶対に美人になりそうな美少女が挨拶してくれた。

少女……セシル様の容姿と態度のギャップに早々にやられた私は、初の貴族仲間ということもあり興奮気味に手を取って歓迎した。

「勿論ですわ！　セシル様、嬉しい！　私バジル領以外のお友達がいなかったのです。ぜひぜひ、仲良くして下さい！　私、バジル領以外のことは何も知らないのです。いっぱい教えてください！」

目をキラキラとさせ、期待のこもった眼差《まなざ》しで見つめる。

そんな必死の様子の私を見たセシル様は、顔を真っ赤にさせつつも頷いてくれた。

「えぇ！　私がいーっぱい、教えてあげる！　様なんて付けないでいいわ!!　……その、良かったらセシル姉さまって呼んで？　私、弟しかいないから、妹に憧れていたの！　リリーみたいな可愛い子が妹分になってくれたらすごく嬉しい！」

「私も！　女兄弟がいなくて、すごく憧れてたんです……！　セ、セシルお姉様！　嬉しい！」

キャッキャキャッと手を取り合って、ピョンピョン跳ねながらニコニコしているとお父様達が頬を緩ませていた。するとショーン様が、一人だけ憂鬱そうに……どうすればいいのかとモジモジしていた少年を見て声をかけてきた。

「セシル、盛り上がるのはいいがまだグレンの挨拶が終わってないぞ。弟の頑張りを見守ってあげなさい」

ショーン様に背中を押され、モジモジしていた恰幅《かっぷく》の良い少年は私の前に出てきた。

「あ……あの、グレン・ポートマンです。六歳です、よ、よろしくお願いします……」

俯きながら、自信なさげに自己紹介するグレンの様子をポートマンのお二人は固唾《かたず》を飲んで見守っている。そのただならぬ様子を疑問に思った。

(もしやグレン君も初めて他の貴族に会う……とか!? やだ急に親近感！)

私は(同い年のお互い初めての友達！)とセシルの時のテンションでグレン少年の手をとり興奮気味に挨拶を返した。

「初めまして、グレン様！ わぁ……!! 私同い年の男の子に会ったの初めて！ すごいすごい！ グレン様、もし良かったらお友達になってください。バジル領のことなら何でも私に聞いてくださいね。その代わり、グレン様の知っている他の領地のこと、色々と教えてくださいさい!!」

手をブンブンと振りながら、(今日一日で二人も友達が出来るなんて……！ ツイてるわ！ リベア、私ついにボッチ卒業したわ!!)と今はいない相棒に向かってルンルンで報告した。

そんな大歓迎！ な私に、グレン少年はポカーンと口を開けてこちらを見つめていた。

しばらくすると顔がじわじわ赤く染まりつつ、可愛らしくはにかみ。

「う……うん!! ぼ、僕も！ リリーナと友達になりたい!! 僕のこと、グレンって呼んで！ あの、その、僕あんまり知っていることないけど、王都のこととか教えてあげる‼」

「まぁ、王都‼　すっごく気になります！　ぜひ教えてください！　じゃあグレンも私のことはリリーって呼んで！　親しい人はそう呼んでくれるの！」

「良かったわね、グレン！　ちゃんと同い年の友達ができて！　お父様も言っていたでしょ？　アレが異常なだけで、アンタにはこれっぽっちも悪い所なんてないんだから。私、バジル領のことについて知りたいわ。リリー、教えて‼」

三人で興奮気味に話していると、お父様が見かねてこちらに声をかける。

「んん‼　リリー、初めての友達に興奮するのは分かるが、まだご挨拶を聞いていない方がいらっしゃるだろう？　……マシュー先輩、挨拶をお願いします」

興奮のあまり貴族令嬢としての振る舞いを一瞬で忘れた自分に反省し、慌ててマシュー様？　を見つめる。

一見冷徹《れいてつ》そうな雰囲気の金髪の男性なので、不愉快に思われてしまったかもしれないと緊張する。

「ぁ……あぁ、ガンディールの先輩のマシュー・タンジという。そこのショーンと同じく公爵家当主だが、気負わず接してくれ。……しかし、パッと見ガンディールの娘とは分からなかったが、鼻や口元が似ているな。これからよろしく頼む」

マシュー様が微笑みながら、目線を合わせて頭を撫でてくれた。

……なんだ、怖そうな人かと思えば、めっちゃ優しいイケオジさんではないか！

私は嬉しくなって、ニッコリ笑って「はい！」と元気に返事をした。

その元気な返事にマシュー様は更に笑みを深くし「さぁ、話しを止めて悪かったね。三人でお菓子でも食べながらお話するといい」と言って、テーブルの方に背中を押した。

大人から正式に許可が出た私たちは早足でテーブルに向かいつつ、尽きそうにない話をはじめた。

◆

私たちはお菓子やお茶そっちのけでいっぱいお喋りをしていた。

私は今までリベアとお喋りできていなかった反動で、普段よりも二倍口が動いていた。

そんな全身で〝お話しできて嬉しい!!〟と押せ押せな私に、ポートマン姉弟は満更でもなさそうに、嬉しそうにニコニコしていた。

「お二人はいつまでバジル領にいてくださるのですか?」

「そうね、正確な日程は聞いていないけれど……お父様の話だと二、三日はお邪魔すると思うわ」

思ったよりも長く滞在してくれることに、更に顔を輝かせる。

「まぁ！　でしたら、今はお勉強中でいないお兄様や、お昼寝中のナーデル……私の弟も紹介できますわね！　二人共私と同じで同年代の友達に飢えていますの、ぜひ一緒に遊んでください！」

ちょうどその時、キースが扉をノックして開け「リリーお嬢様、エディ様がお見えになりましたよ」と声をかけてくれた。

「ちょうどよかった!!　お兄様!!　お二人にお兄様たちのことを話していたところなの！　……こ

ちらに来てご挨拶なさって！」

お兄様のもとに駆けていき、手を引っ張りながら案内する。

お兄様は珍しく興奮気味の私に連れられつつ、同年代の子が二人もいることに顔を輝かせた。

「初めまして‼　エディール・バジルと申します。年は十です。気軽に〝エディ〟と呼んでください。……よろしくお願いします」

まずはグレンに握手を求め、爽やかな笑顔を浮かべた。

「は、初めまして！　グレン・ポートマン、リリーと同い年です。一応、公爵家ですが……あの、僕、お兄様がいなくて！　憧れてて……！　グ、グレンと呼んでください。敬語もいりませんから！」

勇気を振り絞って緊張気味に訴えるグレンに、お兄様はパァアアッと顔を明るくして「うん！分かった！」と返事をした。

さて、次は……とお兄様はセシルお姉様の方を向く。

……すると、セシルお姉様は顔を真っ赤にして突っ立っていた。夢心地な目をして、ポーッと意識が別のところにいるようだ。

お兄様は首を傾げ、「……？　あの……？」と相手の言葉を待った。

するとハッと覚醒した様子のセシルお姉様は、惚《ほう》けていた自分を恥じたのか更に顔を赤くしながら自己紹介をし始める。

「は、はじゅめまして！　セ、セシル・ポートマンと申しましゅ！　……八歳になります。あの、私も敬語はいりません……よろしくお願いします」

立て続けの醜態に、セシルお姉様は顔を赤くさせたまま先程のグレンのように俯いてしまった。

エディお兄様は同年代の女友達♪　と気持ちが上がっており、そのことに気付いていない。

グレンと同様、握手をした。

「よろしく!!　セシルも俺のことはエディって呼んでね！　……セシルは俺の二歳年下なんだね！　うわぁ、そしたら俺が一番のお兄さんじゃないか！　……皆、何でも頼ってくれていいよ！」

ニコニコと笑うエディお兄様を見て、そしてウットリした表情をするセシルお姉様を見て、流石の私も感づいた。

（わぉ、お兄様……初恋キラーしちゃったんじゃない？）

ひとしきり自己紹介が終わったのを見計らい、キースがお茶を淹れなおしてくれたようだ。

「さぁ、お嬢様方、バジル家の料理長が作った渾身《こんしん》のお菓子を召し上がってください。お茶も淹れなおしましたので、お席にどうぞ」

キースに誘導され、皆席に着きようやくお菓子タイムがはじまった。

今日のお菓子は、前にモレッツ商会から教えてもらったダーギーのザイン改良バージョンのようだ。……言ってしまえばマフィンかな？　美味しそう。

「あら、ダーギーかしら？　バジル領は流行にも敏感なのね！　私王都で一度食べたことがあるけれど、とても美味しくて感動したわ！」

「わぁ～！　僕もダーギー好きだよ！」

「ダーギーってもうそんなに流行ってるんだね！　でも、うちの料理長の腕は世界一なんだ！　ダーギーをもっと美味しくしたお菓子だと思うよ？　……んん、美味しい‼　やっぱりよそのダーギーより十倍美味しいよ。リリー、食べてみて。ダーギーが苦手なリリーでも大丈夫だよ！」

お兄様から勧められたので食べてみる。

「んんん～、美味しい♪　……お客様がいらしてるから、贅沢に蜂蜜《はちみつ》が入っているわ！　蜂蜜《はちみつ》がふわふわの生地に染み込んで……すっごく美味しい‼」

私たちの食べっぷりに気が急いた様子で、ポートマン姉弟もパクッとマフィンを食べ始めた。

「お……美味しい‼　今まで食べた何より美味しいわ！　……ふわふわで、ちょっとサクッとしているところもあって……ずっと食べていられる甘さ……！　美味しい‼」

「ふわぁぁぁぁあ！　こんなに柔らかいお菓子、はじめて食べた！　蜂蜜《はちみつ》がしみてる所も美味しいけど、かかってない生地のところもすっごく美味しい……！　バジル領の食べ物ってこんなに美味しいの⁉」

「んふふ、ビックリするよね！　俺も初めて他家で料理を食べた時は、別の意味で驚いたなあ……。バジル領全部が、ってわけじゃないみたい。ここの料理長のザインの腕がとびっきり良いんだ！　俺色んな人にイタズラするけど、ザインにだけはお菓子抜きって言われるのが怖くてイタズラできないんだ！」

ニヤッといたずらっ子のような笑みを浮かべるお兄様を見て、セシルお姉様はほぅ、とため息をつきながら頬を手で押さえている。

そんな甘酸っぱいラブストーリーを後目に私はお兄様の言葉に焦っていた。

(やっぱりビックリするんだ……公爵家でもこのレベルだと、本当に他所に嫁いだ時、私耐えきれる自信ない……。どうしよう……!! そうだ!!)

ザインの料理からある意味逃げられない現状に危機感を覚えたが、良いアイデアを閃いた。

「ねぇ！ 皆でザインにお礼を言いに行きましょう？ その後バジル家を案内するわ！ ザインも、今のような賛辞を直接聞きたいと思うし！ お礼に晩御飯を更に張り切ってくれるかも！」

「うわぁ、それいいね！ ザインはリリーに滅茶苦茶甘いし、絶対晩御飯豪華になるよ！」

「ぼ、僕も賛成です！ こんな美味しいもの作ってくれた方に、お礼を言いたいです！」

「わ、私はエディ様が行くところならどこだって……キャッ」

……純粋にお礼を言う為に動く者は一人だけのようだが、まぁいいだろう。

私はお父様たちの方へ駆けていき、許可を取る。

「お父様、セシルお姉様達とザインのところに行って、それから屋敷を案内してきてもいい？」

手っ取り早く許可をもらうため、抱き着きながらおねだりした。こうするとお父様が弱いことを学習している。効果は抜群で、お父様は微笑みながら許可を出してくれた。

「あぁ、いいよ。ザインにお父様達の分までお礼を言っておいてくれ。……お母様が夕方には戻るだろうから、四人で出迎えてあげなさい。お父様達はここでお仕事の話をしているから、何かあればここに来るんだよ？」

「うん！ 分かった!! 案内してくるね!!」

お父様の頬にキスを送り、三人のもとへ戻っていった。

◆◆◆

子ども達は足早に部屋を出ていき、応接室には三人の父親と数人の従者《じゅうしゃ》のみとなった。

「……お前、学生時代からは考えられないな。あの手に負えなかった〝猛獣《もうじゅう》のガンディール〟はどうした？　今じゃ見る影もないじゃないか」

ショーン先輩が愛娘のおねだりに頬を緩めている俺――ガンディールを引いたような目で見る。

「ハハハ、懐かしいですね。……猛獣《もうじゅう》がそもそもオーバーなんですよ。俺は理不尽に権力を振りかざすような気に食わない奴にしか反抗してないのに。……一応、まともな公爵家のお二人の言うことは聞いてたでしょ？」

「むしろ俺たちの言うことしか聞かないから、〝飼育係〟などという不名誉な称号を我らが持ってしまったのだろうが」

開き直っている俺を見て、マシュー先輩は呆れたように言った。

「にしても、確かにこの菓子は美味すぎる。……こんな天才料理人、どこで掴まえたんだ？　俺の屋敷に引き抜きたいくらいだ」

「いや、うちの料理人とは普通に知り合って、意気投合しただけですよ。……アイツが望む条件は難しいですし、それにアイツ、うちの子ども達にデレデレなんで。引き抜くのは無理だと思いますよ」

ショーン先輩のマジな顔を見て、一応釘をさしておく。

「まぁ、お前のような変人に仕えているのだ。ソヤツも変人ということだろう。……しかし、レシピだけでも商売にすればこのバジル領の収益にもなろう。なぜ販売しないのだ？」

マシュー先輩はお菓子を食べながら、さっさと話せとばかりに睨みつけてくる。

「いやぁ、一応バジル領内ではそれらしいことをしてますよ。利益を得るよりも、まずはこの土地に人を呼ぶために、他にレシピをバラまくことはしたくないんです。……それに、収益ならこれから嫌でも上がる予定なんで、良いかなと思いましてね」

意味ありげに呟く俺に、さすが飼育係の二人は何か感じ取ったのか嫌そうな顔をする。

「そう身構えないでください。……お二人に相談したいことなんですが、……これを見てください」

控えていたキースが差し出した、ガラス瓶《びん》に入っている……薄黄色の液体を見せる。

「なんだ、これ。酒でも始めるのか？」

「これは、植物から採った〝油〟です」

俺のまさかの発言に、二人は絶句した。

「あ……油だと⁉　しかも……獣から採ったものではなく⁉　植物からだと？」

あまりの衝撃だったのだろう、ショーン先輩の声が大きくなる。

「そうです。……リリーナの草いじりからヒントを得まして、〝ナブの花〟に油が含まれていることを発見しました。今、モレッツ商会と連携して大規模な油工場を造り、生産しているところです。この菓子も、この〝花油〟で作らせました。人体への影響はないし、それに抜群に美味いでしょう?」

パチンとウィンクを添え重さを感じさせずに言った。

「……おい、なぜサラっと原材料を明かしたのだ。これからバジル領の財産になる物を、いくら気心知れている友人でも、言わない方が良い」

眉間に皺をよせながら、軽率な発言をした俺をマシュー先輩が窘める。

「そう言ってくれると、ますます話したくなりますね。……気恥ずかしいですが、お二人が一番貴族の中で信頼でき、且つ大きな力をお持ちだから敢えて明かしました。知っての通り、バジル家御用達であるモレッツ商会は良い商会なのは間違いないですが、規模が小さく他の土地に支店もありません。……それ故モレッツ商会はクソみたいな奴等に狙われて、結果としてうちの子が誘拐されることになりました。この花油は、大騒動を引き起こすでしょう。……今のモレッツ商会では、対処できない程に」

段々と話が見えてきた二人の公爵は(なるほど、結局コイツの世話をすることになりそうだ)と言わんばかりにため息を吐き、そして腹をくくったのかこちらに力強い眼差《まなざ》しを寄越す。

「花油は皆示法ではなく、敢えて独占法で登録しました。これから、ナブの花が広く分布している土地に契約を持ち掛けます。……単価を上げようとしているわけじゃないです。油は生活に必要不可欠なものですから。むしろ、皆示法によって製作過程だけ知って、他で高値で売りつける奴を出さないために、です。独占法ならこちらの提示する価格や品質が保たれますし、こちらが許可しない売買は認められませんからね。……一般庶民の手に渡るように、面倒な横やりが入ることがないように、この手段を取りました。……ですが、モレッツ商会の規模だとやはり無理がありまして！ぜひお二人の御用達商会を通じて商売できないかと!!」

タハーっと二人を頼る気満々な俺の様子に、二人は本日何回目かの深いため息を吐いた。

「はぁ、まったく。最後の最後まで言わないんだからな。報告、連絡をしろと何度も言って聞かせたのに全然身についてない……」

「まぁ、こちらとしてもメリットしかないし、協力してやる。……相談だけでも忘れずに身についているのだ、これでも良い方だろう」

はぁ、とまたため息をついてマシュー先輩はお茶で口を潤した。

いくつになっても振り回されてくれるこの先輩たちが、本人たちには言えないが俺は昔から大好きなんだ。

◆◆◆

私たちが従者《じゅうしゃ》を引き連れながら厨房《ちゅうぼう》に入ると、ダストンさんがいた。

あのザインのお菓子を食べた時から、こうしてダストンさんやダラスさんが時々ザインに助言を求めてくるようになったのだ。

何やら難しい顔で話している二人。私達に気付いたザインがこちらに寄ってきた。

「おや？　お客さんまで連れて、どうしたんですか？　お嬢、今日はシルバと一緒じゃないんですね。……今日のお菓子に、何やら不備でもありましたかぃ？」

ザインが不思議そうに、そして段々不安そうになって聞いてきた。

私は慌てて首を横に振り、安心させるように返事をした。

「シルバは今日お母様についてコアスの森に行っているの!!　……今日のお菓子、すっごく美味しかったわ！　セシルお姉様もグレンも感動して、一緒にお礼を言いに来たの！」

「やっぱりザインの料理はピカイチだね!!　公爵家で王都の食事に慣れている二人も、一番美味しいって言っていたよ！　またコレ作ってね！　俺気に入った！」

私たちの言葉に続いて、ポートマン姉弟も前に出た。

「あの、すっごく美味しかったです！　王都でダーギーを食べたのですが……それより三倍、いやもっといっぱい美味しかったです。こんなに美味しいお菓子初めて食べましたわ。素晴らしい才能です！　ありがとうございました！」

「ぼ、僕もダーギーより、貴方の作ったお菓子の方が好きでした！　ふわふわで、蜂蜜《はちみつ》が染み込んで……！　あ、染み込んでない部分もすっごく美味しくて、サクッとしたところも美味しくて……。あの、ありがとうございました！」

バジル家の子ども達だけでなく、ポートマン姉弟からの手放しの賛辞にザインは感無量のようだ。

見た目が怖いザインに、若干及び腰だが精一杯感謝と感動を伝えたこの小さなお客様。二人の言葉を聞いて胸がいっぱいになった模様。

「……こちらこそ、ありがとうございます。王都や名のある料理人達の料理に慣れているお二方にそう言われると、鼻が高いです。こんなに喜んでいただけたなら、今晩の夕食も気合を入れて作らないとですね。明日も私がお菓子を作らせていただきますので、お楽しみにお待ちください」

「わぁ、やったーー！　ね？　ザインなら二人の賛辞を聞いて晩御飯のやる気も上がると思ったんだよ！　あ、ザイン、夕食はあれが良い。ショユーで漬け込んだお肉！　二人にも食べてもらいたい‼」

宣言した通りになったお兄様は、得意げな表情でザインにしれっとリクエストしていた。

「あ！　私はデザートに前二人で作った〝アイスクリーム〟が良い！　ザイン、お願い！」

そう、私はリベアがいないこの三ヵ月、ただ部屋にこもることに早々に飽きて、ザインと食をもっと発展させるべく一緒に研究していたのだ。

外出禁止令を受けた私は、不貞腐れながらザインを見つけ、ザインと料理をしたら面白そうだし時間も潰せるわね！　と一緒に料理をしたいとおねだりした。後にお父様は渋々ではあるが、了承してくれた（これ以上愛娘に嫌われたくなかったとみている）。

まず、ザインが考案したという〝アイスホイップ〟について聞いた。

材料は牛乳とメレンゲと砂糖と……他に分からないものが二つほどあったが、おおむね思い浮かべた通りの食材だった。

メレンゲを使ったということは、卵の衛生面も確保されているということだろうな？　と脅すようにザインに詰め寄ると……予想だにしなかった事実が判明した。

「ペルスライムっていう生き物が、悪い菌を食べてくれるんだ。卵や肉魚……俺の知らない食材だったりをお嬢達にお出しする時は、俺の相棒のペルスライムを通して調理するようにしてる。……あぁ、安心してくれ！　その後ちゃんと洗ってるから！」

ポヨンとした薄緑のスライムを凝視していると、私がドン引きしていると勘違いしたザインが慌てて釈明していた。

（いや、スライムおるんかーーーーーーーい！）

てっきりガッチガチに管理した鶏卵を使っていると思っていたのに、まさかスライムがいたとは。

更に興味が出たと言って、ザインにスライムのことを教えてもらう。

「いやぁ、スライムに興味を持つ令嬢なんてお嬢くらいだぜ。……スライムにも種類が沢山いて、一番ポピュラーなスライムは〝クロスライム〟だな。黒っぽい色をしていて、少し大きいんだ。……あぁ、えーっと、お嬢に説明するのは憚《はばか》られるんだが……まぁ、トイレを流した先にいるのが、このクロスライムだな。排便したものをエサとしていて、トイレを綺麗にしてくれる。一般人は〝スライム〟というとクロスライムくらいしか知らないから、一般的にスライムはこの〝クロスライム〟を指すな」

何と、神玉《しんぎょく》というスーパーアイテムがあったから、てっきり下水道整備もされているもんだと思っていたら……スライムさんが頑張ってくれてたんですか。

「んで、この〝ペルスライム〟なんだが、クロスライムと比べて生息数が少ないんだ。あと、暗闇や汚い所が苦手で……クロスライムとは全く違う場所に生息してる。ペルスライムは自分にとって有害な……毒や菌、あと外からの攻撃も何もかもを排出できる珍しい特性を持ってるらしい。同じスライムだからか、クロスライムに見つかると逆に飲み込まれてしまって、無敵とはいかないんだがな。まあ、ペルスライムを見つけたとしても人間には捕まえるのはほぼ不可能……だが」

「えぇ、そんな凄い特性を持ってるんだ！　すごいねペルスライムさん。捕まえるのは無理って、じゃあザインはどうやってペルスライムさんと友達になったの？」

「あぁ、〝捕まえるのは〟無理だが、〝契約〟するのはできるんだ。ほとんどの人間は、従えることしか頭にないからな……。俺は旅をしていた頃にコイツと会って、『俺は色んな食材で料理がしたいんだ。安心して食べられるように、一緒についてきてくれないか？　ついてきてくれるなら、クロスライムのいない快適な生活を約束する』って契約を持ち掛けた。コイツは喜んでついてきてくれて、今では立派な相棒だ！　……街に出してるパーラーには、旅の途中で見つけたもう一匹を貸してるんで、安全な状態でアイスホイップが出せるんだ」

ほ～、そうだったのかスライム……

まぁ、安全に卵が使えるなら話は早い！

私は、ザインにもっとクリーミーで美味しいアイス〝クリーム〟を作れないか相談した。

「ん～、ホイップじゃなくクリームか……」

「牛乳よりも、もっと濃厚なミルクってないのかなー？　あったら作れると思うんだけど……」

「牛乳よりもか……お嬢が小さい頃に飲んでたミルボゥの乳も牛乳と同じくらいの濃度だもんな……。生き物の乳で濃厚なのものないんじゃないか？」

おぅ、そうなのか。便利スライムがいるくらいなので、生クリームもそのままの状態で採れる手立てがあるんじゃないかと思ったが、そんなに甘くないらしい。

えぇ～、どうしよう。私はそんな詳しくないから生クリームの作り方なんて分かんないなぁ。

とりあえず、牛乳を激しく振ってバターを作ってみるか。この世界にもバターはあるみたいだが、なんかの魔物から取っているって言ってたし。そのバターもそれはそれで美味しいんだけどね。

ザインに蓋のある瓶《びん》と牛乳を持ってきてもらって、ひたすら振ってもらう。

バジル家の牛乳は、念の為ペルスライムによって洗浄しているらしいが……一般庶民は各自、しぼりたてを使ったり、品質は自己責任として管理したりしているみたいだ。

ぜぃぜぃ言いながら振り続けてくれたザインにお礼を言って、固まった部分だけ取り出してもらう。

早速味見したいが……じーっとザインを見る。

「はぁ、ちょっと待ってくれ。ペルに牛乳を洗浄してもらってはいるが、念の為に俺が先に味見するな。……んん！　これは……うまいな。バターに近いが……これの方がお菓子向きだな。……お嬢、どこでこんな作り方を知ったんだ？」

ザインの言葉に焦る。

（しまったーーー！　料理改革を焦るあまり、そこのところ失念していたーーー!!）

なんて言えない私は頭をフル回転して苦し紛れの言い訳をした。

「んと、ホットミルクってなんか膜みたいに固まるところがあるでしょ？　……神話で神様が植物ができたハーブリバを見て大地を揺らしたら国が出来たって……本で読んだから……牛乳も振ったら何かできるのかなって……」

ザインは私を黙って見つめる。

冷や汗をかきながら、この即席の嘘をつき通せるか固唾《かたず》をのんだ。

「……なぁんだ、そういうことか！　……神話の本からインスピレーションを受けるなんて……本当、お嬢は発想が豊かだなぁ！」

いつものデレデレした顔でザインは頭を撫でてくれた。

よかった……危なかったが、何とか誤魔化せたようだ。

「いやぁ、神話の本なんてもう何年も読んでないなぁ。……そうそう、植物からこの国は……まてよ？　植物……そうだ!!　お嬢、牛乳よりも濃度のあるミルク、心当たりがあるぞ！」

突然閃いた様子のザインに驚く。

「そうだよ、生き物の乳っていう先入観があったからすっかり忘れてた……！　俺にもお嬢のインスピレーションが移ったのかもな！　フレクの実っていうのがあって、その実の中にある液体が牛乳より濃度が濃かったな！　……俺にはペルがいるが、その実がなってる地域では腹を下す奴が出るってんで食用として利用されてなかったけど。早速取り寄せてみるか！」

こうして私は生クリームを取得し、ついでにバターとアイスクリームを作り出した。

バターの方はモレッツ商会に丸投げしたので分からないが……もうそろそろ商品化する頃だろう。

そんな涙ぐましい努力の末できた、アイスクリーム誕生秘話を思い出しながらザインにリクエストした。

「ハハハ、坊ちゃんもお嬢もちゃっかりしてんな。……分かった、夕食に出してやるから、期待してな」

ザインの返事に私たち兄妹はハイタッチして喜んだ。

「あぁ、お嬢様。あの時のバターとフレクの実の生クリーム、近々商品として販売しますよ。それから、力玉の仕入れができたので……ミキサー？　ですか、あの混ぜる機械もザインさん監修のもと試作しましたので、本日持ってきましたよ」

ダストンさんがタイミング良くミキサーの試作を持ってきてくれたようだ！　嬉しい！

「いやぁ、アイスクリーム、パーラーの店員達にも大人気で……。二号店を出そうかと思っているんですが、ペルスライムが足りないので……。それに、牛乳はまぁいいとして……この〝マヨネーズ〟を商品化するとしたら、そっちにペルスライムは欲しいしなぁ」

先程までザインと一緒に覗き込んでいた紙をペラペラさせながら、ダストンさんは言った。

（えっ⁉　今、マヨネーズって言った⁉）

「えっ⁉」

……あれ？　今、私声出した？

リベアがいなくなってとうとう口もバカになってしまったかと思ったが、グレンが口を押さえているのでどうやら私ではなかったようだ。

「グレン、どうしたの？　ペルスライム初めて見た？　俺も最近初めて見せてもらったんだ。可愛いよね！」

「うわぁ、その緑色の物体はスライムだったのですね！　スライムは汚くて可愛いと思えなかったけど、その子はすごく可愛いわ！」

年上組がほわほわしながら話していて癒される。

「あ、ううん。違うんだ。〝マヨネーズ〟っていうのを聞いたことがあって。……その、あんまりお勧めできません。それを食べて、体調を崩した方がいっぱいいらっしゃいますから」

おずおずと、しかしハッキリと危ないよ！　と忠告してくれたグレンに中々勇気のある子じゃないかと感心する。

「ご忠告ありがとうございます。大丈夫ですよ、レシピを購入する時に物凄く警告されましたから。……恐らく、体調を崩した方は使用した卵が傷んでいたのかと。生卵を扱う珍しい調味料だったので、ザイン様に相談したら良い商売になるかなぁと思いましてね」

「確かに、ペルスライムがいれば食中毒の心配もないしな。……にしても、これがレシピか？　分量も正確に書いてないし……コイツを書いた奴はレシピを売る気があるのか？」

ザインが眉間に皺を寄せる。

多分まだ気にしているグレンに、私も聞きたいことがあったので話しかける。

「グレン、大丈夫だよ。ペルスライムはね、体に毒になる成分を全部吸収してくれるの！　だから、毒のある食材も安心して調理できるんだって。生卵を使っても体調を崩すことはないと思うよ！　それにしても……グレンはマヨネーズを知っているの？　食べたことある？」

「あ、えっと。なら、よかった。リリー達が苦しんだらどうしようって思って……。僕は食べたことないのだけど、食べた人の知り合いに具合を聞いたんだ。だから……」

「そっか、だから余計に不安だったのね！　心配してくれてありがとう！」

ニコっと笑いながら、安心させるようにお礼を言う。そんな様子に安心したのか、グレンはホッとした表情を見せてくれた。

そんな私たちを見ていたお兄様は、「あっ！」と閃いたように提案した。

「リリーが料理してるの見て面白そうだと思っていたんだ！　ねぇ、今から皆でその〝マヨネーズ〟を作ってみようよ。ね、良いでしょザイン？　ダストンも、実際に作る過程を見て食べてみた方が良いって！　……夕食の仕込みまででいいから、お願い！」

「……そうですね、俺は大丈夫です。むしろザインさんの作ったマヨネーズに興味がありますし。……子ども目線の反応やアイデアも聞きたいですし！」

お兄様の提案に面白そう！　と期待した私たちも、顔を輝かせながらザインの返事を待つ。

「わ、分かりました！　一緒に作ってみましょう！　……本当に、仕込みまでですよ？　まったく、うちの坊ちゃん達はおねだりが上手いんだから……」

私は当初の目的が頭からすっかり抜けていることに気づかないまま、四人でハイタッチしていた。

上着を脱いで、全員子どものメイドや使用人見習いのエプロンを身に付けた。普段着ないエプロンにはしゃぐ私達に、ザインがまるで引率《いんそつ》の先生のように注目させる。

パンパン。

「はい、では次に手を入念に洗います。料理の前は、必ず手を洗うようにしましょうね。はい、シャボンの葉です。一人ずつ洗って、このタオルで手を拭いてくださいねー」

「「「はーい」」」

元気のいい返事をしながら、一人ずつ手を洗っていく。

この世界の石鹸《せっけん》は、こするとシャボンが出てくる葉っぱである。色んな種類のシャボンがあるらしく、洗顔やボディーソープも全てこのシャボンの葉だ。

精油が出来たので石鹸《せっけん》を作りたいが……私は石鹸《せっけん》の作り方を知らないので、知っているアイデアだけ大人達に丸投げしよう、と心のメモに記入しておく。

「はい、ではまず使用する食材を用意します。えーっと、油、お酢《す》？　卵、塩……この〝お酢《す》〟ってのがさっきから分かんねぇんだよなぁ」

「そうなんですよねぇ。一応レシピを買った王都にある商会にも聞いたのですが、〝お酢《す》〟という食材は聞いたことも見たこともないと……。完成したマヨネーズは、酸味とコクのある油と白いカスのようなものだとは聞いたのですが……」

（……えええ、このレシピを作った人は大丈夫？　というか、バリバリ転生者じゃん。……滅茶苦茶嫌な予感する。え、……〝奴〟じゃないよね？　いやいやいやいや、〝邪神の冬眠《デモニオソンノ》〟とかがあるこの広い世界に転生したんだよ？　一緒の大陸に、しかも一緒の国に転生するなんてミラクルがあるわけないじゃん！　……そういや、確か〝奴〟は公爵令嬢に転生するとか言ってたな……）

「ね、ねぇ、ダストンさん。そのレシピ書いた人って……料理人さん？」

「ん？　あぁ、そうですよね、こんな訳のわからないもの書いた人、本当に料理人か疑いますよね。俺も購入先の商業ギルドの人に聞いたのですけど、なんでも突然現れた旅人みたいで。もしかしたら遠い異国のレシピや材料かもしれませんね、と話していたんですよ」

（なんだ！　公爵令嬢じゃないじゃない！）

自分の嫌な予感が外れて心底ホッとした。

（じゃあ普通に、〝奴〟と関係ない転生者かなぁ。えー、どんな人なんだろう。旅人かぁ……このファンタジー世界を満喫《まんきつ》してそうだな）

ひとまず不安は解消されたので、ヒントっぽいものを出しておく。

「酸味があるのなら、ビヌガーとかかなぁ？　卵も油も塩も酸っぱくないし、酸っぱいもので作ってみようよ！」

「おっ！　さすがお嬢、俺と料理の修行をしてきただけのことはあるな！　そうだな……無い物や分からないものは仕方がない。ある物やこれじゃないかと予想がつく物で代替して作ろう。じゃあ、坊ちゃんお嬢、お二人と一緒に材料をここに持ってきてくれ」

「「はーい！」」

お兄様はセシルお姉様の手を、私はグレンの手を取りながら「これがビヌガーだよ！」だの

「せっかくだから花油使おう！」だのと言って材料を集める。

「はい、よく出来ました。……あとは全部をひたすら、長時間混ぜるだけ。おい、その旅人ってのはこの国の言葉が分かんなかったのか？　分量も書いてねぇじゃねぇか……。よくこんなもんレシピとして登録できたな。俺がソイツの師匠ならクビにしてんな」

ザインが見るからに不機嫌そうに、レシピの紙をテーブルに捨てるように投げた。

「まぁ、食品の登録はスピードが命ですからね。……登録途中やレシピを書き終わってから盗難されるケースも多々ありますし。その旅人さんも狙われていたかもしれないですね。それで焦って分量を書き忘れたんじゃないですか？　……法務局は、過去に同じ内容のモノが受理されてなかったらそれで通しちゃいますし」

ダストンさんがザインの機嫌を直すようにフォローを入れた。

投げ出されたレシピをお兄様が見つめる。

「ふぅーん、調味料なんだ……。卵は一個使うんだね。……じゃあ油を一番多くして、酸っぱいビヌガーをスプーンでちょっとだけ……あと塩も少々って書いてあるから、ちょっと摘むくらいでいいのかなぁ？　……ねぇ！　一人ずつ違う分量で作ってみようよ！　実験みたいで楽しそう！」

目をキラキラさせながら、名案を思い付いた！　と言わんばかりの表情でお兄様が提案した。

「あぁ、いいかもしれませんね！　その方が味の比較にもちょうどいいし。いやぁ、エディ様素晴らしいアイデアです！」

ダストンさんからのお褒めの言葉にお兄様は得意げになっている……可愛い。

「よし、じゃあそれでいくか。……油と卵の量は変えずに、ビヌガーの量と塩の量を変えてみましょう。エディ様のをスタンダード、セシル様のをビヌガーだけ多め、グレン様のを塩多め、リリー様のをビヌガーと塩多めで作ってみましょう。実験の為に、二回目は逆に少なめで作ってみましょうか」

ザインがサクサク決めていってくれて、私達は全員ヤル気満々だ。

「えぇ！　二回目俺だけ一緒のヤツになっちゃう！　俺は二回目どうするの？　何か変えたい！」

「あ！　じゃあお兄様の二回目は卵黄だけにして、余った卵白でザインにアイスホイップを作ってもらうっていうのはどうかしら⁉」

期待を込めてザインを見つめた。あわよくばアイスホイップを食べたいという、丸見えだろう私の欲求にザインは苦笑する。

「二回目はそれでいいですがお嬢、夕食にアイスクリームを出すのでアイスホイップはお出ししません。……そんなに落ち込まないでください。メレンゲクッキーでも作って、後でお持ちしますよ。……さぁ、決まったところで早速マヨネーズ、作りますか！」

「ねぇ、ザイン！　せっかくダストンさんがミキサーの試作品を持ってきてくれたのだから、使ってみない？　これもひたすら混ぜるのでしょう？」

「お、いいですね！　実は三台試作を持ってきていますので、二人ずつ交代で作れますよ！」

「そうだな……そうするか！　金属部分があって危険だし、俺はポートマンの方々と一緒に使うから、ダストンは坊ちゃん方と一緒に使ってやってくれ」

初めての料理に、初めて使う道具が合わさって興奮した様子の子ども達を見て、微笑みを浮かべたザインが言った。

その後マヨネーズを作り終え、使用人やポートマン姉弟の護衛の方達を巻き込み大試食会を行った。

皆の厳正な審査の結果……途中でインスピレーションが湧いたザインが果汁等を追加で入れて作ったマヨネーズが、満場一致で〝一番美味しいマヨネーズ〟の称号を獲得した。

「いやぁ、さすがザインさん。めちゃくちゃ美味かったです！　もう本当、このレシピを買って内容を見た時は絶望しましたが……買ってよかったです！　そして坊ちゃん方!!　ありがとうございます！　坊ちゃん方のおかげでこのマヨネーズの可能性は無限大に広がりました。特に俺個人としては、グレン様の提案されたふかした芋に付けて食べるのがもう」

「あぁもう、ダストンさん！　興奮するとすぐお口が止まらなくなるのだから!!　……でも本当に楽しかった！　公爵家の護衛さんたちも美味しいって言ってくれたし、王都でも売れそうだね！」

「うん、絶対売れると思うわ!!　というかもう持って帰りたいくらいよ!!　……あぁ、作り方は分かっているのに、卵の危険があって作れないなんて……!!」

セシルお姉様が絶望したように言った。

……よく見ると、さっきまであんなに美味しそうに顔を緩めていたポートマン姉弟の護衛の方々も同様に沈んだ表情に変わっている。

（そうだよな……この味を知ってしまったら、元に戻れないよな……）

そう心底同情している時だった。

ワフッ!!　という聞きなれた鳴き声を出しながら駆けてきたシルバと、「あらあら、お迎えに来ないと思ったら、お客様を連れて厨房《ちゅうぼう》にいたの？」とお母様が現れた。

「あ、もう夕方だ!!　お母様、お迎えに行けなくてごめんなさい！　皆でマヨネーズの研究をしていたの！　シルバもお帰り！　久しぶりのコアスの森は楽しかった？」

最近外で思いっきり遊べていなかったシルバに話しかける。

「しまった……!!　つい熱中しちまった!!　おい、すぐに夕食の用意をするぞ!!　お嬢方、すまんが今から超特急で準備せにゃならん。他の部屋に行って遊んできてくれ。……作ってくれたマヨネーズは夕食に出すからな。旦那様方をビックリさせてやろう。おい、ダストン！　お前も今日は食べていけ。このマヨネーズのこと、商品にする気があんならな」

ザインの言葉に、その場にいた人達が（特に公爵家の護衛たちが）〝するよな？　マヨネーズ商品化するよな？　もちろん、す・る・よ・な？〟とダストンさんに一斉に圧力をかけた。

ガンディール様だけじゃなく、公爵家の方々と一緒に食事なんて……！　と思っていたであろうダストンさんは、その必死の……殺気交じりの圧力にあえなく屈服した。

「まぁ、そんなに美味しい物ができたの？　楽しみね、シルバ」

状況は理解できていないものの、この熱量を感じてよっぽどの物ができたのだなと思ったらしいお母様が言った。

（さぁ、お母様も帰ってきたことだし、二人をナーデルとお母様に紹介しよう）

夕食を楽しみに、皆でナーデルの部屋へ向かっていった。

ナーデルとお母様、それからシルバを紹介した後、私たちはナーデルのお部屋でずっとお喋りをしていた。初めは見たことがない銀色の獣にびくびくしていたが、夕食の頃になると二人ともすっかり慣れてわしゃわしゃとシルバを撫でていた。

ふわふわの感触の虜になったらしく、「私も家で犬飼いたい！」「僕も！　姉さま、後でお父様に相談しましょう！」と言っていた。

◆

ダイニングルームに、ザインたち料理人があれから頑張ったのだろうご馳走の数々が並んでいる。

お兄様がリクエストした唐揚げもどき、マヨネーズを使った……あれはポテサラだろうか？

さすがザイン、仕事が早い！　他にもいろんな料理があって、とっても美味しそうだ！

「公爵家の方々、初めまして。私、バジル家の料理長を務めておりますザインと申します。本日は、モレッツ商会からもらった〝マヨネーズ〟というレシピを参考に、お子様方と一緒に改良版を試作しました。……正直、とても良い出来になりました。すぐに商品化したいので、今晩はモレッツ商会の方にも来ていただいています」

恐らく、心細くてダストンさんが呼んだのだろうダラスさんも来ている。

「ポートマンご息女様、ご子息様初めまして。私、バジル家御用達のモレッツ商会の商会長をしております、ダラス・モレッツと申します。先程旦那様と一緒に我が弟からご活躍を聞きました。今から試食できるのが楽しみです」

「今回は旦那様からご許可をいただき、ビュッフェスタイルのパーティのような形にしました。はるばる遠方から来てくださった公爵家の使用人の方々にも、召し上がっていただきたいと思いまして。……あー、俺じゃなくて旦那様から言った方が良いと思うんすけど……」

ザインが頬をかきながら、照れたように……勘弁してくれとお父様へバトンを渡す。

「ハハハ、何、我が家自慢の料理長を皆さんに紹介したくてな。……こちらの先輩方には学生時代本当に世話になって……まぁ、気心が知れてる仲だ。公爵家の皆さんも、色々と噂を聞いて不安かもしれないがバジル家は実力や節度さえ守っていれば、なんでも受け入れている……自分で言うのもなんだが寛容な家だと思っている。今日は身分に限らず、このマヨネーズの意見を聞きたい。緊張せず、各自好きに食べてくれ。デザートは後から別に運ばれてくる予定だから、デザートの前に皆に意見を聞こうと思う。それまで自由だ、どんどん食べてくれ！」

その号令にすぐに動いたのは……さすがバジル家の使用人たちである。

当主の言葉を素直に受け取り、唐揚げにマヨネーズを付けて食べている（おいおい通な食べ方知ってんな）。

「うまぁ!!」「マヨネーズ……！　これは革命だ!!」「うぉぉぉおおお!!　ショユーの肉うまぁぁぁああ!!」「おい！　俺の皿のキープ食ったの誰だ!!」「テオー、その肉トカゲの肉って知ってた？」「は？　うううう嘘だろ!?　こんな美味いのかトカゲ!?」「うっそー！」「てめぇぇぇえええ!!」

……怒涛の戦場になっている様を、公爵サイドはポカーンとして見ている。

「……流石はガンディールの実家。使用人も変人ばっかじゃねぇか。ていうか、ナチュラルに獣人がいるし。影も潜んでないし。……お前、ちょっとは自重しろよ」

ショーン様がどこからツッコめば!! という風に呆れている。

「はぁ、コヤツの世話が出来ているんだ。あれでも優秀な者達なのだろう。……おい、お前たちも好きに食べてきなさい。早くせんとなくなるぞ?」

マシュー様の言葉に、恐る恐る料理を取りに行く公爵家の使用人たち。

「さぁ、こうなることは予測していましたからね。皆様には一通りの料理を事前に確保しております。こちらを召し上がってください。……無くなりましたら、あちらの方に取りに行くスタイルでお願い致します」

キースが言うと、一通りの料理がズラッと私たちの前に並べられていった。

「ありがとう、助かるよ。……おい、お前達も食べてこい。俺らはこれがあるから大丈夫だ。せっかくの〝美味しい〟マヨネーズ〟、食べなきゃ損だぞ」

ショーン様は意味深に使用人たちに早よ行けと合図して、並べられた料理を食べ始めた。

「……うっま!! 何だこれ。全然液体……油じゃない! 程よい酸味と、何といってもコクがあって、美味い!! というかこの肉がシンプルに美味い!!」

「お父様! このマヨネーズ、私達も一緒に作ったのよ!」

「お父様、そのお肉は〝カラアゲ〟というもので、西大陸《ウエストエリー》の料理らしいです! エディ様から教えてもらいました！」

「そうか……お前たちが料理をするなんて、成長したな。父様は嬉しいよ……うん、美味しいな。家で留守番している母様にも食べさせてやりたいな」

ポートマン家の微笑ましい会話を聞きながら、残りの皆も食べ始める。

「美味しい!! やっぱりザインの料理でカラアゲが一番好きだな!!」

「このマヨネーズ、本当に美味しいわね……野菜にもお肉にも……お魚にも合うかしら？」

「ん〜！ 美味しい〜！ ザイン、また味変えた？ こっちのマヨネーズも美味しい〜！」

「ほう……ザインとダストンがあんなに推すから相当だと思っていたが、これはあの興奮も頷けるな……美味い。俺はこの……ちょっとピリっとしている大人味の方が好みだな」

大好きなバジル家の面々からの手放しの称賛に、ザインは鼻の下を指でこすった。

「確かに美味い。……マヨネーズとは酸味のある油と聞いていたが……これは滑らかなクリーム状なのだな。いや、これはもはやマヨネーズではないのでは……？ この芋のサラダにも使っているのか？ ……美味いな」

あのタンジ公爵も唸っている……これは本当に売れるぞ!! とモレッツ商会の二人は闘志を燃やす。

「……美味すぎだ。何なんだ……もうこの味を知ったら元に戻れねぇ……美味い、美味すぎる」

「兄さん、だから言ったでしょ？ でもこれだけの料理をあっという間に作るなんて、ザインさんはっすがだなぁ。ね、ね！ この芋のサラダ、俺のお気に入りなんだよ！ すっごく美味しいんだ、食べてみて!!」

こうして大量に用意されたはずの料理は、余ることなく消費されていった。

「さて、デザートの前にマヨネーズの意見を聞きたい。……まぁ、味についてはもう聞かなくても分かるが。大人も子どもも、種族も関係なく受け入れられる味だな。商品化するにあたって、ネックになる部分の説明をダラス、頼む」

「はい。……まず第一に卵を始め、食材の衛生面ですね。ここではザインさんのペルスライムのおかげで何も不安なく使用できていますが、このレシピで作られたモノを食して体調を崩した者がいることは、商人の間では有名になってしまっています。この不安要素を完璧に払拭しない限り、バジル領以外で売るのは難しいでしょう」

ダラスさんが説明してくれている途中で、「あっ」とお母さまが声を上げた。

「エマ、どうかしたか?」

「えぇ……ごめんなさいダラス、話を遮って。その……ちょうど今日、シルバと一緒にコアスの森に行ったのだけれど……ペルスライムが数匹、シルバの上で遊んでたから……」

「「「「「え?」」」」」

皆思わず、私の足元でくつろいでいたシルバを見つめた。

大人たちの凝視する視線に耐えきれず、(一応)主である私がシルバに問いかける。

「シ……シルバ！　あなた、ペルスライムさんとお友達なの？」

シルバは私の言葉に首を傾げながら、アンッ！　と答え私の手をペロペロ舐め始めた。

その返事がどっちなのか分からず、そりゃそうだよな……と周囲は落胆する。

「……あのぉ、ちょっといいっすか？」

ブレッドがおずおずと手を挙げながら前に出てきた。

「その、俺その生き物……ペルスライムがそんなに凄い生き物ってことを知らなくて……。数年前、大雨が続いた頃にシルバ様も同行してコアスの森に偵察に行った時なんですが。その、川の氾《はん》濫《らん》の影響かスライム達が流されてて、そのペルスライムがクロスライムと同じところに溜まってて。何か虐められてる？　あぁ、食べようとしてたんすね、その時にシルバ様が気まぐれなのか同情したのかペルスライムを助けてて。上流付近の綺麗な湧き水が湧いてるところに置いてってたんです。……もしかしたら、その時の恩を感じてシルバ様に集まってたのかなって……」

「そうか……！　そうかもしれないですね‼　シルバ様がコアスの森に行けば、またペルスライムに会えるかもしれないです！　その時契約を持ち掛けてみましょうよ！　すごい……！　そうしたらマヨネーズへの道に一歩近づきますね！」

ダストンさんが目をキラキラさせながらお父様に提案した。

「さすがシルバだ。……そうだな、試してみる価値はある。エマも、気づいてくれてありがとう。近日中に、コアスの森に行ってみよう。もしペルスライムが来なかった場合は……まず鶏卵を生む鶏から管理する体制を整えて、出来る限り洗浄したものをザインのペルスライムに見てもらうか。……最悪大規模な商売は諦めて、バジル領の名産として単価を高く設定するか」

「その時は我がタンジ家も全力で支援するぞ。……だからこっちに少し融通してくれ」

「あ、俺も俺も！　ポートマン家の交友関係を駆使して支援するから、マジでマヨネーズを融通してくれ」

公爵家の二人がサラっと協力する旨を伝えてきた。絶対にマヨネーズを確保しようという意志がありありと感じられる。

「あ……ありがとうございます。公爵家の方々にそう言っていただけると、うちのような小さな商会は大変名誉《めいよ》なことでございます。……衛生面がクリアになると、次は工場や土地、それから人材ですね。バジル領では油工場を建設したばかりですし、正直金銭面的にも人材的にもキツイです」

「そうだな……獣人たちの余力はあると報告を受けているが、工場をバジル領に置けない場合は彼等を他領に行かせないといけなくなる。……そうか、難しいな。……ところで、お二人の領地に空いた土地や人材って余ってます？　ちょうどお二人の領地は平地で、鶏卵も商人達の通行も頻繁ですよね？」

お父様がキラキラした、了承しか求めていない顔で迫った。

「はぁ、あるぜ、あります。なんなら鶏卵施設を増やしてもいい。位置的に俺等ポートマン領の方が遠いし、工場や施設はうちにして、資金的に余裕ができたらバジル領にも工場を造って双方で出荷していったら満遍なく出回るんじゃないか？」

「では、タンジ家はその商品を流通する商会を手配しよう。長年タンジ家御用達のワグナー商会に話を通す。ほぼ全領地に支店を持っているワグナー商会であれば、すぐにマヨネーズも流通するだろう。あと、先程聞いた花油の件もワグナー商会に頼むつもりだ」

大人達がどんどん話を進めていくが、ここで……はじめ会った時よりも、随分ハキハキ喋るようになったグレンが口を開く。

「あ、あの！　そしたら……バジル領の人達の利益が少ないのでは？　僕たちも作ってはみたけど、全部ザインさんやモレッツ商会のお陰だし……。お父様、バジル領の人達の頑張りを奪っちゃダメですよ！」

「あ……！　そうですわ！　ダメですの！　今農民の不作が続いて困っているけど、それとこれとは話が別ですわ！　お父様、見損ないましたよ！　……マシューおじさんも！　ダメです！　モレッツ商会の人がマヨネーズは売るのです！」

ポートマン姉弟が涙を浮かべながら、異議あり！　と可愛らしい主張をしている。

そんな心優しい二人の小さな貴族様にほっこりした様子のダストンさん。優しい笑みを浮かべて二人を慰める。

「お二人とも、お心遣いありがとうございます。ですが大丈夫です。むしろ、公爵家の方々が今提案してくださったことは、本当に助かる……ありがたいお申し出なのです。うちの商会はバジル領にしか拠点がない弱小商会です。それがあのワグナー商会さんと取引できるだけでなく、ワグナー商会さんのお墨付きとして商品を販売できるなんて……！　瞬く間に商品はハーブリバ王国中に出回り、その分売り上げが伸びます。工場も、今バジル領に造ることは現実的に難しいのです。ポートマン領で造っていただければその分商品を早く売れますし、後々バジル領に工場ができても大分距離が離れていますから卸先《おろしさき》が被ることもないです。……それに、私たちはこのマヨネーズを独占法で登録する予定です。だから公爵家やワグナー商会から契約料を貰えるので、利益はモレッツ商会にもあるんですよ！」

「そうです。先にダストンから出ましたが、独占法でこのザインさん作のマヨネーズを登録します。……最後の懸念事項なのですが、この〝マヨネーズ〟を先に登録された旅人？　は文句を言ってこないですかね？　皆示法で登録してるくらいですから、ないとは思うんですが……。聞けばこの国の言葉が分からないかもしれないというじゃないですか。知らずに皆示法で登録しているなんてこと……ないですよね？」

ダラスさんが少々不安げにガンディールや公爵家の方に視線を送る。

「大丈夫だよ兄さん！　だってあのレシピと、このマヨネーズは材料も違うし、道具だって使っている！　あ、あの公爵、ワグナー商会の方にぜひ取り扱ってもらいたいものがあるんです！　明日にでもまとめてご説明させていただいてよろしいですか!?」

「あぁ、大丈夫だ。というか、私にわざわざ許可を取る必要などない。貴殿等商人間で取引すればよかろう。近日中にワグナー商会の商会長を寄こすから、その時に思う存分プレゼンしなさい。……それから商会長殿、レシピの登録については問題ない。材料からして違うのならばもはやそれは別のモノだ。……名称も思い切って変えてみてはいかがかな？」

「あ、それいいじゃん。名称まで違うなら、同じモノだとは思わないよ。あと確認者欄に俺の名前を書くから後で契約書持ってきて〜」

公爵たちの思わぬ言葉にモレッツ商会の人たちは目を見開いた。

「いっ、良いんですか⁉　あっありがとうございます！　……明日の朝には必ず用意しておきますので！　ザインさん、このマヨネーズ改良版の名前考えてください！」

「えぇ⁉　お、俺が⁉　……そうだな……マヨン……とか？」

「おぉ……ザインさんってその風貌に似合わず可愛いもの好きですよね。お菓子も可愛いのばっかり作っていますし」

ダストンさんの言葉に「うるせぇー！」と言いながら顔を真っ赤にしているザインが可愛い。

「ではこの調味料はマヨンとして、今後バジル領と公爵家とともに商品化に向けて動く。……次はマヨンの商品化する種類やら、一緒に普及する料理やら売り方だが……ここからは食べた皆の意見が聞きたいな」

お父様のその一言で、バジル家だけでなく、初めは遠慮していた様子の公爵家側の使用人達が一斉に自分の好きなマヨンの味や料理について述べていった。

商品化は大分先になるからか……自分の好みの味を買えるように、皆必死である。

こうしてデザートのアイスクリームを食べる頃には、皆喉がカラカラで汗ばんでいたのである。

ようやく皆で私とザイン渾身《こんしん》のアイスクリームをほおばっている。

「いやぁ～‼　美味しい……！」「これも商品化すべきよ……」「でも氷玉がないと……」「美味しい……バジル領は天国だった……」「もうここに住む」

……こちらも人気のようだ。

「あぁ～‼　リリーもエディ様もずるいわ！　私もこんなに美味しいデザートがあったら、いっぱい勉強頑張るのに!!」

「ぼ、僕も頑張れるな……」

子ども達の嘆きに父親であるショーン様も賛同する。

「そうだよなぁ……。うちの料理人の作るデザートも凄く美味いのだが……これを食べるとなぁ。……なぁ、レシピだけでも教えて……いや、売ってくれないか?」

(ハッ!! そうだ!! 忘れてた!)

私はグレン達とマフィンを食べてから考えついた名案を、今の今まで忘れていた!!

なんてこった!! これも全部マヨネーズのせいだ!!

この雰囲気ならいける!! そう思った私はすかさず声をかける。

「ねぇ、お父様!! ザイン!! 公爵家の料理人さんや王都でも都市部でも……希望する人をバジル領に呼んで、ザインのお料理教室を開いたらどうかしら? そしたら、このマヨンを使った料理も広まるし、それに美味しい物を皆が食べられるようになるわ!!」

「わぁ!! それ素敵!! そうよ、うちの料理人たち、もっともっと美味しい物が作れるようになるわ!! ねぇ、お父様、いいでしょ? そうしましょ?」

「いいな! 願ったり叶ったりだ! ……ガンディール、今までの礼だと思って許可してくれるよな? な?」

「ほう、面白い。…タンジ家の料理人もぜひよこしたい」

公爵家サイドはノリノリのようだ。お父様も、「まぁいいかな」くらいに思っているみたい。

「旦那様～、その意見反対はしないんですが～、やるなら一応屋敷じゃなくて街の食堂を貸し切ってやってほしいです～。ないとは思いますが～、変な奴が入ってきても困りますし～」

バジル家へ外部の人間が入るの絶対嫌派なダイスがはいは～いと手を上げながら意見した。

「……そうだな、それでいくか。……俺は良いと思うんだが、ザイン、お前はどうだ？　お前が嫌なら、やらなくていい。強制ではない。どうする？」

「……はぁ、いいですよ。やります。でも!!　一日二食は絶対に俺もバジル家の料理作りたいんで。一日とか、俺が他の領に行ってとかの出張は絶対やりません。それでいいならお受けしますよ」

（よっしゃーーーー!!　これで大分食改善が広範囲でできるーーーー!!　ひゃっほーーーーー!!）

心の中で小躍りしている私は、セシルやグレンとハイタッチしていた。

◆

公爵家の皆様方は、三日間しっかりバジル領を満喫《まんきつ》して帰っていった。

初めてのお友達と別れるのが辛くて、お互いに（エディ兄さまは流石に涙目でとどまっていたが）泣きながらの見送りだった。

……まぁ、その様子に「また近いうちに妻と一緒に遊びに行かせるから」とショーン様が仰っていたので、最後は笑顔でお別れできたが（もっと早く言ってほしかった！）。

あの三日間は、本当に楽しかったなぁ……

まずグレンとお兄様は男の子同士で意気投合したのか、朝の鍛錬からずーっと一緒だった。

さすがに四歳も年上のお兄様と勉強内容は違ったが、休憩の時間の乗馬も、お兄様が使用人にイタズラする時すら一緒にいたそうだ。

更に聞いたところによると、純粋な子には珍しく、お兄様付きの影であるダイスに懐いていたのだとか。

ムンクは「よそ様のお子さんに何教えてくれてんだあああぁぁ!!」と相変わらず叫んでダイスを叱っていたし、テオは「俺に構うのが減って嬉しいっす。もっと遊びに来てくださっていいんですよ」とかグレンに言っていた。

セシルお姉様とはお母様と一緒にナーデルのお世話をしたり、お気に入りの庭園を案内したり、恋バナしたりととっても女の子らしい遊びができた。

やはりニラんだ通り、セシルお姉様はお兄様に一目惚れしたらしい。

顔を真っ赤にして「まるで絵本から王子様が飛び出してきたみたいで……」と言って照れていた。

真顔になるほど可愛かった。

キュンキュンしながら聞いていると、「リリーは……グレンとかどう?」と聞かれた。

あまりにも自分のことを話さないので、心配をかけてしまったみたいだ。

「うーん、今のところそういうのは全然ないから大丈夫だよ！　まだ恋したことなくって、話してないだけ！　いつか私にも好きな人が出来るといいな！」

だから安心していいんやで！　とニッコリ笑ったが、なぜかガックリと残念がっていた。

そんなに他人の恋バナ聞きたかったのか……

今度セシルお姉様が遊びに来る時は恋人のいるメイドに話を聞こうかな、と計画中だ。

あぁ、セシルお姉様達が帰ってしまったので暇になってしまった。

お兄様は勉強中だし、ナーデルもお昼寝中。お父様はあれから更にお仕事で忙しくて屋敷にいないし、キースたちもついていっている。そしてお母様とシルバも忙しそうだ。

あのマヨン大試食会&商品会議の翌日から、早速お母様達はシルバを連れてコアスの森に出かけた。

結果、やはりペルスライムたちはシルバに懐いていたらしく、その日は二匹引っ付いてきたそうだ。

着いてきていたザインとペルの説得で、その二匹は契約してくれたそう。

今後のことを考えると、ペルスライムの手はいくらあっても足りないので、生態系が崩れない程度に随時ペルスライムと契約しに行っている。

お母様曰く、ペルスライムの浄化作用はもしかしたらコアスの森に住む者たちに必要不可欠なものかもしれないとのことだ。さすが先住民の姫様だ、そんなこと全く気にしてなかった……

私も、広い視野を持たなければ！　と改めて身が引き締まる思いだった。

マヨンのレシピ登録、それから、ついでにしたアイスクリームのレシピ登録の際にペルスライムの特性についても記述することになった。

初めは「え、そんなの書いて大丈夫!?　ペルスライムが乱獲《らんかく》されない？　コアスの森に滅茶苦茶人間の死体増えない？　大丈夫？」と散々心配の言葉を吐いたが、大丈夫らしい。

あんまり心配するものだから、お父様が苦笑していた。

「お嬢、大丈夫だ。独占法は許可した奴しかレシピが見れないし、そもそも今のところ確認できてるペルスライムの生息区域はコアスの森だけだ。このバジル領に属するコアスの森に、自分から進んで入る奴はまずいねぇ。入る奴は……自殺志願者か、自分の実力も分かってない冒険者か……雇われたプロだな」

ザインが頭を撫でながら説明してくれる。

「ペル……全てのペルスライムが、〝自分にとって有害な毒や菌、外からの攻撃もなにもかもを排出できる珍しい特性〟を持っている。そもそも契約出来ていない状態で連れ去られても、ペルスライムは何もしないからな。コイツ等は最悪空気中にあるゴミとか水分を吸収していたら生きてられる。除菌するように脅そうとしたって攻撃も毒も効かないし、飯も仲間も関係ない。……それに、コイツ等もスライムだからな。小さな隙間さえありゃ自分で楽々と逃げれんのさ」

「そっか……。でも、ちゃんと契約して連れてっちゃう人たちがいたら……。せっかくお母様が数を取りすぎないように気を付けているのに、大丈夫かなぁ？」

「大丈夫だと思うぜぇ？　基本的にペルスライムは人間の前に現れないし。シルバみたいな恩人か、よっぽど善良な存在に見えてないと遭遇しないと思う。……あと、お嬢みたいに特別可愛いと、もしかしたら出てくるかもな」

ニヤっと笑うザインに、真剣な話の途中でからかわれてムスッとなる。

「悪い悪い。……まぁ本当、俺やシルバが例外なんだ。何百分の一あるかないかくらいに偶然出会ったんだよ。……そこまで心配なら、おいペル、お嬢に特技を見せてやりな」

それまでザインの肩に乗っていたペルが、私の方にぴょん！　と飛んできたので慌てて両手でキャッチする。

すると今まで薄緑色だったペルが、段々と透明になって感触はあるままなのに見えなくなった。

「わ、消えちゃった!!　ペルの姿が見えないよ!!」

「な？　ペルスライムが滅多に見つからない訳だ。コイツ等は警戒心が強くて、生き物が近くにいると透明になるんだよ。……シルバや俺と出会った時は、クロスライムに襲われていたから生命の危機でそれどころじゃなかったみたいだがな。透明のままじゃ特性は使えないらしい。クロスライムに見つかったら、意味がないとしても特性を発動しちまうからな、ペルスライムは」

スライムって、本当奥が深いなぁ。

スライムが二種類なわけないと思うのは前世で漫画やゲームをしていたからか……

噂の旅人さんは、もっと違う種類のスライムを見つけていたりして。

◆

そんな風に今までのことを思い出していると、（そうだ！　ザインならもうマヨンとかの仕事終わっているから暇してるかも！）と閃いた。早速ザインのもとへ行くとしよう。

厨房《ちゅうぼう》を覗くと、お目当ての人物がランチであろう料理を作っている料理人に指示を出していた。

邪魔しないようにそっとカウンターに座り、料理が作られる様を見つめる。

（……わぁ、やっぱりプロは手際がいいなぁ……）

ザインだけじゃなくて、料理人の皆、すっごく手さばきがカッコイイ。

ポーっと惚《ほう》けていたら、ザインが私に気付いた。

「お嬢、ランチにはまだ早いぜ？　……味見ならできなくもないが」

分かっていたが、この料理長は本当に私に甘いなぁ。

「ううん。暇だったからザインとまた色々考えようと思っただけ。でもザインも忙しそうだね……」

「あぁ、そうなのか。……いや、大丈夫だぜ。もうコイツ等に任せて大丈夫だからな、こっちに来てくれ。俺もお嬢に相談があるんだ」

ザインの甘やかしだとは思うが、ここは甘えておく。邪魔にならない、厨房《ちゅうぼう》の隣にあるテーブルに着く。

「相談ってなぁに？　ザインが相談なんて珍しいね」

「あぁ……実は、あの料理教室の件なんだが。まずは公爵家の料理人たちが数人来る予定らしい。せっかくなら、ポートマン家のお子様方の為にも子供が喜ぶ料理を多めに教えようと思ってな。……その献立を、お嬢の意見も参考に決めようと思って相談してみた」

「なるほど！　わぁ、もう来るなんて早いね！　そうだなぁ……まずカラアゲとアイスクリームは絶対でしょ？　あとセシルお姉様が〝マフィン〟を絶対に教えてって言っていたよ！　……デザートばっかりになっちゃった……。あとは……」

うーん、悩みどころだ。ちなみにマフィンの名称は、響きが可愛くない？　と可愛いもの好きが判明したザインに提案してみたら採用された。

「あ、あとこの間ミキサーで作ってくれたコーンスープ！　あれ美味しかった！　絶対好きだよ！　……後はマヨンを使った料理でいいんじゃないかなぁ？　ポテトサラダとか、マシュー様も好きだったし！」

「……そうだな。お嬢が言ってくれたのと、あと数品を考えてみるわ。……いやぁ、しかしあんまりお子様向けにしてもなぁ……。タンジ家に申し訳ねぇし。マシュー様はちょっと大人味のピリっとした物を結構食べてたからなぁ……」

「たしかに……タコの唐揚げとか胡椒《こしょう》が利いたお肉とか好んで食べていたね……」

あの見た目よりずっと優しいマシュー様にも満足してもらいたい。

それにお父様もどちらかというとマシュー様みたいに大人味が好きな人だし……

と考えていると、ザインの料理する姿を見て〝不便だなぁ〟と思っていたことをハッと思い出した。

「あっ！　そうだ!!　ザインに言いたかったことがあったんだ！」

「お、何だ何だ？　今日のおやつのリクエストか？　残念だが、今日は坊ちゃんに先越されてて聞けないぞ」

「違う違う！　もう、私のこと食いしん坊だと思って!!　そうじゃなくて、ザインが胡椒《こしょう》とか塩とか使う時、塊をわざわざハンマーで潰して粉にしたりしてるでしょ？　もっと簡単にできないかなって思っていたの！」

そうなのだ。この世界の岩塩や胡椒《こしょう》は、精製されたものも勿論売られているが、手間がかかるらしく、その分とても高めの値段で販売されている。

庶民はそんな高い物を使わず、岩塩の塊を購入して自分たちですり潰して使用しているのだ。

バジル家ではよく食べる使用人（獣人たち）が増えたこともあって、精製されていない状態のものを多く仕入れるようになった。それを毎回潰したり削ったりしているのを見て、大変そうだなぁと思っていたのだ。

「全部の料理には向かないかもしれないけど、お父様やマシュー様みたいに大人味が好きな人だったら、岩塩や胡椒《こしょう》もある程度の大きさの方がウケがいいのかなって思ったの。ポム爺が使っている草切機みたいに、回転させたら刃が動いて、岩塩とか胡椒《こしょう》が削れる物を作れないかなぁって。そしたらいちいち重いハンマー持たなくていいでしょ？　……いっぱい使う時は向かないかもしれないけど、お肉とか焼くときにいいかなって」

「ほぉ……たしかにハンマーじゃ粗目にするのは難しいし、ぶっちゃけそんなことに時間かけれねぇからな。……大人向けにいいかもしれん。回転っつーと、刃を回転させるってことだよな？　……よし今は忙しいが、後でモレッツ商会のヤツに話してみるわ。形になったら、お嬢にも見せるな」

「うん！　ありがとう！　これでお父様やマシュー様も喜んでくれるといいね！」

こうして私は、ザインとともに暇を潰していった。

それから何週間か経ったある日、タンジ公爵から紹介されたワグナー商会から商会長さんとその娘さんをはじめとした、幹部メンバーが揃ってバジル家に到着した。

これまで辺境であるバジル領には支店がなかったワグナー商会も、今回の話から支店を置くことになった。バジル支店には、なんと商会長の娘さんと幹部の一人が常駐《じょうちゅう》するらしい。

それだけマヨンや花油が大きい存在なのだろう、なんだか鼻が高い。

「初めまして、ワグナー商会の商会長をしております、ジェイ・ワグナーと申します。こちらは娘で、これからバジル領でお世話になります」

「ジェシカ・ワグナーです。これからよろしくお願いします。バジル領での生活、本当に楽しみです！　色んな見たことない物があって……本当、興味深い！」

「こらこら、そのくらいにしておきなさい。すいません、ちょっと自由に育て過ぎたようで。これでも商人としては私も認める一人前です。どうぞ、よろしくお願いします。モレッツ商会の皆さんも、大変優秀で画期的な商品が多いとマシュー様から伺っています。これから商売するのが楽しみですな！」

キラキラ輝いている顔が、親子そっくりだ。

さすが大商会。とても感じの良い、信頼できそうな人達ばかりだ。

モレッツ商会の人達も、皆ホッとしてこれからのことにワクワクしている様子が見て取れる。

こうしてワグナー商会との対面も終わり、マヨンやら花油やらミキサーやらを、ワグナー商会の皆さんは想像よりも凄く驚いてくれて、両者とも良いスタートが切れたのである。

◆◆◆

「んふふ～♪　次は何作ろうかしら～♪　定番だと醤油《しょうゆ》と味噌《みそ》だけど、専門的な知識なんてアイリ分かんないし～。どうしようかなぁ～♪」

上機嫌に勉強そっちのけで妄想するアイリーンの様子を、僕――グレンと周りの人々は冷めた目で見ていた。僕とアイリーンに教えに来ている先生は、もはや僕に対してしか話していない。

先日出会ったあの天使のような女の子とアイリーンを比べて、内心ため息をついた。

（リリーとはあんなに一緒にいて楽しかったのに、なんでこの子といたらこんなに嫌な気持ちになるんだろう。あぁ、早くリリーやエディ兄とまた会いたいな。あと数週間もあるなんて……）

はぁ、と今度はこらえきれずにため息が出てしまった。

「あら？　コイツも疲れてるじゃない。勉強は終わりにして休憩しましょ。お菓子を持ってきて！　アンタはさっさと王子様たちの好みを話しなさい。……まったく、何のためにアンタをこの屋敷に呼んでると思ってんのよ。勉強ばっかりしてないで、自分の役割を果たしなさいよ」

アイリーンはやれやれ、とあきれた表情で僕を非難する。従者《じゅうしゃ》のアンナのこめかみがピクピクと動いているのが見えた。

それを見たカイトがアンナの肩に手を置いて落ち着かせ、僕たちの前にお茶をサーブしていく。

「あら、ありがとカイト♪　それで、王子様たちはマヨネーズをもう食べたの？　どうだった？

すっごく美味しいって感動してたでしょ？　どうなのよ？」

「王子様たちは（マヨンを）食べてすっごく美味しいって感動していたよ。今ではお気に入りの味になったってさ」

アイリーンには、意図的に重要な部分を隠して伝えた。

僕はアイリーンを監視するという、このスパイのようなお父様からの指令をこなすのに、今までは随分手こずっていた。

嘘がつけない僕は、腹の探り合いや相手の裏をかくことが出来なかったからだ。

そんな時だ。バジル家で息をするように嘘をつき、相手を翻弄《ほんろう》している影のダイスに出会った。

僕は自分の苦悩をダイスに相談した。

すると「んー、無理に嘘をつこうと思わなくていいんじゃないかなぁ～？　例えば、嫌いな相手を褒める時〝可愛い〟って嘘を言うんじゃなくて〝個性的だね〟とか、どっちにもとれる言葉を使うとか。あと同調しなきゃいけないときは内心で自分の素直な意見を吐いて、相手に聞かれていい部分だけ話すとかね～？」とアドバイスをもらった。

なるほど……嘘をつかないと！　相手を騙さないと！　と思っていたから難しかったのか……

それからバジル領に滞在中、僕はダイスの処世術を盗むべくダイスに付きまとった。

ダイスは初めは面白がっていたけれど、段々笑顔が引きつっていた気もする。

バジル家で修行した僕は、その甲斐あって前のように無理してアイリを褒めよう、油断させようという負担がなくなり、今では軽く流せるようになっていた。

バジル家に行ったことによる変化はそれだけでない。

バジル家でエディ兄と一緒に鍛錬をした楽しさから、僕は自宅に帰った後も自主的に体を動かすようになった。

ぽっちゃりしていた体つきも、まだまだお肉はついてるが以前よりシュッとしてきた。身体を動かすことで、弱気だった心も強くなっている気がする。

本当にバジル家の皆と出会えてよかったなと心の中で思いながら、アイリーンの妄想話を耳に入れることなくお茶を飲む。

この子は本当に、なぜこうも我儘《わがまま》放題で人を尊重出来ないんだろうか。自分ばかり話して、人の話は聞きもしない。リリーとは大違いだ。

リリーはその美しい容姿と比例するように、心も美しかった。

僕みたいなデブにも、初対面から他の皆と同じように接してくれた。僕や姉様の話を面白そうに聞いて、もっと話して！　と催促してくれた。バジル領には見たことないモノが多くて、それを丁寧に嫌がらずに説明してくれた。

数えきれないほど、思いやりにあふれた優しい行動をしてくれた。

リリーとアイリーンを比べれば比べる程、正反対なその様子にまたため息が出そうになる。

「それで、王子様はアイリのことをなんて言ってた⁉　会ってみたいとか、きっと美しい女神なんだろうとか言ってたわよね⁉」

どんな妄想をしているのか、随分とあり得ないことを聞いてきた。

「……失礼します、お嬢様。マヨネーズのレシピやこれからお嬢様が発案されるものは、公爵家の名前が使えません。その為レシピの発案者が〝幼い少女〟であると知れたら、誰がそんなレシピに興味を持ちましょう。……なのでマヨネーズ然りお嬢様の発案品は、〝流離《さすら》いの旅人〟が登録したことになっております。王子様達は、発案者が女性だということも知らないでしょうね」

カイトが淡々と、それでいてアイリーンに不満が出ないように事実を説明した。

その説明に初めは不服そうな顔をしていたアイリーンだったが、しばらくすると〝そういうことか〟と自分の中で解決したのか急に上機嫌になった。

「なるほどね！　正体不明の旅人が美食を広めていって……出会った時に、その正体はこんな美少女!!　ってパターンなのね!!　うふふっ、初めは王子様も下に見てくるけど、実はアイリのファンだったなんて……！　いいわ、いいじゃない！　あぁ、ますます王子様に会うのが楽しみだわぁ!!」

一人でブツブツ言いながら、ニタニタと気持ちの悪い笑顔を浮かべ自分の世界に入り込んでいる。

この子は、他人とのコミュニケーションがよっぽど嫌いなんだろうな。

微かにあったアイリーンへの優しさが、この瞬間音もなく消え去っていくのが自分でも分かった。

そんなこと知る由もないアイリーンは、その後も自分の世界から戻ってこなかった。

今日も（ほぼ一人の）勉強会を終え、勉強部屋を後にする。

ああ、お父様からの指令とはいえ、アイリーンと一緒にいるのは疲れる。

あの子は僕を見下しているから、他の人間に対してよりは少々口を滑らせることが多い。我儘《わがまま》な彼女が取り返しのつかないことをしないように、その行動を監視することには意味があるだろう。

でも、頭が良くないアイリーンに、僕たちが気づかないような悪巧みが思いつくはずもない。本人も、今は得体の知れない料理の開発にしか興味を持ってない。

アイリーンの監視など、言ってしまえばカイトで十分なのだ。

にもかかわらず、まだ僕がアイリーンと定期的な面会をしているのには訳がある。

あぁ、その元凶が来たようだ。先に気付いていたのだろう、カイトが「今日もお詫びにお菓子を包んでまいりますので、少々お待ちください」とその場を離れる。

そしてアンナも玄関口で「では、馬車を呼んでまいりますね。少々お待ちください」と自然にこの場を離れる。

一人になった僕の前に、待ってましたと言わんばかりのタイミングでヒューが現れた。

「グレン様、今日もお疲れ様でした。ところで、先日お話しした〝労働力〟の件、お父様にお話しされましたか？」

胡散臭《うさんくさ》い笑みを浮かべながら、優しそうな声色で話しかけてきた。

「ううん、ごめんね。お父様、今は忙しいんだ。なんでも領地に新しく工場が建って……今はソレにかかりっきりみたい。でも、労働力があるって話はお父様に伝えているんだ！　詳しい話はまだできてないけど……。ヒューが親切に申し出てくれたのに、ごめんね？」

「いやいや、滅相もありません！　ポートマン領の工場の話は私も耳にしましたから！　それもあって、労働力が必要じゃないかなと思っただけですので。気にしないでください」

僕の回答にピクっとヒューのこめかみが動いた気がしたが、一切動じずにどこか寂しそうに了承する。ここは、言われていた通りに〝呟いて〟みようかな。

「そうなんだよね……。お父様、最近その工場に虫？　やらが入ってこようとしていて、その駆除《くじょ》にも頭を悩ませているんだ。虫の駆除《くじょ》なんて、薬をまけばいいのに。あ、でも食品の工場だからお薬をまけないのかな……。大変そうだなぁ、専門家がいればとか言っていたけど、虫退治の専門家っているのかな？　ヒューは虫退治の専門家って知ってる？」

コテン、と首を傾げながら真っ直ぐな眼差《まなざ》しを意識してヒューに問いかけた。

するとニヤっと抑えきれなかった笑いを浮かべた、先程よりも意地の悪い顔をしたヒューが答えた。

「そうですか、ポートマン様が……。えぇ、ご安心ください。私ならば〝虫退治の専門家〟を手配出来ます。しかも、その道のプロが勢揃いです。……グレン様、そのようにお父様に説明していただいてもよろしいでしょうか？　いつでもお待ちしておりますと」

「分かった！　お父様に伝えておくね！　ヒューも忙しいのに、気を遣ってくれてありがとう」

先程離れたアンナが、馬車を引き連れて戻ってくるのが見える。

「では、私はこれで。グレン様、くれぐれもこのことは使用人たちには……」

「分かっているよ、お父様にしか言っちゃダメなんでしょ？　聞かれたら皆が依頼してきて大変になっちゃうもんね」

「そうなんです。ご迷惑をおかけしますがどうか、よろしくお願いいたします」

そう言ってヒューはアンナから逃げるようにその場を去っていった。

「グレン様、大丈夫……僕ちゃんと出来ていたかな？」

「うん、大丈夫ですか？」

そう問いかけると、近くの扉の陰からカイトがスッと出てきた。

「はい。グレン様はしっかりと任務を遂行出来ておりました。しかし、グレン様の成長は著しいですね。私も見習わなければ」

カイトの心からの賛辞に、ついつい本当の笑顔が漏れた。

「へへへっ。僕、すっごく良い人達とお友達になったんだ！　その人達みたいに僕もなりたくて……」

「はい、グレン様は本当に良く頑張っておいでです。幼き頃からお世話をさせていただいているこのアンナも鼻が高いです。カイト様も、グレン様をいつも見守って下さりありがとうございます。今後も、どうぞよろしくお願いいたします」

「いえいえ、私の補助などいらない程ですよ。アンナさんも、よく気がついて立ち回ってくれるじゃないですか。こちらも大変助かっております。こちらこそ、今後もよろしくお願いします」

従者《じゅうしゃ》間の挨拶を見て、最初はこの二人もピリピリしていたのになぁ……と呑気に考える。

「さぁ、あまり長居してもよくありません。一応、先程聞いた内容は私の方からもマシュー様と執事長へ報告いたします。グレン様は、ショーン様へのご報告をよろしくお願いいたします」

「うん、分かった。一応今のところ、バレずに済んでいてよかった。もっと油断してくれるように頑張るね！」

こうして僕たちはポートマン家に帰っていった。

そう、僕が未だにアイリーンとの面会を辞めない理由。

それはバジル家の手から逃げおおせている、ヒューたちトトマ商会の決定的な証拠を掴む為であった。

ヒューはマヨネーズの商品化に失敗し、先に購入してしまっていた男爵家跡地の土地代や建設費、人材費の工面に奔走していた。そして、マヨンの工場を建設したことで人手を求めており、自分も接触できそうなポートマン家に目を付けたのだ。

初めは自分が管理している奴隷たちを労働力として貸し出すつもりだったようだが、今日の会話から別で育成している暗殺隊も需要がありそうだと何かしら動くだろう。

タンジ家とポートマン家……そしてバジル家は、僕を通してトトマ商会に迫っていた。

これからどうなるかは、まだ誰も知る由もない。

◆◆◆

「王子様のプレデビュタント、ですか？」

私はセシルお姉様から言われた、聞きなれない言葉に思わず聞き返してしまった。

「えぇ、そうよ！　半年後に開催されるの。なんでもその前に上級貴族の息女だけ集まって、ランチを王子様と共にいただくらしいわ。……多分、王子の婚約者候補の集いだと思う。私も行くことになっていて不安だったのだけれど……リリーも参加するってお母様から聞いて嬉しくって！　もしかして、まだ聞いてなかった？」

「そうですね、まだ私何も知らなくて……。私、王都に行くことが出来るんですか……？　わぁ！凄い！　グレン、お兄様、ナーデル！　私バジル領から出られるなんて、初めてよ！　わぁ、どうしましょうっ、半年も待ちきれないわ！　セシルお姉様、前に教えてくださったお店に行ってみたいわ！　あとグレンから教えてもらった動物園にも！　それからそれから……」

〝王子の婚約者候補〟ということをすっかり聞き流し、顔を上気させて興奮する。

私の喜び具合が微笑ましいのか、周囲の人たちは皆笑顔を浮かべている。

「お姉様、可愛いねぇ〜」

「ね、リリーは世界一可愛い女の子だよ」

「……ぼ、僕も一緒に行きたい……」

ニコニコしているバジル兄弟と、もじもじしているグレンが話している。

「リリー、可愛いんだから！　そんなに焦らなくても王都は逃げないわよ！　勿論、私達がリリー達を案内するわ！　ナーデルはまだだと思うけれど、夜のプレデビュタントはエディ様もグレンも一緒なのよ。次の日にでも王都ツアーをしましょう！」

セシルお姉様がニコニコしながら提案してくれる。皆その提案に「いいね！」「僕も！　僕も皆とお出かけする！」「わぁ、皆で遊べるなんて、嬉しいなぁ」と賛成の嵐だ。

私たちが初めて会った時から数年が経ち……

ナーデルはもうすぐ五歳に、私とグレンは十歳に、セシルお姉様は十二歳に、そしてエディは十四歳に成長していた。

ナーデルはお母さまと私に似た少しタレ目が可愛い美少年に成長しており、その天真爛漫《てんしんらんまん》な性格もあって使用人や街の庶民にも愛される子に育った。

グレンはすっかりスマートでちょっと筋肉もついている、銀髪が似合う端正な顔立ちに成長した。

セシルお姉様曰く、貴族令嬢達に大人気の公爵子息として有名なんだそう。

セシルお姉様は、女性らしい体つきに成長しており、その凛々しいツリ目も相まって「氷の薔薇」とプレデビュタントを終えた貴族の子どもたちに噂されているらしい。高嶺《たかね》の花扱いされているが、相変わらずお兄様に対しては恋する乙女で可愛らしい。

エディお兄様はメキメキと身体を鍛えており、お父様に似てガッシリとした体つきに男前な顔立ちから、王都学園の入学を控える現在、「猛獣《もうじゅう》の再来」と教師達に恐れられているらしい。

そんなお兄様は、十歳のプレデビュタントを終えると、お父様やモレッツ商会と共に他領や他家に赴くことが増え、貴族令嬢の大半の初恋を掻っ攫っているとも聞いた。

本人は全く気づいておらず、やっと頻繁に会えるようになった同世代の友達との交流に無邪気に喜んでいたが……

そしてそんなハイスペックな兄弟と幼馴染《おさななじみ》を持つ私、バジル家長女のリリーナは、自分で言うのもなんだが、それはそれは美少女に成長していた。

ずっと抱えていたクマのぬいぐるみは卒業し、首元には美しい宝石のような石の付いたネックレスを付けている。

そう、何を隠そうここに私の相棒リベアがお引越ししました！

〈めちゃくちゃ可愛いでしょ！　私に相応しいのを頑張って見つけたんだから！〉

長い旅から帰還したリベアは、この〝私の病弱体質が良くなる石〟と西大陸《ウエストエリー》でしか取れない〝ジョユーとミソンの実〟を携えてきた。

もうそれはそれは大パニックだったが、醤油《しょうゆ》とお味噌《みそ》が日常的に食べられるほどにこの国で生産できるようになったので結果オーライだ。

リベアによって醤油《しょうゆ》とお味噌《みそ》がもたらされたことで、食文化が何倍にもなって花開いた。

勿論私もザインと一緒に頑張りました……まだ他領へ行ったことがないから分からないが、食事の質が国家規模で高まったのではと期待している。

（将来私が嫁いだ先でも、変わりなく美味しいご飯が食べられるよう……！　私はまだまだ歩みを止めない！）

それに、リベアのお陰で体調を崩すことが少なくなった私は、積極的に領地内を出歩くようになった。

それまでなかなか姿をあらわすことがなかった〝バジル家の秘宝〟（使用人に聞いて恥ずかし

かった）である私を見た領民や商人達は、私のあまりの色素の薄さに驚き、その衝撃を会う人会う人に伝え始めたらしい。

元々薄い茶髪が日の光を浴びるとまるで金髪のように輝く、艶のある長髪。真っ白な肌に髪と同色のふさふさのまつげ。スッと通った鼻筋に、ぷるんとしたピンク色の唇。

まぁ、大半は病弱ゆえに外に出てなかったからこそ保てた美貌《びぼう》だと思っている。

それに加えて、この天使のようなご息女は領民達に積極的に話しかけ、庶民の暮らしを理解しようとしているなどとも言われているみたいだが、実際は商品や特産品となる材料がないか色々と調査していただけなのだ。

大したことない行動が、湾曲して大々的に噂になっている現実に、少し怖くなったりする。

だって、まだ公に姿を現したことがないのに、すでに貴族間で有名になっているとセシルお姉様から聞いたのだ。

バジル領の目まぐるしい発展も、その噂を増長させる原因となっているみたい。

そう、あれからバジル領は大きく発展したのだ！

モレッツ商会はザインや私など商会の者だけでなく、様々な分野の知識人により革新的な商品を増やして、今では国内のみならず他国へ支店を置くほどの大商会となった。

それに、ワグナー商会のジェシカとモレッツ商会長のダラスの結婚から、ワグナー商会とモレッツ商会は正式に兄弟商会となった。ワグナー商会はジェシカの弟が継ぎ、今後国内はワグナー商会、国外はモレッツ商会と主軸を持っていこうとしているらしい。

バジル領の話はおいておき……

そんな、貴族の中でも指折りの容姿と名声を持つ私たち五人を見て、使用人達はよく「まぁ、そこいらの貴族の子じゃあお嬢様や坊ちゃまには敵いませんよ」と満足気にしている。

よくわからないが、嬉しいことだ。

そんな五人で王都での計画を話していると、突然グレンが嫌なことを思い出したかのように沈黙し、はぁ、とため息をついた。

「グレン、どうしたんだい？　ため息なんかついて。あ、もしかしてお腹すいた？　もうちょっと待っていてね、今日はザインがマシュロンを作ってくれるって言っていたから」

「あ、ごめん。違うんだエディ兄。――その、姉様とリリーが参加するランチ会に、ちょっと知り合いの苦手な子も参加するかもしれなくて……。二人や王子様が大丈夫かなって心配になったんだ」

セシルお姉様と私を見ながら、グレンは心底心配そうに言葉を続けた。

「その子、結構奇抜な髪色をしているからすぐ分かると思うよ。――実は、マシュー様の〝タンジ家〟を名乗っているんだ。マシュー様の奥方が別の相手との間に産んだ子なのだけど……。法務局が奥方のご実家の要望を受け入れたらしくて、確固たる証拠がなければマシュー様は奥方と離縁できないそうなんだ。だから奥方もその子も、まだタンジ家の名を名乗っていて……。二人共、いくらマシュー様と関係がある子だからって、自分から近づいたらいけないよ、絶対だからね！」

普段穏やかで優しいグレンが、ここまで言うなんて……と私はビックリしてしまった。

「あぁ……例の子ね。私が会ったら大喧嘩になるからって、お父様が絶対に会わせなかったあの子……。小さい頃のグレンを散々虐めてくれたのだもの、私はしっかり〝お礼〟する予定だったわよ？」

面倒見の良い姉御肌として貴族のご婦人間で人気の母親――チョウ様を彷彿《ほうふつ》とさせる、綺麗でいて勝気な印象の笑みを浮かべながらセシルお姉様が言った。

「お姉様！　本当、もう大丈夫だから！　……そりゃ、初めはショックで女の子が苦手になったけど。――その、リリーに会ってからはもうそんな感情はなくなったし。リリーみたいな綺麗で可愛くて優しい子も……滅多にいないけど、女の子はあんな奴ばっかりじゃないって気づいたから！お姉様、本当にアイツに関わるのは止めてね！　絶対だよ？　約束して！」

「あら、分かったわよ。……仕方ないわね、私から接触することは止めるわ。その子が大人しくしてくれていたら、私は何もしないと誓いましょう」

「――そんなの絶対無理だよ……。お姉様、一応相手は公爵令嬢だし、奥方の実家も伯爵家なんだから、相手をイビりすぎないようにね？」

もう何言っても無理だと悟った様子のグレンは、念の為釘を刺したようだ。

そんなポートマン姉弟の会話を、キョトン顔で聞いていたバジル家。

エディお兄様が初めに口を開いた。

「へぇ～、マシュー様にそんな事情があったなんて知らなかったなぁ……。二人がそんなに言うなんて、よっぽど性格が悪い子なのかな？　――俺も何人か癇に障る子に会ったことあるけど、ちょっと〝遊んで〟もらったら顔も合わせなくなったよ？　大丈夫じゃないかなぁ。……あぁ、でもリリーは心配だな。リリー、二人がそう言うんだ。絶対にその子に近寄っちゃダメだよ？　――セシル、そのランチ会ではリリーのこと頼んだよ。流石にご令嬢達しか招かれてない会には忍び込めないからな。……いや待てよ？　従者《じゅうしゃ》を装ってついていくのもアリだな……」

「お、お兄様!!　私は大丈夫ですから!!　絶対にセシルお姉様から離れませんから!!　従者《じゅうしゃ》に変装してやんちゃするのは止めてくださいまし。ムンクの胃にまた穴が開いちゃうわ!!」

慌ててお兄様の危ない思考を中断させる。

エディお兄様は小さい頃から垣間見えていた破天荒さが成長とともにますます表に出るようになり、従者《じゅうしゃ》のムンクの胃に穴が開くほどやんちゃしていた。

(ストレスで頭がハゲないかムンクが心配しているとハヤトが言っていた)

「わ、分かりましたわ、エディ様……！　エディ様の願い、このセシルが成し遂げてみせますわ……！　その、エディ様。王都にモレッツ商会監修のパーラーが出来ましたの。王都限定のアイスクリームもあって……よ、よろしかったら一緒に……、行きませんこと？」

「わぁ、ありがとうセシル！　よろしくね！　……ん？　限定フレーバーを出すって言っていたの、王都だったんだ！　いいね、気になっていたんだ、一緒に行こうか！」

年上組が一方通行っぽいピンク色の雰囲気を醸し出していると、ナーデルがグレンに尋ねる。

「ねぇグレン様、その意地悪な子ってどんな髪色をしているの？　奇抜な色って何色？　虹色とか？　僕が見たことがある色～？」

「ん～、そうだなぁ。表現するのが難しいな……。ピンク色ではあるのだけど、ナーデルが見たことあるような綺麗なピンクじゃなくて……あ！　あの害獣の糞の色に似ているな！　ショッキングピンク色！　……う～ん、ナーデルは見たことなかったか……そうだなぁ」

グレンの言葉を聞いて、ドキリと嫌な予感がする。

ピンク髪……？　しかもマシュー様の娘（仮）なら公爵令嬢でもあって……

そこまで考えて、私は顔を真っ青にする。

〈ちょっと、どうしたの？　急に不安になって。……え？　グレンが言ってるのが、アンタが散々愚痴《ぐち》っていた前世の天敵じゃないかって？　ちょっと、それ本当なの？〉

だってアイツ、公爵令嬢でピンク髪青目の巨乳美少女に転生するって言ってた……

こんだけ広い世界で同じ国に転生するはずないって思っていたのに……いや、まだ確定したわけじゃない!!

「ね、ねぇグレン。その子の髪色はあんまり想像つかないけれど……瞳の色や、名前を教えてくれないかしら？　どんな子か分からないけど、グレンがそこまで忠告してくれたのだもの。しっかり距離を置くために、教えてくれないかしら？」

「あ！　そうだよね、一番不安なのはリリーだよね。……こんな脅かすようなことを言ってごめん。でも、本当に近づいて欲しくなかったんだ。その子は深い青い色の目をしていて、名前は〝アイリーン〟だよ。絶対に、〝アイリーン〟……悪い予感は、前よりも強まる結果となった。

（まだ、まだ分からない。実際に本人を見るまで、私は希望を捨てないわよ……‼）

〈いや、素直に絶望したって言いなさいよ。ほぼ確信してるじゃない、アンタ〉

こうして私は、嫌な予感を持ちつつ王子様と婚約者候補達の集まりに参加することになった。

エピローグ

王子の誕生日当日、私はシャルを連れて婚約者候補のランチ会へ出向いた。

そこには十人はいないであろう、貴族令嬢達が既にお喋りを楽しんでいた。

……ピンク髪が見えないことにホッとする。

安堵《あんど》している私の元に、セシルお姉様が気付き駆け寄ってきてくれた。

「リリー!! 久しぶりっ！ リリーが王都にいるなんて、なんだか信じられないわ！ ……明日お父様達が参加できなくなったのは残念だけど、皆で遊ぶの楽しみね！」

見知った友人のニコニコと幸せそうな笑顔を見て、緊張していた肩の力が抜けてくる。

そして、知らず知らずのうちにニッコリ笑顔になる。

「うん！ セシルお姉様が絶賛していたアイスクリームの王都限定フレーバー、本当に楽しみだわ！ 早く明日にならないかしら！」

朝からどこか不安そうな顔で緊張していた私の笑顔を見て、シャルがホッと胸を撫で下ろしていた。

(それにしても、めちゃくちゃ視線を感じる)

チラリと失礼にならない程度に、緊張する原因となっている周囲を伺う。

（バジル領からあまりにも出てこないから、物珍しいのかしら？　なんだか珍獣にでもなった気分）

〈いや、アンタ達が単純にめちゃんこ可愛いからよ……本当、リリーは世間知らずの箱入りなんだから！〉

（えぇ～～？　絶対それだけじゃない気がするんだけれど……）

リベアの言葉には完全に納得できないが、まぁ、王族しかり色素が薄ければ薄いほど偉い風潮があるこの国だ。今までほぼ引きこもって日に当たってこなかった私の容姿に注目がいくのは当然か。

しかも、本日の私はこんなに美しく着飾っている。

光に照らされた薄い色素の容姿は、どこか儚げで神秘的な印象を持たせるだろう。

丁寧にループ編みで結われハーフアップにした髪型は私自身もお気に入りだ。瞳の色に合わせた薄緑のドレスも、シンプルながらも私に似合っている。

確かに自分でも満足する出来栄えだが……私だけでなくシャルにも結構な視線が飛んでいる。

噂のバジル家の長女が引き連れる従者《じゅうしゃ》が黒髪黒目の異民族であることが珍しいのだろう。

今日集っている令嬢達の従者《じゅうしゃ》は貴族出身者が多いらしく、鮮やかな色彩を持つ者が揃っている。

その中で唯一の黒色ということもあり、シャルはとにかく目立っていた。

それに身内贔屓《みうちびいき》抜きにしても、うちのシャルは大変イケメンに育った。年頃のメイド達が思わず目を奪われるのも致し方ないだろう。

（でもそんなに不躾に見られると……あぁ、やっぱり不機嫌になってる）

バジル領では向けられない、不埒な視線を感じている私の従者《じゅうしゃ》からは、顔には出てないが不機嫌オーラが漂っている。せっかく張り切って付いてきてくれたのに、申し訳なくなってくる。

私の付き添いに付く従者《じゅうしゃ》は、勿論長年私付きであるシャルだろうと疑いもしなかったが……

シャルが「自分のような異民族でなく〝ちゃんとした容姿の者〟を連れていくべきだ」と進言した時は驚いた。

「シャルもちゃんとした容姿を持っているわよ？　凄くカッコイイし、何も問題ないわ？　……私はいつも一緒にいてくれたシャルが付いてきてくれたら、とても安心するのだけれど……だめ？」

と潤んだ目で説得したら……

「はい!!　喜んで!!　このシャルがお嬢様をクソガキ共からお助け致しますね!!」と叫びつつ即答してくれた。


――その後はちゃんとキースとハヤトに絞られていた。


それにお父様たちに〝くれぐれも細心の注意を払え〟と念を押されているみたいだし……

もしかしたら元々来たくなくて、でも私のせいで無理することになっているのでは？　と心配になる。シャルは小さい頃から一緒に頑張ってきた家族なのだ。あまり無理させたくない。

「さぁ、あちらのテーブルに私のご友人達がいらっしゃるわ！　皆にリリーを紹介するのを楽しみにしていたのっ♪　行きましょう、リリー！」

シャルの様子に注意しよう！　と決意している中、セシルお姉様が嬉しそうに私の手を取って、先程までいたテーブルに向かって案内してくれる。

そこには可愛らしいご令嬢が三人座っていた。

新しいお友だちが三人も……！　と興奮しつつ、今まであまりすることのなかった綺麗なカーテシーを披露しながら自己紹介する。

「ご機嫌麗しゅう、皆様。初めてお目にかかります、私リリーナ・バジルと申します。バジル辺境伯爵の長女でございます。皆様に会えることを楽しみにしておりました。これから、よろしくお願い致しますわ」

それからお茶をお代わりする頃、ようやくお互いに慣れ、お堅い言葉でなくても良いというまでに話が弾んだ時、それは現れた。

ふと、周りがざわめいている様子を感じ、どうしたのだろうと辺りを見回した時。

――そこには、貴族達……いや、庶民でも見慣れない、どぎついピンク色の髪をした、年の割に胸が大きい一人の少女が立っていた。

「あぁ……あれが〝例の〟公爵令嬢だ」「まぁ、不貞《ふてい》の子と噂の？」「なんでもモリー様からも疎まれているとか」「公爵当主は一度も顔すら見せてないのだろう？」「やはり病弱というのは嘘みたいね、発育も問題なさそうだし」「噂には聞いていたが……なんとも奇抜な……」

ヒソヒソと色んな話が囁かれているのが聞こえていないのか、当の本人はそれはそれは立派な胸を張って佇んでいた。

（うわぁ……あれって……なんか八割方アイツっぽい……）

〈あら、嘘言っちゃあダメよ。本当は九割〝奴〟だと確信しているんでしょ？　素直に認めなさいって。というか〝アイツはアンタが〝前世の幼馴染《おさななじみ》〟ってことを知らないんでしょ？　なら大丈夫。そんなに気にしないで良いわよ。あんな奴、最初から無視よ無視！　こんなにいっぱい女の子の友達が出来てハッピー♪　な気持ちで今日を終わりましょ！〉

リベアのポジティブな意見にそれもそうか……と無理やり自分を納得させ、私はピンク色が視界に入らないようにご令嬢達とお喋りを続けた。

◆◆◆

（あぁ!!　皆アイリを見つめて囁いてるっ!!　きっとあまりの美しさに衝撃が走ったのね!!）

私――アイリーンは現状に満足していた。

いつまで経っても外出できず、屋敷にこもる日々を過ごしていたから感動もひとしお。

虐げられていた可愛い女の子が、急に現れて、その綺麗な姿で皆をビックリさせる設定ね!!　と解釈したはいいが、屋敷の中だけの生活はとっても退屈だったのだ。

それに今日は、私のお気に入りの従者《じゅうしゃ》であるカイトがそばにいてくれて……！

本当にサイコー！

そんなカイトはずっとため息を吐いて憂鬱そうな表情をしている。

恐らく、大好きな私が他の者たちの目に晒されるのが我慢できないのだろう。最近ツンデレになってつれない態度ばかりとっていたが、やっぱり可愛いところもある♪

後で存分に構ってあげようと決意し、辺りを見渡した。


——どうやらまだ王子様は来ていないようだ。


大勢の視線を独り占めしていた、あの場面を王子様に見せられなくてガッカリした。

（まぁ、今日会えるのは確実なんだし、別にいっか。……私のあの地獄の日々も、今日報われるのね♪　あぁ、楽しみ!!　カッコイイ王子様が「大丈夫、もう心配いらないよ……今までよく頑張ったね」って言って慰めてくれるんだわ。あぁ、早く来ないかしらっ!!）

来るであろう未来にうっとりしながら、とりあえず王子様が来るまでどこかに座っていようと辺りを見渡し……目立つ黒を見つけた。

（あら、珍しい、黒髪黒目なんて……虐げられている異民族よね。それにしても中々イケメンじゃない！）

アイリーンは、この半年の間で一から貴族教育を受けていた。

その少ない知識の中には、異民族や獣人についてのものがあった。この国で虐げられている者を覚えておけば、この後のアイリ聖女計画が進むと考えたから必死に勉強した。

（きっと彼は奴隷として飼われているのね!!　可哀想に……そうだ!!　王子様が来る時に彼を救ってるところを見せたら……もっと私に夢中になってくれるかもしれないわ!!）

名案を思い付いた私は、彼が控えているテーブルに意気揚々と向かっていった。

◆◆◆

ひとまずピンク頭を無視し、新たなお友達に王都で流行っているものについて尋ね、和気あいあいと話していたその時。

視界の隅からピンク色が近づいてきた。私はこっちに来るなよ？　と思っていたが、その思いもむなしく、彼女は私たちのテーブルの前で立ち止まった。

「ここに座っても良いかしら？　皆、何を話してるの？」

そして、返事を待つことなく早々に空いていた椅子に座る。

私達はお喋りを止め、挨拶も名乗りもしないこの無礼な令嬢を見つめる。

話しかけたのに何も返してこない私達に、彼女はムッとした表情をして……次第に、前世で嫌というほど見たニヤニヤと意地の悪い表情を見せた。

……どうせ自分の良いように解釈して、私達のことを見下しているに違いない。

耐えかねた、同じ爵位《しゃくい》を持つセシルお姉様が言葉を交わす。

「御機嫌よう。私はセシル・ポートマン、ポートマン公爵家の長女よ。……貴女とは初めましてだと思うけれど、自己紹介していただいてよろしくて？」

「あら、貴女も公爵令嬢なの？　アイリはアイリーン・タンジ、タンジ公爵家の長女よ！　ここにいる貴女達も公爵令嬢なのかしら？」

「……い、いえ。私達は違います……公爵家のご令嬢は、お二人だけです」

恐る恐る伯爵令嬢の優しい子が答えるが、アイリはその言葉を鼻で笑った。

「ハッ、そうなのね、よろしく。……ところで、そこの黒髪の彼を飼ってるのはどなた？」

アイリの言葉に皆私を見つめる。

（おいおいマジかよ……）

〈腹くくるしかないわね、ファイト!!　リリー!!〉

「……私ですが」

「あら、貴女なのね。彼、アイリが従者《じゅうしゃ》にしてあげるわ。貴女には後日我が家から別の者を派遣するから安心して！　それにしても奴隷を買うなんて卑しいことをして恥ずかしくないの？　彼も同じ人間なのよ？　――あぁ、アイリは怒ってるけど、寄こす人材はちゃんとした奴にするわ。奴隷を連れてくるくらいだし、きっと家にお金がないのね？　安心して、そんな貴女の家には勿体ないほどの人材なんだから。……あぁ、カイトじゃないわよ？　彼はアイリ専属だもの♪」

何だか訳の分からない事を言い始めたぞ？　この人の話を聞こうとしない感じ……そして自分中心に世界が回っていると考えている感じ……見覚えがありすぎる……

「――えぇっと、何を勘違いされているか分かりませんが、彼は奴隷なんかじゃありません。正真正銘、私の大事な従者《じゅうしゃ》ですわ。……名乗っていませんでした、私リリーナ……」

「貴女の名前なんて聞いてないわよ。彼が欲しいって言ってるの。まったく、そんな言い訳しても誰も信じないわよ。彼を連れている時点でバレバレなのが分からないの？」

「あの、ですから本当に、彼は奴隷じゃないのです。彼を侮辱するようなこと言わないで――」

「もう！　分からない人ねぇ、まったく」

彼女はやれやれ、といったように肩をすくめ、仕方ないとでも言うように言葉を発した。

「アイリが欲しいって言ってるの！　だからアイリにちょーだい？」


――こうして、この少女が間違いなく前世からの天敵であることに私が気づいた場面に繋がるのである。


久々に耳にしたその忌々しい台詞《セリフ》に思わず顔が歪む。

どうやら私の天敵は、今世でもその腐った性根が治らなかったようだ。

しかも最悪なことに、前にはなかった〝貴族〟という権力まで身に着けている。

私はそんな厄介な天敵に目をつけられたシャルを見つめ、今世でできたかけがえのない存在を思い出す。病弱な私に呆れることなく傍にいてくれた家族、いつも心配して見守ってくれる従者《じゅうしゃ》たち、意地悪せず一緒に遊んでくれる幼馴染《おさななじみ》、子どもの意見と侮らず話を真剣に聞いてくれる商会の人たちに、笑顔で接してくれる街の人々。

誰一人として欠けていい存在ではない私の大事な宝物を、コイツは今度も私から奪っていくに違いない。

あの優しいグレンが顔を曇らせた。お茶目で楽しいショーン様も警戒している。

そして——私が小さい頃から一緒にいる、家族同然のシャルを目の前で私から奪うと宣言をした。

私の逆鱗《げきりん》に触れるのは簡単だ。

前世から奪われ続けた私は、一つ心残りがあった。

それは天敵に今までの鬱憤の全てを返していないことだ。今日まで〝今世は天敵に関わらず生きていけたら別にいい〟と思っていたが、本人と邂逅《かいこう》し気が変わった。


——完膚なきまで捻りつぶし、二度と人から奪うことをできなくしてやる。

私は、前世からの恨みつらみを今世で晴らし復讐してやると心に誓った。

こうして、私の前世からの天敵に復讐する日々が幕を開けたのであった——

この作品に対する皆様のご意見・ご感想をお待ちしております。

おハガキ・お手紙は以下の宛先にお送りください。

【宛先】

〒150-6008 東京都渋谷区恵比寿 4-20-3 恵比寿ｶﾞｰﾃﾞﾝﾌﾟﾚｲｽﾀﾜｰ 8F
（株）アルファポリス　書籍感想係

メールフォームでのご意見・ご感想は右のＱＲコードから、
あるいは以下のワードで検索をかけてください。

アルファポリス　書籍の感想　検索

ご感想はこちらから

本書は、「アルファポリス」（https://www.alphapolis.co.jp/）に掲載されていたものを、改稿、加筆のうえ、書籍化したものです。

転生《てんせい》した復讐女《ふくしゅうおんな》のざまぁまでの道《みち》のり
～天敵《てんてき》は自分《じぶん》で首《くび》を絞《し》めていますが、更《さら》に絞《し》めて差《さ》し上《あ》げます～

はいから

2023年 6月 5日初版発行

編集－加藤美侑・森 順子
編集長－倉持真理
発行者－梶本雄介
発行所－株式会社アルファポリス
〒150-6008 東京都渋谷区恵比寿4-20-3 恵比寿ｶﾞｰﾃﾞﾝﾌﾟﾚｲｽﾀﾜｰ8F
TEL 03-6277-1601（営業） 03-6277-1602（編集）
URL https://www.alphapolis.co.jp/
発売元－株式会社星雲社（共同出版社・流通責任出版社）
〒112-0005 東京都文京区水道1-3-30
TEL 03-3868-3275
装丁・本文イラスト－しの
装丁デザイン－AFTERGLOW
（レーベルフォーマットデザイン―ansyyqdesign）
印刷－中央精版印刷株式会社

価格はカバーに表示されてあります。

落丁乱丁の場合はアルファポリスまでご連絡ください。

送料は小社負担でお取り替えします。


ISBN978-4-434-31364-6 C0093